Marita van der V

Kaapstad. Tijdens h

'Grietje' genoemd

spraakmakende ron

(1992), die haar liter

woont met haar man

Eerder verschene de boeken *De sprookjesschrijfster en de poppenspeler* (2003) en *Het hart van ons huis* (2005).

In 2007 verscheen haar recentste roman, *Stiltetijd.*

Marita van der Vyver

Vergenoeg

Vertaald door Riet de Jong-Goossens

Rainbow Pockets
Uitgeverij Sirene

Rainbow Pockets® worden uitgegeven door Muntinga Pockets, onderdeel van Uitgeverij Maarten Muntinga bv, Amsterdam

www.rainbow.nl

Een gezamenlijke uitgave van Muntinga Pockets, Amsterdam en Uitgeverij Sirene bv, Amsterdam

www.sirene.nl

Oorspronkelijke titel: *Vergenoeg*
Oorspronkelijke uitgave: Tafelberg-Uitgewers, Kaapstad

Omslagontwerp: Marlies Visser
Foto voorzijde omslag: Hollandse Hoogte
Foto achterzijde omslag: Annel Botha
Druk: Bercker, Kevelaer
Uitgave in Rainbow Pockets januari 2007
Tweede druk juni 2008

ISBN 978 90 417 0676 8 NUR 302

Vergenoeg is een dorp dat slechts in de verbeelding van de auteur bestaat, evenals alle personages in deze roman.

Plekken die ik nog wilde zien

Gestrand

Is dit sterven? Voelt het zo?

Ik droom dat ik in een wit ziekenhuisbed lig. Nee, ik droom niet, ik lig in een wit ziekenhuisbed. Ik ruik zweet, waarschijnlijk van mezelf. En urine, hopelijk niet van mezelf, en de smaakloze groentesoep die ze me probeerden te voeren vanmiddag. Maar ik ruik ook de zee. Ik lig op een strand, wit zand overal waar ik kijk, de Tafelberg zwevend op het glanzende water. Ziet eruit als een opgesteven pudding op een zilveren dienblad. Laten we zo'n verrukkelijk hapje nemen.

Ik vraag me af hoe het bed op het Bloubergstrand terecht is gekomen.

Misschien gevlogen, zoals in die film die ik jaren geleden met de kinderen heb gezien, *Chitty...Chitty, Chitty...Chitty, Chitty, Chitty...* Kietsie, Kietsie, Kietsie. Roept Bella. Van kleins af aan een bijzondere stem, dat kind, voller dan andere kinderstemmen. Donkere chocolade, een beetje bitter, beter dan dat mierzoete, bleekgele spul dat chocola een slechte naam bezorgt. Wat hees, alsof ze al in haar wiegje wist dat ze sigaretten veel lekkerder zou vinden dan melk.

Ik hoor de kale vrouw in het bed naast me kreunen. Vraag me af of ze ook met bed en al naar het strand is gevlogen.

Kietsie, Kietsie, roept Bella. De poes is niet op het strand. Ook de kreunende kale vrouw niet. Alleen mijn twee dochters en ik. Ze zijn nog klein, drie en vijf jaar, ze gaan nog niet eens naar school.

De zeewind speelt met Sans blonde haren, krabbelt plaagziek in haar pony, vormt lange wijde slierten om haar hoofd, een stralenkrans in de zon, geen stralenkrans, iets anders, hoe noem je die ook weer, die vreemde kroon om het hoofd van het Vrijheidsbeeld in New York. Dat wilde ik nog zien voor ik doodga. Toch iets wat ik kan afvinken. Maar het lijstje is nog zo lang.

Kietsie, Kietsie, roept Bella. Zo'n meelijwekkend klein ding, zo'n tenger lijfje, zoveel kleiner dan San. Bruine huid, donkere kroezige krullen, altijd hongerige, grijze kattenogen. Geen mooi kind. Zegt mijn bitse schoonzuster als ze denkt dat ik haar niet hoor. Wacht maar, wil ik zeggen, wacht maar af. Op een dag komt ze tot bloei, een exotische orchidee, dát wordt ze. Niet zomaar een gewone stokroos.

San is een mooi kind, dat kan zelfs mijn schoonzuster niet ontkennen. Blond, met blauwe ogen en blozende wangen. Mijn koninginneroos. Zij zal altijd mooi en vriendelijk blijven. Dat weet ik. Ze kietelt mij in mijn zij. Ik wriemel om aan haar grijpende handjes te ontkomen, lach hulpeloos proestend met mijn gezicht in het zand, proef de korrels op mijn tong. Het bed is op wonderbaarlijke wijze verdwenen. Ik druk San stevig tegen me aan, haar lachende mond in mijn hals, haar adem een klein vlammetje, een flakkerend kaarsje op een verjaardagstaart, een ondraaglijke zoete pijn die zich in het kuiltje van mijn hals ophoopt.

Bella kijkt met een scheef hoofdje naar ons. Zoveel ernstiger dan San. Nee, het doet geen pijn, Bella. Niet echt. Ik haal haar naar me toe om haar in mijn omhelzing te betrekken, en voel tegelijk hoe ik wegzweef, weg van het plaatje op het strand, een vrouw in een bezwete roze nachtpon met de zoute zeelijfjes van twee kleuterdochters in haar armen.

Ik zou willen dat iemand mij kon zeggen of het zo is als je aan het sterven bent!

Zou ik eigenlijk niet een soort film moeten zien, met alle hoogte- en dieptepunten, geboorten, rituelen en rampen, alle belangrijke momenten? Dat verhaal heb ik nooit echt geloofd.

Maar toch meer verwacht dan een enkele scène op het strand. Voel me wat bedrogen. Ik heb betááld voor deze film. *Ik heb er met mijn leven voor betaald.* Zet die projector af, doe het licht aan, ik wil mijn geld terug!

Chitty, Chitty, Chitty, roept Bella. Beng, beng, lacht San en steekt haar wijsvinger naar me uit. Beng, beng, je bent dood, mama!

Ben ik bang? Op dit moment niet. Niet terwijl ik naar de twee meisjes in hun badpak op het strand kijk.

Hoe lang is dit geleden? Meer dan dertig jaar, bijna veertig. Was dát het belangrijkste moment in mijn leven?

Nee, bang ben ik niet, alleen verdrietig. Een beetje teleurgesteld. Er moet toch méér zijn geweest?

Luchthaven

'Hoe lang nog?' vraagt Bella, nadat ze haar zuster heeft omhelsd.

San schrikt, haar blauwe babyogen wijd opengesperd.

'Hoe lang... bedoel je...?'

San vond het altijd al vervelend om de dingen bij de naam te noemen, herinnert Bella zich. Vooral sommige dingen.

'Hoeveel tijd heeft ze nog?' vraagt Bella. 'Ik weet dat artsen daar niets over willen zeggen. Maar wat denk jij?'

Het is niet zo dat San de dingen niet bij de naam kán noemen. Haar hoofd is een encyclopedie, een verklarend woordenboek, intussen waarschijnlijk ook een medisch woordenboek. Ze heeft een onverzadigbare honger naar namen – of misschien alleen naar de macht die een naamgever aan namen ontleent – maar vraag alsjeblieft niet het boek in haar hoofd open te doen. San is te geremd om de kennis in haar bovenkamer naar haar lippen te brengen. Ergens zit een blokkade, een verstopping, een bottleneck van verlegenheid.

'Ik weet het niet... ik denk...' San schudt haar schouderlange blonde haren. De dure zonnebril op het gladde kapsel dreigt eraf te vallen. Ze duwt hem snel terug en veegt over haar ogen die opeens vochtig zijn. 'Misschien nog een paar dagen.'

'Zó kort?' vraagt Bella met schorre stem.

'Maar het kan ook nog weken duren. Niemand kan het zeggen. Je weet het nooit met... kanker.'

Die lichte aarzeling voor het zesletterwoord. Na al die jaren heeft ze er nog steeds moeite mee de twee wrede k-klanken over haar lippen te krijgen. Ongeklotelooflijk, denkt Bella.

'Ik kan niet langer dan een maand blijven,' zucht ze terwijl ze om zich heen kijkt, naar de andere passagiers met hun overvolle bagagewagentjes, de vreugdevolle omhelzingen tussen groepjes mensen, de verveelde wachtenden op rijen plastic stoeltjes. Nergens een asbak te bekennen. 'Maar ik hoop echt dat ze meer heeft dan een paar dagen. Er is nog zoveel... ik wil zeker zijn... shit, wil een sigaret! Dit land wordt al net zo erg als Amerika! Is er dan nergens op dit vliegveld een plek waar een fatsoenlijk mens kan roken?'

'Er is een café in de vertrekhal. Als je wilt...'

'Je wilt zeker zo snel mogelijk naar het ziekenhuis.'

'Ik dacht dat jíj dat zou willen.'

'Dat is ook zo. Maar ik red het niet zonder nicotine. En ik wil eerst praten. Laten we dat café maar gaan zoeken.'

En stel dat mijn moeder doodgaat terwijl ik hier in een kroeg op het vliegveld zit, denkt Bella als ze door de schuifdeuren loopt en een snerpende wind haar kortgeschoren hoofd geselt. Zo dichtbij en toch zo veraf.

'Het is de koudste winter in jaren,' zegt San terwijl ze haar lange rode jas dichtknoopt.

Bella grijpt haar verweerde zwarte leren jasje steviger vast en stapt zo snel tegen de wind in dat haar wieltjeskoffer als een schip op een stormachtige zee over de stoep schommelt. Ze had een paar kousen onder haar jeans moeten aantrekken. Een wollen muts meebrengen om haar naakte oren te bedekken. Maar ze moest ook zo haastig pakken. Gewoon alles wat in haar handen kwam in de koffer gegooid, vooral zomerkleren, haar winterkleren liggen nog in Claudes appartement, ergens opgeborgen in dozen, en ze wilde Claude niet nu... Toen het vliegveld boven de Bolandse bergen begon te dalen en ze het dikke pak sneeuw op de toppen zag, op sommige hellingen heel wat lager dan gewoonlijk, had ze zichzelf verwenst omdat ze zo holderdebolder was vertrokken. Ze wíst toch dat ze binnen afzienbare tijd naar de Kaap moest. Al maanden had ze haar moeders stem iedere week horen verzwakken, iedere keer als ze belde. Wekenlang gewacht op Sans oproep.

Het is tijd, Bella. Het onontkoombare in Sans zachte stem. *Ik denk dat je het nu niet langer meer moet uitstellen.*

Ze wilde haar komst iedere keer uitstellen, denkt Bella terwijl de wind haar ogen doet tranen. Uitstel droeg zij nog altijd hoog in het vaandel. Nog een sigaret, nog een kop koffie, nog een dag onbenut voorbij laten gaan.

Hou vol, mama. Ik kom. Ik beloof je dat ik kom.

Dat heeft ze al wekenlang aan de telefoon gezegd.

'Je ziet er moe uit,' zegt Bella als ze op houten bankjes tegenover elkaar zitten, elk een glas rode wijn in de hand, Bella een sigaret in de andere.

'En jij ziet er helemaal niet moe uit,' glimlacht San. 'Het is niet te zien dat je een nacht in het vliegtuig hebt gezeten.'

'Ik heb intussen genoeg ervaring met dit soort dingen. Ik neem een slaappil zogauw we in Parijs opstijgen en kom pas weer bij als we in Johannesburg landen. En dan knap ik me gauw wat op voor de vlucht naar de Kaap. Ik heb een ongelooflijk nieuw serum ontdekt. Je tipt gewoon een paar druppeltjes op je gezicht, en je krijgt een instant facelift. Schandalig duur, maar iedere cent waard. Je mag het gerust proberen.'

'Dus je vindt dat ik een facelift nodig heb?'

'Hebben we dat niet allemaal?' lacht Bella en heft haar glas in Sans richting. 'Nee, eerlijk, je bent nog altijd even mooi. Onze koninginneroos, zoals mama altijd zei. Het is alleen zo dat die roos er vanochtend een beetje verlept uitziet.'

'Is het nog ochtend?' vraagt San met die verschrikte blik in haar grote blauwe ogen die Bella altijd het gevoel geeft dat zíj de oudste is, alsof San altijd een onschuldige baby zal blijven. San tilt haar pols op, werpt een snelle blik op haar horloge dat op een elegante zilveren armband lijkt, glimlacht opgelucht. 'Bijna twaalf uur. Gelukkig een fatsoenlijke tijd voor een glas.'

Ze neemt een gulzige slok, zo'n vaag vleugje zelfspot om

haar rode mond. Precies dezelfde kleur als haar jas, merkt Bella op, een nuance donkerder dan postbusrood. Bella vraagt zich af hoeveel lippenstiften San bezit. Hoeveel variaties rood. Hoeveel tijd ze 's ochtends besteedt om de juiste lippenstift voor de outfit van die dag te kiezen.

'Waar ik vandaan kom, is ieder moment van de dag een fatsoenlijke tijd voor een glas,' zegt ze met een laatste intense trek aan de sigaret. 'Er wonen ouwe mannetjes in mijn straat voor wie een pastis bij hun ochtendkoffie een normale zaak is. In het café op de hoek, waar iedereen hen kan zien. Er is niks stiekems aan.'

'Hier is het anders,' zegt San met een vermoeid schouderophalen.

'Dat weet ik nog.' Bella kijkt naar de pafferige huid onder haar zusters ogen, de kneusblauwe halve manen die het lichtere blauw van de irissen accentueren, de ogen zelfs nog weerlozer maken dan gewoonlijk. 'Nou ja, ík zal het jou beslist niet kwalijk nemen als je 's morgens om zeven uur al aan je eerste borrel zit. De afgelopen maand moet een hel zijn geweest.'

'Het ergste komt nog,' zegt San nadenkend.

'Maar nu ben ik hier om te helpen,' troost Bella terwijl ze een volgende sigaret opsteekt. 'Beter laat dan nooit, vind je niet? Hoe ziet ze eruit, San? Ik bedoel... zal ik haar wel herkennen?'

San staart naar het glas in haar hand.

'Ze is veel afgevallen. Maar toch niet zo dat ze... weet je... op een geraamte lijkt. Ze zegt dat ze voor het eerst in haar leven blij is met haar eeuwige overgewicht. Dat ze een lekkere laag vet had waar haar lichaam op kan teren, nu ze niet meer eet.'

Bella zuigt heftig aan haar sigaret, alsof ze de plotselinge holte in haar borstkas met een walm rook wil vullen, voordat ze haar stem vertrouwt om verder te spreken.

'Is ze gestopt met éten?'

Haar moeder, die altijd zo gepassioneerd kon eten. Het type vrouw dat aan een homp ovenvers wittebrood met een dikke laag roomboter meer extase beleefde dan aan seks. Niet dat ze denkt dat haar moeder seks ooit helemaal heeft versmaad. Vrouwen die intens van eten kunnen genieten, zijn dikwijls ook vrouwen die intens van seks genieten. Het is alleen zo dat seks niet altijd beschikbaar is. Voor eten hoef je alleen maar de koelkast open te doen.

Haar moeder was kort voor haar veertigste verjaardag weduwe geworden. *Zo oud als ik nu ben*, beseft Bella terwijl de holte in haar borstkas almaar groter wordt, alsof haar longen leeggelopen zijn, alsof ze geen adem kan krijgen. Daarna is er, voorzover Bella weet, geen man meer geweest in haar moeders leven. Wat Bella wel weet, is dat de weduwe Bothma regelmatig 's nachts de koelkast opendeed. De volgende ochtend konden haar tienerdochters dan een mes met boter eraan in de gootsteen zien liggen, een laagje kruimels op de broodplank, een leeg sardineblikje of stukken eierschaal in de afvalbak. Als ze haar vragen hadden gesteld, zou ze haar schouders hebben opgehaald en er zo schuldig hebben uitgezien dat ze onmiddellijk hun mond hadden gehouden.

'Ik ben gestopt met roken,' zei ze soms bij wijze van verontschuldiging. 'Ik ben liever dik en oud dan slank en dood.'

Maar zelfs toen haar moeder nog rookte, was ze nooit echt slank. En nu gaat ze in ieder geval dood. Te jong, denkt Bella, vreselijk veel te jong.

Misschien toch een troost dat ze van eten heeft genoten toen ze de kans had. Zeker ook van seks. Je hebt een flinke dosis sensualiteit nodig om jezelf geheel en al over te leveren aan je eigen lichamelijkheid. Bella weet – ondanks alles wat ze in haar tienerjaren heeft uitgehaald, ondanks alle roddelverhalen die haar uitdagende kledinggedrag en haar roekeloze rebellie in het plattelandsdorp hadden opgeroepen, ondanks alles wat daarna was gebeurd – dat zijzelf niet dat soort sensualiteit bezit. Voor Bella was seks altijd meer wapen dan troost. Meer aanval dan overgave. Terwijl haar moeder, vermoedelijk, met bevrijdende sensualiteit van haar sekservaringen kon genieten. Zoals haar zuster. San, die lieve keurige San met haar gladde blonde kapsel en haar grote blauwe ogen, die van een schapenkarbonade kan smullen tot het een erotische ervaring wordt om haar gade te slaan.

'De laatste paar dagen krijgt ze niet veel meer naar binnen dan soep,' antwoordt San en frunnikt aan de zonnebril op haar hoofd, een verdedigende trek op haar gezicht, alsof het háár schuld is dat haar moeder niet meer eet. Schuldgevoel is de naam, denkt Bella licht geërgerd. Nog altijd. Verbazingwekkend dat iemand met zulke onschuldige ogen zich voortdurend schuldig kan voelen. 'Daarom heb ik jou gebeld. Je hebt altijd gezegd dat de dag waarop ze stopt met eten...'

'We vast haar kist kunnen bestellen.'

Bella drinkt haar glas leeg, opeens misselijk van angst, ze wil zo snel mogelijk naar het ziekenhuis. Haar moeder had gezegd dat ze thuis wilde sterven, in haar eigen slaapkamer, in haar eigen bed. Het was tijd om haar te halen.

Om haar naar huis te brengen.

Ziekenhuis

'Ongeklotelooflijk,' mompelt Bella in de hal van het ziekenhuis. 'Je zou zweren dat je in het Holiday Inn bent.'

Ze lopen over een donkerblauw kamerbreed tapijt, langs een serie reproducties van bloemenstillevens aan een lichtroze muur, langs drie glimlachende receptionistes gekleed in eendere mantelpakjes achter een balie. De jasjes hebben dezelfde kleur als het tapijt. De gebloemde sjaaltjes om hun hals zijn kennelijk gekozen in de tinten van de schilderijen.

'Of in een bank of een luchthavengebouw. Allesbehalve een ziekenhuis.'

'Gezichtsbedrog,' zegt San grimmig. 'Alleen jammer dat ze de neus niet kunnen misleiden. Maakt niet uit hoe ze deze plek vermommen, het rúíkt er altijd naar zieke lichamen en benauwde zielen.'

San, die nu al maanden regelmatig met haar moeder naar het ziekenhuis gaat, ziet de inrichting niet eens meer. Ze heeft al te veel uren in de cafetaria van het ziekenhuis doorgebracht, te veel koppen slappe koffie gedronken terwijl haar moeder op de afdeling oncologie werd behandeld, te veel frustrerende kruiswoordraadsels opgelost en irritante tijdschriftartikelen gelezen om te proberen die onbenoembare dingen die ze met haar moeder deden te vergeten. Naalden die in haar ruggenmerg en haar aderen worden gestoken, artsen die haar zieke lichaam betasten terwijl ze denken aan het partijtje golf dat ze in het weekend gaan spelen, verpleegkundigen die haar sussen met verkleinwoordjes terwijl ze haar aan afschrikwekkende apparaten aansluiten. En de afgelopen twee weken, vanaf de dag dat haar moeder hier op een bed gevangen wordt gehouden, heeft ze overdag meer tijd hier doorgebracht dan in haar eigen huis. San ziet het ziekenhuis allang niet meer als een hotel of een bank. Voor San is deze luxueuze hal de poort naar een persoonlijke hel geworden.

'Vind je?' Bella snuffelt een paar keer met haar lange neus in de lucht terwijl ze op de lift wachten. Met haar scherpe profiel, haar haren die schokkend kort zijn afgeschoren, haar magere lichaam van top tot teen in zwart gehuld, lijkt ze in de ogen van haar zuster op een aristocratische Aziatische kat. 'Ik was juist verbaasd dat ik die typische ziekenhuisluchtjes niet ruik.'

'Wacht maar tot we boven bij de patiënten komen. Geen enkel ontsmettingsmiddel kan de reuk van de doodsangst wegwissen.'

'Is het ontsmettingsmiddel niet juist het probleem?' oppert Bella in de lift. 'Het is zoiets als geurverfrisser in een wc spuiten. Ik heb nooit begrepen waarom mensen dat doen. Gewoonlijk is de stank erger dan die van stront.'

San gluurt een beetje gegeneerd naar een arts van middelbare leeftijd die met hen in de lift staat. Haar kan Bella's zeemanstaal niets schelen, ze is eraan gewend, maar ze wilde dat haar zus kon leren gevoelens van vreemde mensen te respecteren. Als ze de onderdrukte glimlach van de dokter op zijn gezicht ziet, lacht ze dankbaar. Ze weet niet zeker waarom ze zich dankbaar voelt. Misschien alleen om het weten dat haar jongere zuster haar altijd op een of andere manier aan het lachen kan krijgen. Zelfs hier, in dit hotel van de dood. Zelfs nu.

Op haar moeders verdieping (ze denkt eraan als aan *haar moeders verdieping*, alsof haar moeder er de enige patiënt is) loopt ze een kantoor binnen om haar zus aan een paar verpleegkundigen voor te stellen. Een van hen, een sproetenkopje dat nauwelijks ouder lijkt dan een schoolmeisje, kijkt met bijna idolate hondenogen naar Bella.

'Ik ben zó blij je te ontmoeten,' zegt ze ademloos. 'Ik heb twee van je optredens in Oudtshoorn gezien. Je hoort het vast al voor de zoveelste keer, maar je shows zijn een absolute belevenis!'

'Ik kan het niet genoeg horen,' glimlacht Bella. 'Ga door. Ik hang aan je lippen.'

'Ik heb de cd gekocht die vorig jaar van je uitgekomen is,' zegt het sproetenkopje. 'Als ik had geweten dat je vandaag hier zou zijn...'

'Aha. Dan ben jij een van mijn tien wáre fans. Ik zou ook graag de andere negen willen ontmoeten.'

'Hier is er nog een!' lacht een dikke oudere verpleegkundige en ze pakt Bella familiair bij de arm. 'Je hebt ontzettend veel fans!'

'Zou je zo vriendelijk willen zijn je naam op een stukje papier te schrijven?' vraagt Sproetje. 'Zodat ik het op de cd kan plakken?'

'Natuurlijk. Wil je er een opdracht bij?'

'Dat zou fantastisch zijn!' Ze grijpt een blocnote en een pen van het bureau naast haar en duwt ze dankbaar in Bella's handen. 'Ik heet Isabelle.'

'Te gek. Mijn doopnaam is Isabella.'

San kijkt over Bella's schouder naar de zwierige krullen waarmee ze haar naam schrijft en vraagt zich af sinds wanneer haar handschrift zo barok is geworden.

Er is een tijd geweest dat ze nogal jaloers was op de roem van haar jongere zuster. Nee, niet jaloers. Het was niet zo dat zijzelf beroemd wilde zijn. Ze had alleen gemeend dat de dingen te gemakkelijk gebeurden met Bella. Te veel, te vroeg. Veel te vroeg.

Bella was een negentienjarige dramastudente in Kaapstad toen een van de hoofdrollen in een populaire tv-serie haar min of meer in de schoot werd geworpen. Ze moest een aan drugs verslaafde zangeres spelen. Aangezien ze in dit stadium al heel wat ervaring had met verdovende middelen, had ze de rol met verbazingwekkende overtuiging gespeeld. En haar hese zangstem had een sensatie veroorzaakt bij de tv-kijkers. Binnen enkele maanden had ze twee belangrijke podiumprijzen in de wacht weten te slepen, was er een langspeelplaat van haar uitgekomen en had ze haar studie vaarwel gezegd om in Johannesburg te gaan wonen. Intussen was haar oudere zuster nog altijd een voorbeeldige rechtenstudent.

San had het onaangename gevoel gekregen dat zelfs goede kennissen haar naam opeens waren vergeten. Ze was niet meer San, ze was de zus van Bella Bothma geworden. Iedereen – zelfs haar docenten – had zo naar haar verwezen.

Maar dat was twintig jaar geleden. Bella was allang niet meer de plaatselijke tv-ster. Voorzover San wist, had ze ook geen drugsprobleem meer. Ruim tien jaar geleden was ze het land uitgegaan, op de vlucht voor haar eigen roem. Het zou ook om politieke redenen zijn geweest, maar dat had San nooit ernstig genomen. Tegenwoordig was Bella jazz-zangeres in Parijs. Niet echt beroemd, maar toch in staat in haar levensonderhoud te voorzien. Zo een keer per jaar bezocht ze haar geboorteland om op te treden in een cabaret of een zaal, meestal op een cultureel festival zoals in Oudtshoorn of Grahamstad, om nieuwe bewonderaars te werven zoals dit sproetige verpleegstertje en om in interviews te vertellen hoe absoluut fantastisch het was in een stad als Parijs te wonen.

En elke keer dat San haar zus zag stralen wanneer iemand uit Zuid-Afrika haar herkende, haar een compliment gaf voor haar stem of haar handtekening wilde, vroeg ze zich af of het echt zo absoluut fantastisch was om in Parijs te wonen.

'Dank je,' zucht de jeugdige Isabelle en klemt de blocnote stevig tegen haar borst. 'Ik vind het alleen jammer dat ik je niet... onder aangenamere omstandigheden ontmoet. Je moeder was een van mijn meest geliefde patiënten. We waren allemaal gek op haar,' voegt ze eraan toe terwijl de andere drie verpleegkundigen ijverig knikken.

'Wáren?' vraagt Bella verward.

'Ik bedoel... jullie komen haar nu toch halen?' Haar gezicht wordt zo donkerrood dat de sproeten een ogenblik onzichtbaar zijn. 'We hebben al allemaal afscheid van haar genomen.'

'O. Ja. Natuurlijk.'

Bella's stralende glimlach is verdwenen.

'Ze is klaar om te vertrekken,' zegt de dikke oudere verpleegster. 'Katheter eruit, infuus weg, alles gedaan. Jullie moeten haar goed verzorgen, hoor.'

Bella's mondhoeken trekken nerveus naar beneden. Bij de meeste mensen zijn het de ogen die niet kunnen liegen, bij Bella waren haar lippen nog altijd de leugenverklikker. Waar het hart vol van is, trekt de mond van scheef. Iets dergelijks.

'Kom, Bella, we moeten ook nog met de dokter praten,' zegt San. 'Nogmaals heel hartelijk dank voor alles wat jullie voor haar hebben gedaan.'

Ze zal dit vrolijke viertal in hun poederblauwe uniformen waarschijnlijk nooit meer zien, realiseert San zich. Ook geen enkele van de andere medewerkers van dit perverse hotel. En ze weet niet of deze gedachte haar ondraaglijk opgelucht of ondraaglijk bezwaard doet voelen.

'Sterkte!' roept het sproetenkopje hen nog na als ze weggaan.

'Nog iets wat jullie willen weten?' vraagt dokter Murray vanachter zijn bureau. 'Iets waarmee ik kan helpen?'

De gespannen manier waarop hij zijn keel schraapt en over zijn modieuze brilletje heen naar Bella gluurt, doet San vermoeden dat hij ook een van haar bewonderaars is. Waarschijnlijk net te professioneel om haar onder deze omstandigheden een compliment te maken.

'Nee, u hebt gedaan wat u kon, dokter,' zegt San terwijl ze aan de zilveren ketting van haar handtas friemelt. 'Van nu af aan...'

'We moeten op ons gevoel afgaan,' zegt Bella. 'Als we vastlopen...'

'Er woont een gepensioneerde verpleegster in het dorp,' zegt San. 'Ze zal om de dag even komen kijken. Of ze met iets kan helpen. Wat de rest betreft...'

'Jullie zijn erg dapper,' zucht dokter Murray en leunt met zijn magere lichaam achterover in zijn stoel.

'We hebben geen keus.' San vertrekt haar mond op een manier die hopelijk bij de dokter als een moedige glimlach overkomt. 'Het is het enige wat we in dit stadium nog voor haar kunnen doen.'

'Het is onze moeder,' zegt Bella en haalt haar schouders op. 'We zijn het haar verschuldigd.'

'De meeste mensen zijn niet in staat zoiets te doen. Om tijd vrij te maken voor een stervende ouder. Om een moeder tot het eind toe te verzorgen.'

Tot het eind, denkt San terwijl ze bedrukt naar haar glanzende leren tas kijkt. Eigenlijk is deze man te sympathiek om dokter te zijn. En hopeloos te aantrekkelijk. Alsof hij een acteur is die de rol van een arts speelt. Zoals George Clooney in dat tv-ziekenhuis dat zij vroeger nogal opwindend vond. Dat was voor ze een echt ziekenhuis vanbinnen leerde kennen.

'Voor mij is het een vorm van boetedoening,' zegt Bella. 'Voor al die keren dat ik géén tijd voor haar vrij kon maken.'

'Tja.' Weer schraapt dokter Murray zijn keel, kijkt naar de zwarte vulpen tussen zijn vingers. Prachtige vulpen, denkt San. Prachtige vingers. 'Het enige dat ik nog kan zeggen... ze was het type patiënt waar artsen van dromen. Intelligent genoeg om de juiste vragen te stellen. Realistisch over haar toestand. En toch positief over de behandeling. Wat we ook probeerden, en zoals jullie weten, hebben we alles geprobeerd. Zonder ooit haar gevoel voor humor te verliezen.'

'Wauw,' zegt Bella. Sarcastisch, vreest San een moment. Maar Bella grinnikt oprecht. 'Niemand zal dat ooit over mij kunnen zeggen, dat is wel zeker. Een waardige afgang is mij nog nooit gelukt.'

San staat haastig op en steekt haar hand uit om afscheid van dokter Murray te nemen. Bloost, tot haar ergernis, als de prachtige vingers haar hand omsluiten. Om maar niet over een waardige afgang te spreken.

'Dank u,' zegt ze. 'Dank u voor alles. Mag ik... uhm, mogen we bellen als we het niet meer weten?'

'Natuurlijk,' verzekert hij haar. 'Sterkte.'

'Aardige man, hè,' zucht ze als ze weggaan.

'Jouw probleem,' merkt Bella op, 'is dat je altijd valt op aardige mannen.'

Voor de deur van haar moeders kamer haalt Bella diep adem en grijpt Sans hand. Een gebaar dat San zo ontroert dat haar knieën er wiebelig van worden. Alsof ze opeens weer zeven en vijf jaar oud zijn, haar zusjes vingertjes een bundeltje kippenbotjes in haar sterkere hand.

Adèle Bothma is wakker, het hoofdeind van haar bed omhoog gedraaid, kussens in haar rug gestopt. Haar donkere ogen, groter dan ooit nu haar gezicht magerder is dan ooit, glanzen als haar dochters de deur binnen komen.

'Bella! Je hebt bijna net zo weinig haar als ik!'

Ze raakt het zachte grijswitte dons op haar hoofd aan. Een bejaard kuiken, denkt San, een wat kaal babyvogeltje.

'Toen ik hoorde dat jouw haar begon uit te vallen, mama,' lacht Bella, 'heb ik besloten het mijne ook gewoon af te scheren. Uit sympathie, mam, dat weet je.'

Bella drukt haar moeder zo stevig tegen zich aan dat San bijna haar hand uit moet steken om haar tegen te houden. Om de zieke oudere vrouw te beschermen tegen het geweld van de emoties van haar jongste dochter. Ze is er allang aan gewend te proberen haar moeder te beschermen tegen haar zusters gedrag.

'Bij jou ziet het er goed uit,' zegt Adèle terwijl ze over Bella's borstelige hoofd wrijft. 'Jouw stoppels zijn nog niet grijs.'

'Ik verf, mama.'

'Nu al?'

'Wat bedoel je met "nu al"? Hoe oud was jij toen je het begon te verven, mam?'

'Zo ongeveer...' Adèle tast naar haar wang, glimlacht verlegen. 'Ach, ja, zo ongeveer op jouw leeftijd.'

San ziet een veel jongere versie van Adèle achter het stuur van een stationcar zitten, een blakend gezonde vrouw met lachende ogen, een van de eerste vrouwen in het dorp met een modieus afrokapsel. Voor Adèle Bothma kwam de mode van de jaren zeventig als een bevrijding. Voor het eerst in haar leven gaf ze haar strijd tegen de onoverwinnelijke krullen op, gaf ze haar droogkap, haar tang en al haar andere martelinstrumenten weg, verkneukelde zich schaamteloos om de prijs die andere vrouwen in chique kapsalons betaalden om hun steile haren in slordige kronkels te laten veranderen. In de jaren zeventig kon ze langere rokken dragen om haar dikke knieën te verstoppen, een enorme opluchting na het beenbewuste decennium ervoor, en sandalen met plateauzolen kopen om binnen een tel een hoofd groter te worden, een genade voor iemand die haar hele leven haar geringe lengte had verwenst. In de jaren zeventig kon ze haar brede heupen met zwierige jurken van wit kaasdoek en kleurig Indiaas katoen verbloemen. In de jaren zeventig werd Adèle Bothma, om met de woorden van haar favoriete tijdschrift te spreken, de vrouw die ze altijd had willen zijn.

Alleen jammer dat haar dochters niet altijd de dochters waren die ze hadden moeten zijn.

'Hoe gaat het vandaag, mam?' vraagt San zacht.

Adèle kijkt haar wat verward aan, alsof ze zich nu pas bewust is van haar aanwezigheid. Het maakt niets uit, troost San zichzelf terwijl ze haar moeder op haar voorhoofd kust. Haar oog valt op het boeket roze rozen dat ze een paar dagen geleden op het kastje naast haar moeders bed heeft gezet. Een symbool voor wat ze voor haar moeder is geworden, denkt ze gelaten. Een aangename aanwezigheid die nauwelijks nog wordt opgemerkt. Terwijl Bella altijd de exotische orchidee zal blijven, de verloren dochter die van ver terugkeert, de dochter waar niet overheen kan worden gekeken. Bella brengt een sfeer van zondige opwinding mee in de benauwde ziekenhuiskamer, een aroma van onbereikbare plaatsen en onbekende mensen, een aura van dromen en begeerten.

'Een beetje erger dan gisteren,' antwoordt haar moeder met een schouderophalen.

San vangt Bella's blik en kijkt snel de andere kant uit, naar het bed naast haar moeder waarin een bejaarde kale vrouw met gesloten ogen op haar rug ligt, geen teken van leven op het gerimpelde gezicht, geen beweging in het uitgeteerde lichaam. Haar moeder volgt haar blik en schudt haar hoofd meelevend.

'Maar nog niet zo slecht als met mevrouw Cohen,' voegt ze er bijna verontschuldigend aan toe. 'Die heeft zoveel pijn, dat ze haar nu voortdurend onder de pijnstillers houden. Maagkanker,' legt ze Bella uit. 'Zo blij dat dát mij bespaard is gebleven. Ik heb niet zoveel pijn. Dat is iets om dankbaar voor te zijn.'

Bella houdt haar hand voor haar mond, als iemand die hevig geschokt is, haar bruine gezicht onmiddellijk ongezond bleek. Het dringt nu pas werkelijk tot haar door, realiseert San zich. Nu ze naar haar moeders medepatiënte kijkt. Het roerloze lichaam, de tandeloze mond, de ingezakte wangen en de gesloten ogen. Zó ziet de dood eruit.

'Hoe was het kamp?' vraagt Adèle, de jongere Adèle met het afrokapsel, achter het stuur van de stationcar.

'Leuk,' antwoordt San op de voorbank naast haar moeder. 'Wat eten we vanavond? Ik sterf van de honger.'

Iets in haar stem, een tikkeltje te gretig, doet Adèle achterdochtig in het achteruitkijkspiegeltje gluren. De dertienjarige Bella ligt languit op de achterbank en staart verveeld uit het raam. Groene wijngaarden en gouden korenvelden flitsen voorbij.

'En jij, Bella? Vond jij het leuk?'

Grauwe bosjesvelden waar dikke schapen grazen. Een valkje op een telegraafpaal. Een boerenknecht in lompen die een versleten fiets duwt.

'Nee, het was stom,' mompelt Bella. 'Ik wil weg bij de Voortrekkers.'

'O.' Die ene klank hangt heel even eenzaam in de lucht. 'Nou ja, er is geen wet die zegt dat je Voortrekker moet zijn.'

'Ik denk dat ik er ook mee stop,' zegt San snel. 'Het begint me een beetje te kinderachtig te worden.'

'Ach wat, San, jij vindt het toch te gek.' Bella stuurt een stroompje lucht naar boven om de krullen uit haar ogen weg te blazen, een eindeloos verveeld gebaar, te lui om haar hand op te tillen. 'Dat zeg je alleen omdat ik schande over je heb gebracht.'

'Er is geen sprake van schande!'

'Ik heb het hele weekend in de straftent gezeten, mama.'

'Zij niet alleen, mam. Haar hele groep is gestraft. Absoluut onrechtvaardig gestraft. Oom Worsie wilde een voorbeeld stellen, maar alle kinderen stonden aan hun kant!'

'Straftent?' Adèle rommelt in haar handtas om haar sigaretten te pakken. 'Wat heb je uitgevoerd?'

'Ze hebben me vrijdagnacht in een van de jongenstenten betrapt.'

'Haar hele groep, mama. Alle zes. Dus het is niet zo dat ze iets... dat ze iets schandaligs hebben gedaan! Het komt gewoon door die stomme... *apartheid* in zo'n kamp. Een onzichtbare streep loopt door het kampvuur, aan die kant staan de tenten van de jongens en aan deze kant die van de meisjes, en God hebbe je ziel als je aan de verkeerde kant van de streep gepakt wordt!'

Adèles mondhoeken gaan even omhoog als ze een sigaret opsteekt. Toch probeert ze haar stem streng te laten klinken. Zoals het de moeder van twee Voortrekkers betaamt.

'En toen werd jij – en je hele groep – aan de verkeerde kant van de streep betrapt.'

'Hmmm.' Achter in de stationcar staart Bella nog steeds uit het raam. 'Ze zeiden dat ze ons zouden schorsen als het weer gebeurde.'

'Ben je klaar om naar huis te gaan?' vraagt San met een geforceerde glimlach.

Een ogenblik worden de poelen van haar moeders donkere ogen, als zwart water, overspoeld door angst, dan knikt ze gretig.

'Mijn kleren liggen in de kast. Jullie moeten me helpen met aankleden.'

'Waarom houd je niet gewoon je nachthemd aan, mama?' stelt San voor. 'Doe gewoon je jas eroverheen, dat is toch gemakkelijker?'

Haar moeder kijkt haar gemaakt verontwaardigd aan.

'En stel dat we een ongeluk krijgen? Hoe denk je dat ik eruit zal zien als ik in mijn nachthemd langs de kant van de weg lig?'

'Mam,' zegt San met een zucht.

'Geef me mijn kleren aan, San. Wie weet wanneer ik weer de kans krijg kleren aan te trekken.'

'Geef haar kleren aan, San,' zegt Bella. 'Ik denk dat ze ons wil pakken voor al die keren toen ze óns moest helpen.'

'Daar heb ik niet aan gedacht.' Adèle glimlacht terwijl haar dochters haar roze flanellen nachtpon over haar billen opschuiven, haar armen optillen om het kledingstuk voorzichtig over haar hoofd te trekken. 'Ik neem aan dat ze dit bedoelen met rolwisseling.'

Haar borsten lijken twee lange ballonnen die langzaam aan het leeglopen zijn, verschrompelde plastic zakken, flapperend, levenloos, troosteloos. Het vel van haar buik hangt los, plooi op plooi, de onderste plooi net niet voldoende als schaamlap, niet groot genoeg om haar gladgeschoren geslacht te bedekken. San ziet hoe Bella de schok inslikt en met een vastberaden glimlach haar moeders vleeskleurige onderkleren aangeeft, de beha als een stijf harnas, de grote onderbroek van glimmend rekbaar materiaal, het gekreukte hemdje met lange mouwen.

'Schórsen?' Adèles stem stijgt verbaasd. 'Is dat niet een beetje erg drastisch?'

'Mam, je hebt er geen idee van hoe verkrampt het er bij de Voortrekkers aan toe gaat!' roept San uit. 'Echt, ongelooflijk. Het lijkt wel de... de Hitler Jugend!'

'Hitler Jugend,' herhaalt Adèle flauwtjes.

'Ze hebben ons betrapt met bier en sigaretten.' Geen spoor verlegenheid in Bella's hese stem. Geen schaamte of schuldgevoel. Meer uitdaging. 'Nou ja, niet allemaal. Alle jongens, maar niet alle meisjes.'

'Hebben jullie geróókt?'

'Nee, mam, we hebben mikado gespeeld met de sigaretten,' zegt Bella sarcastisch.

San zakt moedeloos tegen de leuning van de voorbank. Ze weet niet heel zeker wat 'pervers' betekent, maar elke keer dat ze het woord hoort, denkt ze aan haar zus. Er moet een verband bestaan.

'En jij, San?' Adèle zwaait haar sigarettenhand verontwaardigd door de lucht, strooit haar hele schoot vol as, kijkt boos fronsend naar haar oudste dochter. 'Jij doet alsof ze onschuldig is!'

'Ik heb niet gezegd dat ze onschúldig is, mama. Alleen, door de manier waarop oom Worsie tekeerging, zou je denken dat ze allemaal aan de LSD hadden gezeten en naakt rond de tent hadden gedanst!'

'Ik snap ook niet waarom jij je zo druk maakt, mama.' Bella vouwt haar armen voor haar borst en kijkt voor het eerst in de achteruitkijkspiegel recht in de ogen van haar moeder. 'Je rookt zelf.'

'Ik ben begonnen met roken toen ik een volwassen vrouw was met twee kinderen!' roept Adèle en drukt de sigaret driftig uit in het overvolle asbakje naast het stuur. 'En ik stop er in ieder geval mee. Het is een smerige gewoonte. Smérig.'

'Ach wat, die beha laten we maar uit,' zegt Adèle, de oudere Adèle met het grijze kuikendons op het hoofd, kortademig in haar ziekenhuisbed. 'Ik heb geen zin om me daar nog druk om te maken.'

'En als we een ongeluk krijgen?' plaagt Bella. 'Hoe denk je dat je eruit zult zien liggend aan de kant van de weg zonder beha?'

'Waar zijn je luiers, mama?' wil San weten.

'Luiers?' vraagt Bella.

'Hier in het bedkastje.' Adèle glimlacht troostend naar Bella als San een groot rood plastic pak uit het kastje haalt. 'Incontinentie. De ultieme vernedering.'

'Ze hoeft ze niet altijd aan,' zegt San blozend, alsof het háár vernedering is. 'Maar het is beter voor de rit naar huis.'

'We willen toch niet dat Sans glanzende Volvo naar pies ruikt, hè,' mompelt haar moeder terwijl ze haar helpen om de wegwerpluier onder haar billen te schuiven. San bijt op haar lip en maakt de slippen van de luier met plakstrips aan elkaar vast. Drie strips rechts, drie strips links. Het aankleden begint op een nachtmerrie te lijken, iets waar geen eind aan komt, heel onwerkelijk. Als ze uiteindelijk de jurk over haar schouders laten glijden, kijkt Adèle Bothma met een ongelovige blik naar de wijde plooien van het rode fluweel. 'Ik ben waarachtig nog méér afgevallen.'

'Help jij haar verder, Bella,' zegt San met afgeknepen stem, 'dan haal ik vast de rolstoel.'

'Ik wil niet in een rolstoel,' zegt haar moeder. 'Op de dag waarop ik deze kamer binnenstapte, heb ik mezelf beloofd dat ik hier op eigen benen weer weg zou gaan.'

'Mama,' zegt San, met haar hand al op de deurklink.

'Vergeet die rolstoel, San,' zegt Bella en tilt haar moeders benen over de rand van het bed. 'Ze kan op ons leunen.'

San ziet hoe Bella knielt om een vleeskleurige panty over haar moeders eeltige voeten te schuiven. *Geef haar kleren aan, San. Vergeet die rolstoel, San.* Wie denkt Bella voor de duivel dat ze is? *Ze kan op ons leunen.* Waar was Bella verdomme gedurende de afgelopen weken, maanden, járen, terwijl haar moeder langzaam zwakker werd, steeds vaker op haar enige beschikbare dochter moest leunen?

'Zodra we thuis zijn,' belooft Bella terwijl ze de panty over haar moeders kuiten rolt, haar rug naar San gekeerd, 'zal ik je voeten masseren, mam. Dat heb je altijd lekker gevonden.'

San zucht en loopt langzaam terug naar het bed. Ze is San Steyn niet meer. Ze denkt niet meer aan zichzelf als aan de ervaren moeder van drie kinderen en de ondersteuning biedende vrouw van een succesvolle advocaat. Ze kan geen bedachtzame vriendin of zelfs geduldige zus meer zijn. Er is nog maar één definitie overgebleven die op haar van toepassing is. *Plichtsgetrouwe dochter.* Dát is ze geworden. Een dochter die haar plicht doet.

Goddank, de andere dochter is op het toneel verschenen.

Adèle Bothma was inderdaad gestopt met roken. Bella natuurlijk niet, maar ze was wel uit de Voortrekkers gestapt. San ook.

Voortrekkers! Sans opgeschoten dochter, een paar jaar geleden, haar ogen groot van ongeloof. *Ben je Voortrekker geweest, mama? Is dat niet zoiets als... als de Hitler Jugend?*

Nee, stribbelde San flauwtjes tegen. Niet helemaal.

Verbijsterd over de rol waarin moeders en dochters elkaar duwen. Generatie na generatie. Eeuwigdurend.

Onderweg

Dit is de laatste keer dat ik op deze weg rijd. Misschien wel de laatste keer dát ik op een weg rijd. Behalve natuurlijk de állerlaatste keer, in een kist, maar dat zal ik niet merken. Of toch? Misschien zal ik de kist in de zwarte lijkwagen zien, zoals ik gisteren – vorige nacht? wanneer? – de vrouw met de twee kleine meisjes op het Bloubergstrand heb gezien. Ergens van bovenaf.

Vraag me af wie ik probeer te overbluffen.

Tja, eigenlijk zullen er twee of drie laatste ritten zijn. *Niet wegduiken.* Ik ben mijn leven lang een lafaard geweest als bepaalde gedachten bij me opkomen. Meer deserteur dan vechtjas. *Levenslang.* Nu is er niet meer dan een dun draadje leven over. Niet lang meer. *Levenskort.* Eerst zal het lijk thuis worden opgehaald en naar een begrafenisonderneming gebracht. In een gekoelde kamer worden opgeborgen zodat het vlees niet rot. *Vooral eerlijk zijn.* In zo'n la, een label aan een teen, zoals de lijken die je altijd op films ziet? *Naakt?* Ik ben nooit echt preuts geweest als het over mijn lijf ging, ik bedoel, ik wilde natuurlijk altijd graag slanker zijn, maar ik heb me nooit geschaamd om voor Jaap of de kinderen naakt rond te lopen. Ze hielden van me, met elke vetrol en elke overbodige kilogram, het was nooit nodig iets te verbergen. Maar toch, om naakt in zo'n la te liggen...

Het stemt me treurig.

Niet wegduiken.

Maar dan ben ík het niet meer. Het is dan alleen nog een levenloos lichaam, een levensgrote pop met wie niemand meer wil spelen, een zak vellen en botten, vet en spieren, gevuld met afval. Wat we de ingewanden van dieren noemen als we het eten. *Afval.* Afvallen is niet opklimmen. Afvallen is afvallen. Woorden zijn woorden. Wat zal er van al mijn woorden worden als ik er niet meer ben?

Ik ben alweer aan het wegduiken.

Daarna wordt het lijk aangekleed, een beetje opgedoft, voor het geval iemand het voor het laatst wil zien. Niet dat ik denk dat er ook maar iemand komt kijken. Als het eenmaal zover is zullen mijn dochters genoeg hebben gezien. Misschien mijn schoonzuster. Die vreselijke Vera. Vraag me af of je na je dood het recht hebt je bezoekers uit te kiezen. Een soort gastenlijst op te stellen, zoals voor een stijlvol feestje, met een begrafenisondernemer in de rol van zo'n kleerkast van een uitsmijter?

En dan, een dag of twee later, de allerlaatste rit. Naar de kerk voor de rouwdienst van dominee Crous. Nee, nog niet de allerlaatste. Na de kerk komt het crematorium. Kist en al het vuur in. Wat een verspilling. Mag niet vergeten tegen mijn dochters te zeggen dat ze geen geld moeten verknoeien aan een chique kist. Ik héb het al gezegd, jaren geleden, toen Jaap stierf, maar misschien zijn ze het vergeten.

'San?'

'Hmmm?'

San draait haar hoofd een beetje naar achter zonder haar ogen van de weg af te halen. San is een voorzichtige chauffeur. San doet alles voorzichtig. Ik kan nu toch niet over mijn doodskist beginnen!

'Kijk eens, de aronskelken staan in bloei. Toen je me onlangs naar het ziekenhuis bracht, waren ze nog niet uitgekomen.'

'Ik zie het, mama. Als we in Vergenoeg zijn, zal ik een grote bos plukken voor je kamer.'

'Voor jouw kamer ook. Jij bent toch eigenlijk degene die zo gek is op die bloemen.'

Ik zie ze liever in de natuur. Tegen het eind van de winter, als het West-Kaapse land op zijn groenst is, benemen die velden spierwitte bloemen mij altijd de adem. Mijn ogen branden opeens. Vreemd hoe dat werkt met tranen. Zelfs de gedachte aan mijn levenloze lichaam met een label aan de teen is niet voldoende om de kraan open te zetten. En nu knak ik, als de steel van een aronskelk, omdat ik dat glanzende witte schouwspel langs de weg zie. Nu huil ik. *Doe je ogen niet dicht.* Hou ze open, wagenwijd open, kijk naar dit lieflijke landschap. *Kijk, kijk, kijk.* Had de lucht voorheen al ooit precies deze kleur blauw? Kijk naar de sneeuwhoedjes op de bergtoppen daar in de verte. Was het veld ooit zo overdadig groen als dit jaar?

Net aan de andere kant van Malmesbury heeft een groepje *plakkers* een beschutting van zinken platen en zwarte vuilniszakken gebouwd, vlak bij de weg, onmogelijk te doen alsof je ze niet ziet als je in je warme auto voorbij zoeft. Ze bederven de rustige film die zich achter de dichtgedraaide ramen van je dochters stationcar afspeelt. Je vraagt jezelf af, je kunt immers niet anders, hoe iemand deze bijzonder koude winter onder een paar zinken platen heeft kunnen overleven. En of er kinderen onder die afvalzakken liggen. Wanneer ze voor het laatst een fatsoenlijk bord eten hebben gekregen.

Ik praat als Bella! Zoals Bella vroeger praatte. Nu zegt ze niks. Staart recht voor zich uit, profiel roerloos voorin naast de chauffeur, alleen zo'n klein kommaatje in haar mondhoek. Misschien denkt ze dat ik te ziek ben om mij aan dat soort dingen te storen. Of misschien wil ze me in deze situatie niet lastig vallen. Of misschien is ze ook oud en moe aan het worden, zoals de rest van ons, te wanhopig spartelend in een zee van persoonlijke problemen dat ze geen reddingsboeien meer kan uitgooien naar de rest van de mensheid.

Het maakt me triest. Alles maakt me vandaag triest. De velden aronskelken, de vreselijke afvalzakken, het koninklijke profiel van mijn jongste dochter. De lange, smalle, gebogen neus, het hoge voorhoofd – hoger dan ooit nu ze bijna kaal is – zo moet Elizabeth de Eerste er hebben uitgezien. *The Virgin*

Queen. Ach wat. Bella niet. Elizabeth ook niet, zeggen ze tegenwoordig. Niet meer dan een verhaaltje, die maagdelijkheid.

'Heb je er last van als ik rook, mama?' vraagt Bella en ze draait het raampje een eindje open.

'Wacht liever tot we thuis zijn,' zegt San voor ik mijn mond open kan doen. 'We zijn er zo.'

'In dit stadium zal een beetje tweedehandse rook niet veel meer aan mijn gezondheid veranderen, San.'

'Het gaat niet om de rook, mam,' zegt San. 'Het gaat me om de kou die door het raampje komt. Het enige wat je nu nog tekortkomt, is een longontsteking!'

Daar moet ik om lachen. Ja, ik voel mijn lichaam schudden, alsof ik lach, maar ik hoor geen geluid.

'Als je een rookverbod hebt uitgevaardigd in je auto, zég dat dan.' Bella duwt de sigaret geërgerd terug in het pakje. 'Verschuil je niet achter mama's ziekte.'

'Nee, je moet het raampje niet dichtdraaien,' houd ik haar tegen. 'Ik wil de wind in mijn haar voelen. Of in wat er is overgebleven van mijn haar.'

'Mam,' zegt San. 'Nu ben je echt dwars.'

'Ik ben niet dwars, San. Ik heb meer dan een week in het ziekenhuis gelegen. Het is góéd om de wind weer eens te voelen.'

'Als je een longontsteking krijgt...' zegt San dreigend.

'Vergeet mijn longen. Wat moet ik met gezonde longen als de rest van mijn lijf bezig is het op te geven? Rook gerust, Bella.'

'Terwijl *Big Sister is watching me*?' vraagt Bella smalend.

'Rook die verdomde sigaret, Bella,' zucht San. 'Anders krijgt je moeder geen rust in haar ziel.'

Ik leun licht voorover om de wind op mijn voorhoofd te voelen, ijzige prikkels tegen mijn huid, schokkend koud. Ik lig nog niet in een kist. *Ik kan het nog koud krijgen en met mijn dochter ruziën.*

Als Bella het raampje weer heeft dichtgedraaid worden mijn oogleden zwaar. Nadat San met een overdreven zucht van opluchting de verwarming op zijn hoogst heeft ingesteld. Veel te warm. Maar als ik er iets van zeg, zal ze weer denken dat ik haar dwarszit. *Ik kan het nog warm krijgen en met mijn dochter ruziën.* De hitte en het wiegen van de auto – geholpen door alle pillen die ik elke dag slik – maken het me bijna onmogelijk mijn ogen open te houden.

Als ik weer kijk, hebben we van plaats gewisseld. Ik zit voorin naast de chauffeur, de meisjes achterin. Jaap rijdt, zijn handen vertederd op het stuur, alsof hij het lichaam van een vrouw onder zijn vingers voelt bewegen. Hij rijdt zoals hij vrijt. Bedachtzaam en oplettend, niet te snel maar ook niet te langzaam, geen woeste kreten of vloeken. Beheerst. Ik klaag niet. Liever een tedere, bedachtzame, voorspelbare man dan een brute fokhengst. Maar soms, heel soms, zou ik willen...

'Ik heb honger,' klaagt Bella voor de zoveelste keer. 'Wanneer gaan we eten?'

Ze heeft niet echt honger. Ze is acht, en verveelt zich. Of tien, en verveelt zich. De leeftijd maakt niets uit, Bella verveelt zich altijd als ze langer dan een halfuur in de auto moet zitten. San leest, slaapt, of droomt met open ogen en wazige blik. Welk woord zoek ik? *Met zichzelf tevreden.* San was altijd al zo geweest. Bella had aandacht nodig. Een huilbaby met kolieken, een gillende kleuter met woedeaanvallen, een kind dat spontaan in huilen kon uitbarsten. Snikkende, schokkende huilbuien die als stormen door haar tengere lijfje raasden.

'Bij de volgende picknickplaats zullen we stoppen,' zegt Jaap.

'Daar!' roept Bella. 'Daar staat een fijne boom, papa!'

'Nee, ik bedoel een picknickplek met een tafeltje.'

'En als we bij een tafeltje komen, wil je weer een boom,' zegt Bella pruilend. 'Zo gaat het altijd. Alleen om niet te hoeven stoppen.'

'Ik kan haar wel vast een broodje geven,' stel ik voor.

'Nee, dan ligt de hele auto weer vol kruimels,' zegt Jaap. 'Wacht nog even, zo meteen stoppen we.'

Een halfuur later, nadat we drie tafels en minstens tien bomen voorbij zijn gereden, houdt Bella niet meer op met jammeren.

'Wat heb je ingepakt, mama?' vraagt San met haar neus in een boek. 'Ik begin ook honger te krijgen.'

'Wat ik altijd inpak,' antwoord ik. 'Broodjes met kaas en koude kip en hardgekookte eieren.'

En een thermos zoete zwarte koffie.

'Is het nog geen tijd om te stoppen?' mompel ik door de slaap heen. 'Gaan we niet picknicken?'

'Picknicken?'

Bella kijkt bezorgd over haar schouder. Weer hebben we van plaats gewisseld. Ik zit achterin, als een kind, alleen zieker en zwakker dan een kind. Mijn dochters zitten voorin, Bella's donkerbruine stekeltjeshoofd links; ik kan nog steeds niet geloven dat ze het tegenwoordig verft. Sans schouderlange blonde haar rechts. Jaap is verdwenen.

Jaap is allang verdwenen.

'Ze is vast in slaap gevallen,' fluistert San. 'Ze is soms verward door de pillen.'

Maar ik word er niet doof van, wil ik zeggen.

Het wordt steeds lastiger te weten wanneer ik droom of wanneer ik wakker ben. Wat werkelijk gebeurt en wat pure verbeelding is, wat herinneringen, illusies zijn. Zou dit sterven zijn? Een werkelijkheid die steeds meer krimpt, als een eiland aan de horizon, terwijl je geleidelijk wegdrijft in een zee van onwerkelijkheid. Niets angstwekkends aan. Je moet alleen het eiland vergeten.

Je overgeven aan de zee.

Dorp

Het eerste wat je ziet, van ver af, is de kerktoren. Klein wit vingertje tegen het groene gordijn van de heuvels achter het dorpje. Grote witte vinger, als je er dichterbij komt, van de grote witte god die Bella's jeugdjaren heeft beheerst.

Maar van hieraf, op de geasfalteerde weg die parallel loopt aan de heuvelrij, lijkt de toren belachelijk klein. Meelijwekkend, als een vergeten stuk speelgoed dat een kind buiten heeft laten liggen. De witte vlekjes van omringende gebouwen beginnen ook zichtbaar te worden. Zo'n zielig poppendorp. Vergenoeg.

Ver genoeg van alles, klaagde Bella als tiener. Dicht genoeg bij niks.

Villiersville, waar ze tot haar dertiende verjaardag had gewoond, was ook niet wat je noemt een metropool. Maar toch een dorp met een paar winkels en verkeerslichten, cafetaria's waar je met je schoolvrienden hamburgers en patat kon eten, een bioscoop en een hotel met een disco ieder weekend. Van jongs af aan had ze veel liever in een stad willen wonen. Niet in Kaapstad of Johannesburg. Nee, haar dromen voerden haar tóén al veel verder, naar een meer exotische bestemming. Een verre stad in een ver land. Maar toen haar vader, een plattelandsadvocaat, besloot naar Vergenoeg te verhuizen, begon ze met gepassioneerde waardering naar Villiersville te kijken. Villiersville lag tenslotte nog aan de grote weg naar Kaapstad. Mensen uit het hele land kenden de naam van het dorp. Er wáren erger plaatsen om op te groeien.

Zoals Vergenoeg. Een gehucht aan het eind van een landweg, afgesloten van de buitenwereld, zielig zelfgenoegzaam. Nooit reed iemand bij toeval door Vergenoeg. Je ging erheen omdat je er iets te doen had – wát, vroeg Bella zich wanhopig af, dóét een mens in Vergenoeg? – niet omdat je op weg ben naar een andere plaats. Vergenoeg was een woord dat mensen verward hun wenkbrauwen deed fronsen. *Waar ligt dát? Nooit van gehoord.*

'Ik wou dat ik hetzelfde kon zeggen,' had de tiener Bella opgemerkt.

'Ik kan me niet herinneren wanneer ik het hier zo groen heb gezien,' zegt San als ze van de verharde weg afslaat om de laatste paar kilometers landweg op te rijden. 'Men zegt dat de veldbloemen dit jaar verrukkelijk zullen zijn.'

Verrukkelijk. Wanneer is San begonnen zo pretentieus te praten? Bella voelt de irritatie aan haar mondhoeken trekken. San was ook niet echt in extase over de verhuizing in haar tienerjaren. Maar San had het aanvaard, zoals ze alles in het leven aanvaardt, zonder scènes te maken. Bella had gesnikt en gegild en gedreigd om van huis weg te lopen, niet meer naar school te gaan, te stoppen met eten, te stoppen met ademhalen. Alles tevergeefs.

'Waarom moet je toch overal zo'n drama van maken?' wilde haar vader weten.

'Het ís ook een drama!' had Bella gegild. 'Het is het ergste wat me ooit is overkomen! Je bent mijn hele leven aan het verpesten, papa!'

'Ik wil een rustiger leven,' had haar vader op zijn bedaarde manier gezegd.

'Ik niet!' had Bella op haar minder bedaarde manier gegild. 'Ik wil een wilder leven!'

'Minder werk, maar drie dagen per week naar kantoor, meer tijd om met mijn gezin door te brengen,' had haar vader er dromerig aan toegevoegd.

'Wacht tot ik het huis uit ben! Het is nog maar een paar jaar!'

Misschien had Jaap Bothma er een voorgevoel van gehad

dat hij het zich niet kon veroorloven te wachten. Vier jaar nadat hij een groot Victoriaans huis in Vergenoeg had gekocht – op een enorme lap grond met boomgaard, moestuin, kippenhok, eendenvijver, bijna een kleine boerderij – was hij omgekomen bij een auto-ongeluk. Schemeravond, slechte landweg, een paar glazen cognac achter de kiezen, het eenvoudige recept voor een alledaagse ramp. Hij was over de kop geslagen en met een gebroken nek in een sloot terechtgekomen. Bella was toen zestien.

Dat was een van de laatste keren dat ze in die kerk is geweest, herinnert Bella zich terwijl het dorp rond de toren voor haar zichtbaar wordt. Haar vaders begrafenisdienst. Als haar moeder doodgaat, zal ze er natuurlijk weer naartoe moeten.

Het is geen lelijke kerk. Als je van witgepleisterde fallische symbolen houdt, zul je hem misschien zelfs mooi vinden. Ongeveer een eeuw geleden gebouwd, toen de Nederduits gereformeerde kerken er min of meer hetzelfde uitzagen, kenmerkend sober van uiterlijk, met een rozentuin en een laag muurtje eromheen. Geen architectonisch waagstuk zoals je bij moderne kerken ziet. Toch iets om dankbaar voor te zijn, constateert Bella als ze de Kerkstraat inrijden.

De meeste gebouwen rond de kerk zijn ook ongeveer een eeuw oud. Dankzij de afgelegen ligging van het dorpje zijn de huizen door de jaren heen niet op allerlei afwijkende manieren gemoderniseerd. Nog iets om dankbaar voor te zijn – hoewel de tiener Bella natuurlijk geen oog had voor de esthetische integriteit van het dorp.

Een winkel van Sinkel waar een groepje kinderen op stoffige blote voeten bij de ingang speelt, een slijter waar wat voddige dronkelappen op de veranda zitten te niksen, een klein gebouwtje met twee petroleumlampen waar ze meestal geen petroleum hebben. Een eeuwigdurende nachtmerrie, denkt Bella. Een postkantoor dat alleen 's ochtends open is, en ook niet eens elke ochtend, twee makelaarskantoren van twee vrouwen die al jaren elkaars aartsvijanden zijn, en een kapper die er nog niet was bij haar laatste bezoek aan het dorp. Toen was het een ijzerwarenwinkel, als ze het zich goed herinnert. Twee straten verderop staat een pension met een restaurant, een jaar of vijf geleden geopend door een ondernemend echtpaar uit de stad, en tot verbazing van de meeste inwoners kennelijk een succes.

De optelsom van het zakenleven in Vergenoeg.

Toen de Bothma's in de jaren zeventig hier kwamen wonen, was het dorp zelfs nog achterlijker te noemen. Intussen hebben een paar stadsmensen de plek ontdekt, verwaarloosde bouwsels voor een appel en een ei opgekocht en in weekendverblijven veranderd. Tegenwoordig wonen er zelfs enkele buitenlanders, gepensioneerden uit Zimbabwe of Engeland, twee Duitse oude vrijsters, een bejaarde Fransman die volgens de bemoeizieke buurvrouw van de weduwe Bothma beslist in het Vreemdelingenlegioen heeft gezeten. En een paar personages die zichzelf kunstenaar noemen. Een Nederlandse beeldhouwer die in zonde leeft, zoals de buurvrouw het uitdrukt, met een veel jongere schilderes uit Kaapstad. Een pottenbakker of twee.

In de jaren zeventig waren er geen vreemdelingen in het dorp, behalve een groep beruchte schoolkinderen. Toen Bella aan het begin van de vijfde van de kostschool in Villiersville werd geschorst en noodgedwongen in Vergenoeg op school moest, maakte zij deel uit van die groep. En ook weer niet. De school kon het zich niet veroorloven kieskeurig te zijn. Vergenoeg nam wat Vergenoeg kon krijgen. En wat Vergenoeg kon krijgen waren, behalve de kinderen uit de omliggende plaatsen, meestal probleemgevallen die op grotere, betere scholen niet werden toegelaten. Onruststokers uit de stad die door moedeloze ouders naar Vergenoeg werden gestuurd. Door schijnheilige gezinnen werden verstopt in Vergenoeg.

Bella's moeder heeft nooit geprobeerd haar te verstoppen. De weduwe Bothma liep met opgeheven hoofd – te opgeheven, volgens sommige roddeltantes in het dorp – en woonde samen met haar opstandige jongste dochter in haar grote Victoriaanse huis op de heuvel. Haar oudste dochter was een slimme rechtenstudent in Stellenbosch. San zou advocaat worden, San zou in haar vaders voetsporen treden, San zou het ver schoppen in het leven. Daar was iedereen het over eens. Voor Bella zag niemand een briljante toekomst in het verschiet. Behalve haar moeder.

Wacht maar, had Adèle gezegd, op een dag komt Bella tot bloei.

Vreemd, denkt Bella, als ze naar de school schuin achter de kerk kijkt, tot op de dag van vandaag komt mijn maag in opstand elke keer dat ik de statige gevel zie. Je zou toch denken dat de vernedering nu wel verdwenen was. Ze hád toch iets tegenover al die schade en schande gesteld. Bella Bothma was toch tot bloei gekomen! Maar elke keer dat ze weer in Vergenoeg komt, verandert ze in onkruid.

Meer naar achter ligt het internaat van de school, een onooglijk bakstenen gebouw uit de jaren vijftig, drie verdiepingen hoog met tralies voor de ramen. Ernaast de tennisbanen en nog een eind verderop, waar het 'witte dorp' en het 'bruine dorp' in elkaar overlopen, het rugbyveld en onder de eucalyptusbomen het tentoonstellingsterrein. En het vroegere zendingszaaltje waar Adèle Bothma twintig jaar geleden een bescheiden bibliotheek is begonnen. Waar ze tot eerder dit jaar twee middagen per week als de enige bibliothecaresse heeft gewerkt. Terecht dat het in de zendingszaal is, had ze wel eens opgemerkt, want het is voorwaar een zending om de plaatselijke bevolking met boeken in aanraking te brengen. Het Evangelie van het Lezen had de weduwe Bothma in Vergenoeg verkondigd. Twintig jaar lang.

'Wat moet er van de bibliotheek worden?' vraagt Bella aan San.

'Ik weet het niet,' zucht haar moeder achter in de stationcar. Bella kijkt haastig om en glimlacht verzoenend. Ze dacht dat haar moeder nog sliep. Maar Adèles ogen zijn als twee zwarte gaten in haar ingevallen gezicht. Het lijkt alsof ze het dorp wil indrinken, alles gulzig opslurpen, de drie parallel liggende verharde straten, de Kerkstraat, de Schoolstraat en de Langstraat, de paar brede onverharde stoffige straten, de peperbomen en de eucalyptussen, de wat verwaarloosde huizen, de honden die achter roestige hekken blaffen, het hele trieste toneel. 'Ik heb een meisje opgeleid om me te helpen. Een kind dat vorig jaar eindexamen heeft gedaan. Familie van Dollie Plaatjies. Ze is maar al te blij dat ze een paar cent kan verdienen. Hier is immers geen werk voor jonge mensen. Maar ze zal de bibliotheek niet in haar eentje kunnen voortzetten.'

'Er moeten toch wel een paar boerenvrouwen te vinden zijn, die zich vervelen en die kunnen helpen?' zegt San terwijl ze terugschakelt om de laatste helling te nemen. 'Ik bedoel vrouwen die graag lezen, die de bibliotheek in stand willen houden?'

Weer een mistroostige zucht van de achterbank.

'Sinds de bibliotheek is opengesteld voor iedereen... en de bruine dorpelingen er ook gebruik van kunnen maken... zijn de boerenvrouwen niet meer zo gretig om haar in stand te houden. Ik denk dat ze liever naar de bibliotheek van Villiersville gaan. Veel groter, veel meer boeken...'

'En de dorpelingen die het zich niet kunnen veroorloven om naar Villiersville te rijden?' vraagt Bella zonder verbazing, zonder een antwoord te verwachten.

'En de leeskring dan, mama, die je begonnen bent?' wil San weten. 'Die is toch voor alle rassen? Zijn daar niet een paar leden bij die zich willen inspannen de bibliotheek te redden?'

'Ik hoop het, San,' zegt Adèle gelaten.

San zet met gefronsd voorhoofd de motor af.

'Home sweet home,' zegt ze zonder veel overtuiging. 'Kijk eens hoe blij Bob is mama weer te zien.'

De zwarte hond, kruising tussen een labrador en iets exotischer, rent kwispelend heen en weer achter de draadomheining, maakt zachte jankgeluidjes, blaft uitbundig naar de lucht.

'Wat is hij mager,' zegt Adèle. 'Het lijkt wel of Dollie hem niet genoeg eten heeft gegeven.'

'Onzin,' zegt San. 'Dollie verwent hem zelfs nog meer dan jij!'

Wat moet er van de hond worden, vraagt Bella zich af met dezelfde leegte in haar borst die ze eerder op de luchthaven voelde. En de twee bejaarde katten? Dollie Plaatjies, al jarenlang haar moeders huishoudelijke hulp, kwam de troeteldieren voeren in de tijd dat haar werkgeefster in het ziekenhuis lag. Maar over een week of drie, als haar moeder er niet meer...

Spreek het uit, zegt ze tegen zichzelf. *Denk eraan.* Over een week of drie is mama niet meer hier.

Huis

'Je oude kamer.' San schuift de donkere bontgekleurde gordijnen opzij om het licht binnen te laten in het schemerige vertrek en ze duwt het raam ver open om de muffe lucht te verdrijven. 'Installeer je.'

Bella laat haar wieltjeskoffer met een harde klap op de houten vloer vallen en zakt bedrukt op het dichtstbij staande bed neer. Geen spoor meer van de opstandige tiener die twintig jaar geleden in deze kamer sliep, die allang veranderd is in een keurige logeerkamer; twee eenpersoonsbedden, dekens met hetzelfde donkerbonte etnische motief als de gordijnen, een zebraprint op de losse kussens en de kapjes van de nachtlampjes, afbeeldingen van parelhoenders aan de muren. De *Out of Africa*-kamer, zoals Adèle hem spottend noemt. Of misschien niet spottend.

'Heb je gezien hoe uitgeput ze was?' Bella staart nietsziend door het raam, haar ogen ergens tussen de Victoriaanse gietijzeren krullen onder het dak van de veranda en het donkergroene lover van een citroenboom. 'Ze kon de drie treetjes naar de deur niet eens meer op. We hebben haar min of meer gedragen. Haar voeten raakten nauwelijks de grond.'

'Het zijn niet alleen die drie treetjes.' San gaat naast haar zuster op het bed zitten en samen kijken ze naar buiten. Kleine gele vruchtjes glinsteren als gloeilampjes tussen de bladeren van de citroenboom. Ze zal er later vanmiddag een paar gaan plukken, neemt ze zich voor, en ze in een porseleinen schaal in haar moeders kamer neerzetten. *Ruik, mama. Ruik de zon die in de schil is achtergebleven.* 'Het komt door alles wat er vandaag is gebeurd. De opwinding om jou weer te zien, de dankbaarheid uit het ziekenhuis weg te kunnen, de vreugde om met ons tweeën naar huis te gaan. Maar ze weet ook waarom ze thuis is gekomen. Haar gestel is niet sterk genoeg meer om alle emoties te verwerken.'

'Het mijne ook niet,' zegt Bella.

Nu is haar aan te zien dat ze een nacht in een vliegtuig heeft doorgebracht. Haar bruine huid heeft een dof schijnsel gekregen, als van een vuile vloer, haar mondhoeken en schouders hangen. Ze lijkt tien jaar ouder dan vanochtend op het vliegveld. Het is weer tijd geworden voor de kant-en-klare facelift, denkt San.

'Ik heb geweten dat ze zwak zou zijn,' zegt Bella met hese stem. 'Ik heb geprobeerd me voor te bereiden op het ergste... dat ze haar haren had verloren, dat ze sterk vermagerd was, dat ze... ik bedoel, ik wéét dat ze verdomme aan het doodgaan is!'

'Niet zo hard, Bella, misschien is ze nog wakker.'

'En toch voel ik me alsof ik een elektrische schok heb gekregen. Ik heb geprobeerd het te verbergen, geprobeerd om te doen alsof alles oké is...'

'Je was fantastisch, Bella. Je hebt niet voor niets drama gestudeerd.'

'Dat helpt geen moer in zulke omstandigheden. Ik kan emoties spelen, valse emoties voortbrengen, dat is nooit een probleem voor me geweest. Maar het heeft me altijd al moeite gekost oprechte emoties te verbergen. Dat is jóúw terrein, San.'

De onverwacht beschuldigende toon doet San fronsen, maar ze zegt niets, zit alleen zwijgend naast haar zus op het bed. Wilde dat ze haar kon troosten, zoals toen ze klein waren, met een verhaaltje of een spelletje.

'Ik ga thee voor ons maken,' zegt ze uiteindelijk. 'Thee en boterhammen. Hoe klinkt dat?'

'Ik heb geen honger.'

'Onzin. Je hebt de hele dag nog niets gegeten.'

'Ik heb ontbeten in het vliegtuig.' Bella tilt haar linkerbeen op en trekt haar hoge zwarte laars steunend van haar voet. 'En ik heb een reep gekocht toen jij aan het tanken was.'

'Een reep en een cola. Noem jij dat lunch?'

'San,' zegt Bella terwijl ze de tweede laars uittrekt en naast zijn makker voor het bed laat vallen, 'je bent mijn moeder niet.'

'Ik ben je oudere zuster. Als mama er niet meer is, moet jij...' Ze had een grapje willen maken. Ze staat op en loopt naar de deur, geeft haar stem met moeite iets van een lach mee. 'Ik kan het niet helpen, Bella, ik ben er zo aan gewend om mijn kinderen te dwíngen gezond te eten dat ik het tegenwoordig gewoon automatisch doe. Nou ja, ik ga in ieder geval boterhammen voor ons maken. Als je de jouwe niet wilt, geven we hem aan Bob.'

Bella antwoordt niet, staart verwezen naar de citroenboom.

'Waarom ga je niet douchen? Daar zul je van opknappen.'

'Ik knap nergens van op,' zegt Bella. 'Mijn moeder is aan het doodgaan.'

In de gang pakt San haar tas en draagt hem naar de volgende deur, de kamer naast die van Bella, háár oude kamer. Net zo onherkenbaar geworden als die van haar zuster. En toch verbeeldt ze zich dat ze de aftershave van haar man ruikt, ergens in de buurt van het koperen bed met de rode roosjes op de deken.

Elk weekend dat ze met haar gezin in Vergenoeg doorbrengt – en het afgelopen jaar kwamen ze regelmatig, meer dan voorheen – slapen Johannes en zij in dit tweepersoonsbed. Ada in de Afrika-kamer ernaast, de twee jongens op de slaapbank in de televisiekamer. Elk weekend dit afgelopen jaar merkte ze geschokt hoe haar moeders gezondheid achteruitging. Elke keer een beetje minder kracht dan de vorige keer. Elk weekend vroeg ze zich af hoeveel weekenden nog.

En nu?

Hoeveel nachten zal zij nog onder deze met rozen bezaaide deken doorbrengen, naar de drie ingelijste rozenprenten naast de toilettafel staren, de welig groeiende klimrozen op het behang proberen te tellen? Toegedekt door de rozenranken, gevangen door rozentakken, als die arme slapende prinses. Behalve dan dat de prinses door een kus van de prins werd bevrijd. Zijzelf heeft niet zo'n aangenaam vooruitzicht. Het enige wat haar uit deze kamer kan bevrijden, is haar moeders dood.

Ze krijgt het koud van schrik bij haar eigen gedachten. Ze zet de tas op het bed, haalt er haastig een ribfluwelen broek uit, een dikke kabeltrui en een paar wandelschoenen. Voor ze thee gaat zetten, wil ze van haar stadskleren af. Hier in Vergenoeg is het niet nodig om je een opgedofte vogelverschrikker te voelen, dit huis is de enige plek op aarde waar ze zichzelf kan zijn. Probleem is alleen dat ze allang vergeten is wie ze nou eigenlijk zou moeten zijn.

Goddank zijn de gordijnen rozeloos, denkt ze terwijl ze zich omkleedt. Niet dat haar moeder een slechte smaak heeft, het is alleen dat ze haar thema's te ver doorvoert. Maar zo is haar moeder nu eenmaal, en niet alleen wat haar interieur betreft. Ze heeft nooit geleerd maat te houden. Alleen al de manier waarop ze midden in de nacht kon eten, de koelkast van boven tot onder kon plunderen, als een zwerm sprinkhanen die een korenveld kaalvreet. En dan haar obsessie voor dat zielige kleine bibliotheekje in de zendingszaal. *Kom, wees nu eerlijk, mam. Het zal de meeste dorpelingen een zorg wezen of die bibliotheek er nu is of niet!*

San gaat naar de keuken, onthutst over de cynische weg waarop haar gedachten terecht zijn gekomen. Thee en een boterham. Díé zullen haar op het rechte pad terugbrengen. Zorg goed voor je lichaam, is haar credo, dan zal de ziel voor zichzelf zorgen. Daarna een lekker lang eind gaan lopen, kijken of ze niet een paar aronskelken kan plukken in het veld, om haar moeders kamer op te sieren. Niet de rozenkamer. Niet nog méér bloemen daar.

Genoeg is genoeg, mam.

Ze aarzelt een ogenblik voor de op een kier staande kamerdeur van haar moeder, luistert of ze iets hoort, gluurt voorzichtig naar binnen. Adèle ligt met gesloten ogen op het kingsize tweepersoonsbed, de losse plooien van haar rode fluwelen jurk als een mantel om haar heen gespreid. Ze was zo uitgeput na de rit naar huis dat ze alleen haar schoenen en haar jas hebben uitgetrokken. Rust maar eerst, had Bella gezegd, dan helpen we je straks een schoon nachthemd aan te trekken. Tot Sans verbazing had ze niet tegengestribbeld. Ze deed alleen haar ogen dicht en vond het goed dat Bella een zachte wollen deken over haar onderlichaam legde.

'Mama?' fluistert San.

Geen beweging op het bed. Niet eens een deining van de borst. San loopt snel naar haar toe en tilt haar moeders slappe hand op.

'Ik ben er nog,' fluistert Adèle zonder haar ogen te openen. Met slechts een vaag vermoeden van een glimlach om haar mond.

'Ik was net van plan... ik dacht... ik wilde er alleen zeker van zijn dat je niets nodig hebt,' stamelt San.

'Nee, niets, dank je.' Ze opent haar ogen, fixeert haar dochter met haar donkere blik. San doet haar uiterste best niet te wiebelen. 'Het is goed om weer thuis te zijn.'

'Niet eens een slokje thee?'

Adèle schudt haar hoofd en doet met een zachte zucht haar ogen weer dicht.

'Ik ga thee zetten voor Bella en voor mij. Kijken of ik haar zover kan krijgen iets te eten. Misschien kan ik haar verleiden met een van mijn ei-en-mayonaisespecials.'

'Altijd moeilijk geweest om dat kind behoorlijk te laten eten. Meestal maak ik een kippenpastei als ze komt logeren. Ik denk niet dat ik déze keer...'

'Ik zal het wel doen,' biedt San onmiddellijk aan. 'Als Johannes en de kinderen in het weekend komen, maak ik voor ons allemaal een echte ouderwetse zondagmiddagmaaltijd. Jouw beroemde kippenpastei, mama, met geroosterde aardappelen en sjalotjes met eiersaus en... wat nog meer?'

'Begrafenisrijst.'

'Begra... Gele rijst met rozijntjes. Misschien voel je je tegen die tijd sterk genoeg om samen met ons te eten, mam.'

'Weer eens met zijn allen rond de tafel. Ik wou dat Jaap er ook bij kon zijn.'

San legt haar moeders hand weer op het bed, knoestig als een oude aardappel tegen de roze wollen deken, en slikt een gevoel van wanhoop weg. De afgelopen maand heeft haar moeder het maar al te vaak over haar overleden man. Op een bijna achteloze manier, alsof hij voor niet langer dan een paar dagen is weggegaan. Naar een cliënt in Kaapstad. Of naar en cricketwedstrijd in Nuweland. Alsof er geen twijfel aan is dat ze hem binnenkort weer zal zien.

'Als je ook maar iets nodig hebt, mama... vergeet het niet, het belletje staat hier op het nachtkastje.'

Haar moeder geeft geen antwoord. Het lijkt of ze alweer in slaap gevallen is.

'Wil jij haar voeren?' vraagt San vroeg in de avond in de keuken, terwijl ze in een pruttelende pan soep staat te roeren.

'Vóéren?' Bella's hese stem breekt als die van een puberjongen. 'Ik heb nog nooit van mijn leven iemand gevoerd.'

'Het is net als een baby voeren.' San schept een paar lepels van de grove groentesoep in een kleiner pannetje en zet er de staafmixer in. Hoe gladder zij de soep kan krijgen, hoe minder moeite haar moeder heeft om hem door te slikken. Voeren als een baby. 'Behalve dan dat je niet doet alsof de lepel een vliegtuigje is of een treintje.'

'Ik heb zelfs nog nooit een baby gevoerd, San.'

'Nee? Heb je Ada nooit gevoerd dan?'

'Toen Ada een baby was,' bracht haar zuster haar in herinnering, 'zat ik in Johannesburg. Zo opgescheept met mijn zogenaamde roem dat ik iemand niet eens zag staan. En zeker mijn eigen familie niet. Weet je niet meer wat voor een klier ik was?'

'Je was nogal... klierig, ja,' glimlacht San.

'Ben ik voor mijn familie ooit anders dan klierig geweest?'

San gluurt nerveus naar haar zuster, onzeker of het een retorische vraag is of niet. Bella aait de slapende zwarte kat op haar schoot en staart in zichzelf gekeerd voor zich uit. 'Tegenwoordig kan ik mezelf wel een schop geven dat ik niet meer aandacht heb geschonken aan Ada. Het is het enige nichtje dat ik ooit zal hebben. Met je zoons heb ik niets, in mijn ogen behoren ze tot een vreemde soort, maar met háár... Toen ik haar de laatste keer zag, heeft ze werkelijk indruk op me gemaakt.'

'Zeker omdat ze je aan jezelf doet denken.' San schept de soep in een bakje en zet het op een dienblad. 'Ze heeft iets van jou geërfd. Ze is niet zo'n wilde als jij was, maar ze heeft wel jouw soort opstandigheid.'

'Alle tieners zijn opstandig, San. Jij was het ook. Je bent het alleen vergeten.'

'Nee.' San kijkt fronsend neer op het dienblad. 'Ik heb nooit echt de kans gekregen. Maakt niet uit wat ik ook uitvoerde, ik bleef altijd het voorbeeldige zusje. In vergelijking met Bella de Zondebok.'

'En dat neem je mij kwálijk?'

San schudt haastig haar hoofd. We moesten die ouwe koeien maar laten liggen, zegt ze in zichzelf, daar waar ze horen.

'Nee, natuurlijk niet, het is alleen... Hoe ouder Ada wordt, hoe meer ze me aan jou doet denken. Haar vader vindt het ook.'

'Het moet werkelijk fantastisch zijn voor Johannes om een dochter te hebben die hem aan zijn schoonzuster herinnert,' zegt Bella met een sarcastische trek om haar mond. 'Hoe oud is ze nu?'

'Zeventien. Volgend jaar komt ze van school.'

'Zeventien!' roept Bella uit, met zoveel drama dat Madame Bovary ophoudt met spinnen en haar grijze ogen verstoord opendoet. Het treft San, voor de zoveelste keer, dat de kat precies dezelfde kleur ogen heeft als haar zuster. 'Ik voel me er stokoud bij!'

'Hoe denk je dan dat ík me moet voelen?' glimlacht San. 'Je raakt eraan gewend.'

'Om je oud te voelen?'

'Toen ze dertien, veertien was, kon ik er niet zo goed mee omgaan. Het ene moment was ze nog dat schattige kleine meisje dat gek op me was, en het volgende een bundel hormonen op twee benen die alles wat ik deed verkeerd vond. Met grotere tieten dan ik had.'

'Geluksvogel,' grinnikt Bella.

'Intussen heb ik het geaccepteerd. In haar ogen ben ik een ouwe vrouw. Het geeft minder problemen als ik daarin meega en me als een oude vrouw gedraag.'

'Ach, shit, San! Je bent niet oud, je bent...'

'Niet meer dan twee jaar ouder dan jij?' valt San haar in de rede, haar stem onverwachts bits. Ze pakt het dienblad op en glimlacht verontschuldigend. 'Wil je komen kijken hoe het moet? Het voeren, bedoel ik.'

Adèle zit half liggend tegen een berg kussens met Balzac, haar andere kat, tot een grijze bol opgerold naast haar benen. Op haar schoot ligt een boek met slappe band, open maar omgekeerd, de omslag naar boven. Een van haar bijna stukgelezen Penguin Classics. Dickens. Haar hoofd ligt schuin omgeknakt en haar ogen zijn weer dichtgevallen. De laatste week zijn haar ogen meestal dicht, denkt San met een hulpeloosheid die haar armen verlamt en het dienblad bijna doet kantelen.

'We zijn hier met je eten, mama,' zegt ze zacht.

Adèle lijkt een ogenblik verward, onzeker waar ze is, hoe laat het is, misschien zelfs welk jaar het is.

'Ik heb echt geen honger,' mompelt ze. 'Kunnen we niet één avond het eten overslaan?'

'O nee,' zegt Bella en gaat naast haar moeder op het bed zitten. 'Ik ben hier om jou terug te pakken voor al die keren dat jij míj gedwongen hebt te eten.'

Adèle lacht, een zware ademtocht ontsnapt haar, iets tussen een lach en een zucht.

'Zijn we weer bezig de rollen om te draaien?'

'Bijna altijd won jij de strijd,' brengt Bella haar in herinnering terwijl ze het dienblad van San overneemt. 'Als ik weigerde mijn mond open te doen, kneep jij mijn neus dicht.'

'Nóóit,' zegt haar moeder geschokt. 'Nou, misschien een of twee keer...'

'Wanneer je echt ten einde raad was. Ik weet het.' Bella schept een lepel soep uit het bakje en brengt hem voorzichtig naar haar toe. 'Het bewijst maar weer waartoe een mens gedreven kan worden, hè. Mooi wijd je mond opendoen voor Bella...'

Adèle doet gedwee haar mond open. Enkele druppels glijden van de lepel en biggelen in een dun straaltje over haar kin. Bella dept het op met een papieren servet, haar plagende glimlach nu verdwenen, haar gezicht een en al concentratie. San staat naast het bed naar hen te kijken, opeens niet op haar gemak, buitengesloten door de intimiteit tussen de twee vrouwen. Zoals altijd wanneer haar moeder en zuster na een lange scheiding weer bij elkaar zijn.

'Je hebt er slag van, Bella,' zegt ze met een gedwongen lachje. 'Je had eigenlijk een stel kinderen groot moeten brengen.'

'Wat zou de mensheid dan zonder mijn fantastische zangstem hebben moeten doen?' vraagt Bella terwijl ze nog een lepel soep voor haar moeders mond houdt.

'Nou ja, je had je kinderen 's avonds in slaap kunnen zingen.'

Bella werpt haar een vluchtige blik toe, heel kort, een smekende uitdrukking in haar ogen.

'Over kinderen gesproken,' zegt San haastig, 'ik moet de mijne nog bellen voor ze naar bed gaan. Roep me als jullie me nodig hebben.'

Het is een opluchting uit de benauwde kamer weg te kunnen komen. Buiten op de veranda, waar haar mobiel beter werkt dan in huis, treft de ijzige avondlucht haar als een klap in het gezicht. Zelfs dat voelt als een opluchting. Of in elk geval als een verdiende straf.

Het dorpje ligt beneden haar donker uitgestrekt, een ijl kralensnoer van straatlantaarns met hier en daar een helder verlicht huis dat schittert als een knots van een diamant. Het middelpunt van het snoer is de kerktoren, stralend wit in het heldere schijnsel van een paar spotlights, het onbetwiste kroonjuweel van Vergenoeg.

Geen verkeer, geen geluid, behalve het kikkerkoor bij het vijvertje achter het huis. Geen beweging, behalve haar moeders zwarte hond die verlangend komt aandraven en zijn vochtige snoet in haar knieholte duwt.

'Hallo, Ada,' zegt ze als haar dochter opneemt, opeens bijna in tranen. 'Hoe gaat het daar?'

'Mama? Is er iets?' vraagt Ada bezorgd.

'Nee. Niets. Ik ben alleen moe. En ik mis jullie.'

'Ik mis jou ook, mam. Je bent nog niet eens een dag weg en het huis is al in een varkensstal aan het veranderen. Gewoon afschuwelijk. Kleren en speelgoed en vuile afwas overal waar je kijkt. De jongens weigeren ook maar een poot uit te steken!'

'Ik weet precies wat je bedoelt.' Het kost San moeite niet te lachen. Als je Ada nu hoort, zou je zweren dat ze een toonbeeld van netheid en verantwoordelijkheidsgevoel is. 'Ik zal papa vragen ernstig met hen te praten.'

'Hij is er nog niet. Hij is naar McDonald's om eten te halen. Marius en Josua zijn mee.'

'Maar ik heb toch maaltijden in de vrieskast gezet! Het is niet nodig om eten te gaan kopen!'

Een uitgebalanceerde maaltijd voor elke avond. Genoeg voor ongeveer tien dagen. Het enige wat ze moeten doen is de plastic bakjes in de magnetron te zetten.

'Natuurlijk is het niet nódig, mama,' lacht haar dochter. 'Maar het is lekker om een keer junkfood te eten. Als je thuis bent, eten we altijd zo verschrikkelijk gezond. Je hebt geen idee hoe saai dat kan zijn.'

'Bedankt, Ada. Dat is precies wat iedere moeder wil horen.'

'Trouwens, het was papa's voorstel. Die is al dat uitgebalanceerde voer vast ook beu.'

'Kijk, als jullie me van tevoren hadden gewaarschuwd, had ik geen uren verspild om al dat uitgebalanceerde voer in de vrieskast te krijgen.' Nu klinkt ze precies zoals ze níét wil klinken. Als een zeurderige martelares van een moeder. Ze dwingt zich met haar dochter mee te lachen. 'Nou ja, eet smakelijk van je junkfood. Als jullie in het weekend naar Vergenoeg komen, zal ik ervoor zorgen dat jullie weer gezond eten krijgen.'

'Hoe gaat het daar? Hoe is het met oma?'

'Zwakker dan toen je haar laatst in het ziekenhuis hebt gezien. Maar ze is heel blij dat Bella hier is.'

'En Bella?' Ada's stem krijgt opeens een ademloze klank die haar jonger dan zeventien doet klinken. 'Is ze nog even cool als altijd?'

'Bella is... Bella,' antwoordt San met een frons die haar dochter gelukkig niet kan zien. 'Ik vermoed dat je haar even cool zult vinden als altijd.'

Paradijs

Zoveel plekken die ik nog graag wilde zien. Maar hier voel ik me thuis. In deze kleurige kamer vol boeken, op dit koninklijke bed, met Madame Bovary of Balzac die bij mijn benen ligt te spinnen.

Aanstellerig, meent mijn schoonzoon, om twee van die straatkatten met zulke artistieke namen op te schepen. Alsof ik professor in de Franse letterkunde ben. Toen de kinderen klein waren, hadden de beesten niet zulke namen. Toen heetten ze doodgewoon Kietsie of Boelie. *Kietsie, Kietsie, roept Bella.* Later, als tiener, noemde ze een langharige kat Janis Joplin. Ter ere van een zangeres met lang haar die ze vurig bewonderde. Het was pas lang nadat de kinderen het huis uit waren, jaren na Jaaps dood, dat ik zelf de namen voor de huisdieren kon kiezen. Wellicht juist omdat ik geen professor in de Franse letterkunde ben, misschien graag was geweest, professor in elke soort letterkunde, om helemaal eerlijk te zijn professor in wat dan ook, wellicht juist daarom dat de twee laatste katten zulke elitaire namen hebben gekregen. *De laatste twee.* Dollie Plaatjies had haar hoofd geschud en begon ze Meddem Boffie en Balzak te noemen. Zo worden ze tegenwoordig door iedereen genoemd, door mijn kleinkinderen, mijn schoonzoon, mijn buren en mijn vrienden. Boffie en Balzak. San is de enige die soms nog beleefd genoeg is om Boffie met Madame Bovary aan te spreken.

Wat een troostend geluid, het spinnen van een poes. Zo blij dat ik niet meer naar het gekreun van mevrouw Cohen hoef te luisteren. Zo blij dat ik naar huis kon. Dit huis met zijn krakende plankenvloeren en zijn hoge plafonds. Mijn boeken tegen de muren, mijn katten op bed, mijn hond op de veranda. Daar heb ik geleefd, daar wil ik sterven. Wel, eigenlijk wil ik niet sterven, nu nog niet, hier niet en ergens anders niet. Maar nou ja. Als het moet, dan moet het. Liefst hier.

Ja, Johannes, misschien ben ik wel een aanstellerige oude vrouw. Aan de andere kant, mijn hond heet Bob. Hier geen literaire connotaties. *Bobbie, Bobbie, roept Ada.* Ongeveer tien jaar geleden was Bob een strompelend babyhondje, lomp en onweerstaanbaar. Dat een mens zoveel kan houden van een ding op vier poten.

Ik had zo gehoopt dat San een van de beesten zou overnemen. Dat is te veel gevraagd, ik weet het, daarom vraag ik het ook niet. Ze heeft al een kat en een hond. En drie kinderen en een man. En Bella, nee, natuurlijk niet. Zelfs al zóú ze misschien bereid zijn Madame Bovary mee te nemen, dan nog zou het niet kunnen, de kat zou nooit aarden in Parijs. Boffie is een eenvoudige boerenkat, een provinciale oma, zoals ik. Ondanks haar Franse naam. Zoals ik.

Een genadedood zal waarschijnlijk de diervriendelijkste oplossing zijn. Voor mij ook, denk ik soms. Het is het wachten dat mij eronder krijgt. Het me afvragen wanneer. Soms benijd ik mijn beesten. Die hebben geen doodsbegrip, ze kunnen tot het laatste moment voluit leven. Maar ik wil niet klagen. Dat zegt mijn schoonzuster altijd en dan begint ze en ze jammert je de oren van het hoofd. Ik ben naar huis gekomen. Ik ben thuis.

Wat hierna gebeurt, wat de volgende bestemming zal zijn, kan zelfs die dierbare dominee Crous me nog niet uitleggen. Als er maar boeken zijn, heb ik laatst tegen hem gezegd. Stel je voor, dominee, een hemelse bibliotheek, duizenden boekenrekken die in de wolken verdwijnen. Je hebt daar geen ladders nodig om bij de hoogste planken te komen. Je hebt daar vleugels om tot bij de boeken te vliegen. Wat denk je, dominee?

Dominee Crous knipperde met zijn dromerige ogen achter

de dikke brillenglazen en zei dat we allemaal onze eigen voorstelling hebben van het paradijs, maar dat het er ongetwijfeld beter zal zijn dan alles wat iemand zich ook maar kan voorstellen. Ik ben van onderwerp veranderd.

Ik heb geen weet van het paradijs. *Paradijs. Parijs. Radijs. IJs.* Het is alleen nog maar een woord waar ik mee kan spelen. Ik weet niet of ik me thuis zal voelen op zo'n plek. Het staat in ieder geval niet op mijn lijstje van plekken. Het lijstje van plekken die ik nog graag had willen zien.

Zoals de Oost.

Niet Bangkok of die andere afschuwelijke winkelparadijzen. Klinkt in mijn oren meer als de binnenste kringen van de hel. Steden waar je nagemaakte designkleding en goedkope pedofiele seks kunt krijgen. Dat is niet de Oost die ik wilde zien.

De adembenemende eenvoud van Japanse tuinen, drie perfecte stenen en een vijver, dát heeft me altijd aangetrokken. De schoonheid, in elke betekenis van het woord, van een Japanse maaltijd. De extatische soberheid van slaapkamers, schilderijen, haiku's. Misschien omdat ik er iets van wilde leren. Omdat ik nog altijd geneigd ben te overdrijven, zoals San beweert, wanneer ik een tuin aanleg, kook, een kamer inricht of een brief schrijf. Japan zou me hebben geleerd waar ik moest ophouden.

Tja. Waarschijnlijk niet. Een mens is zoals hij is, nietwaar.

Heerlijk rustig hier in de warme kamer. Warm en kleurig. Geen kleurenschema, geen thema, nooit zover gekomen. De paarsbonte gordijnen hingen vroeger in Bella's kamer – als je goed kijkt, kun je het gaatje zien dat ze er in gebrand heeft met een stiekeme sigaret – en de lapjesdeken die San en ik samen gemaakt hebben kort voor ze naar de universiteit ging, voor haar studentenkamer, elk vierkantje een herinnering aan een eens geliefd kledingstuk. Die blauwe bloemetjes op de zwarte ondergrond is uit een van haar feestjurken geknipt, dat vreselijk bonte geometrische patroon uit een overhemd met korte mouwen van haar vader, vreemd dat zo'n bezadigde man soms zulke onbezadigde hemden kon dragen, het stukje zwarte satijn uit een rokje van Bella, te kort en te strak, zoals al Bella's rokjes in die tijd. De muren zijn te geel en de mat te rood, het kussen in de leunstoel zit vol kattenharen, de boekenkast is een ramp, die zal vast ooit op iemands hoofd neerstorten. Niets past bij iets. En toch voel ik me hier thuis, strelend over de lapjes van de versleten deken, dromend over andere plaatsen.

Zoals India. Mijn ziel smacht, zelfs meer dan naar Japan, naar de chaotische overdaad van India. Felroze sari's en koenjitgele kerriegerechten, heilige koeien en tamme olifanten, shockerende erotische kunstwerken uit steen gehouwen, dát had ik nog willen zien, vrouwen met te veel schmink, standbeelden met te veel armen, te veel van alles, te veel mensen, kleuren, geuren, specerijen. India zou bevestigen dat te veel nooit genoeg is.

Ik wilde dat ik meer had gereisd!

Het is niet dat ik het niet kon betalen. Na Jaaps dood ontdekte ik dat ik een tamelijk welgestelde weduwe was. Hij was verbazingwekkend goed verzekerd, alsof hij gewéten heeft dat hij me vroeg zou achterlaten, dat ik lang op mezelf zou staan. En ik héb een deel van mijn inkomsten gebruikt om te reizen. Europa, heb een paar keer bij Bella in Parijs gelogeerd, ben twee keer met een groep naar Noord-Amerika geweest, zelfs een keer in mijn eentje een stukje van Rusland gaan bekijken. Maar ik had te weinig zin voor avontuur. Was niet dapper genoeg om meer exotische kanten uit te gaan. Japan, India, China... Zuid-Amerika! Peru of Bolivia!

Er was altijd iets wat me hier vasthield. De verjaardag van een kleinkind of een schoolvoorstelling, een dansfeest of een gezamenlijke maaltijd waarvoor de feestzaal versierd moest worden (ik was de onbetaalde *décorateur* van het dorp bij speciale gelegenheden; anders dan mijn oudste dochter konden de dorpelingen mijn overdadige stijl kennelijk wel waarderen, of misschien deden ze maar alsof ze het mooi vonden omdat ze te lui waren zelf moeite te doen), een tombola of een boekenmarkt om fondsen te werven voor de sukkelende bibliotheek. Twee middagen per week werkte ik in het zendingszaaltje, drie dagen per week in de bibliotheek van Villiersville. Een echte bibliotheek. Een echt salaris. Niet veel, maar toch.

Op een dag als ik ouder ben, dacht ik, zal ik de wereld gaan bekijken.

Een mens stelt altijd alles uit tot zijn pensioen.

Als ik vijfenzestig ben, dacht ik, begin ik opnieuw te leven. Egoïstisch en genietend. Doen wat ik wil, niet wat ik móét. Het Tweede Leven van Adèle Bothma. Nu weet ik het. Als ik vijfenzestig ben, ben ik dood.

Dat is toch niet eerlijk, hè. Als je bedenkt hoeveel mensen hun pensioenjaren doorbrengen als een zak aardappelen. Geplant voor de tv. Lezen niet eens meer een krant, laat staan een goed boek. Ik zie het toch om me heen hier in het dorp. Niet de minste belangstelling voor wat er in de rest van de wereld gebeurt. Om nog maar te zwijgen over de rest van de wereld te willen bekíjken.

Stel niets uit in je leven. Dat zal ik mijn dochters zeggen als ze een laatste boodschap van mij willen aanhoren. Niet dat ik denk dat ze dat willen. Wat ik op dat moment nog niet heb gezegd, kan maar beter ongezegd blijven. Van uitstel komt afstel. Dát had ik willen zeggen.

Leef, San. Leef, Bella. Leef!

Mensen die met je meelopen

Hallo, Dollie

Misschien is zij mijn beste vriendin. Dit magere wezen dat daar in de deur staat met een uitgewrongen vaatdoek in haar eeltige handen. Deze sombere vrouw die al bijna dertig jaar mijn vloerkleden zuigt en mijn kleren strijkt.

Misschien is het ongelooflijk vermetel van mij om haar als vriendin te beschouwen. Zij zegt 'mevrouw' tegen me. *Goed, mevrouw. Als mevrouw dat wil, zal ik uw vriendin zijn, mevrouw.* Ik moet erom lachen. Of huilen.

Ik heb er ooit over gedacht háár 'mevrouw' te noemen. Ik spreek mijn kat toch ook aan met mevrouw. Maar Madame Bovary is pas lang na Dollie Plaatjies deel van mijn leven geworden. Ik kon toch niet zomaar op een ochtend doodleuk de keuken binnen stappen en een dergelijke dramatische verandering aankondigen! *Mevrouw Plaatjies, ik heb besloten u van nu af aan mevrouw te noemen.* Ze zou gedacht hebben dat ik dement was geworden.

Of misschien toch. Misschien een van die dingen die ik had moeten doen, die er nooit van gekomen zijn, waarvoor het nu te laat is.

Plekken die ik nog graag had willen zien.

Japan.

India.

China.

Peru, Bolivia, Mexico...

Dingen die ik nog graag had willen doen.

Madame Bovary nog een keer lezen. Dit keer in de oorspronkelijke taal, het Frans.

Truffels eten. Zwart en stinkend vers uit de grond. Om erachter te komen of ze al dat gedoe nu eigenlijk waard zijn.

Aan mevrouw Plaatjies vragen of ze me ooit als vriendin heeft beschouwd...

Nu staat ze in de deur, een zeldzaam voorkomende glimlach op haar gezicht gespreid.

'Blij dat u weer bij ons bent, mevrouw. Ik heb de hele tijd gebeden dat mevrouw terug zou komen.' En de glimlach wordt zelfs nog breder. Laat me een gapende wond zien.

Dit moet echt gewaardeerd worden, hoor. Voor Dollie is een glimlach als water in een woestijn, een luxe die voorzichtig, zuinig, beetje voor beetje moet worden uitgedeeld. Toen ze bij ons begon te werken, toen Jaap en de kinderen er nog waren, dachten we dat ze onbeschoft nors was. Of zelfs hooghartig. Met haar lange magere lichaam en haar lange dunne nek en hoge jukbeenderen deed ze ons denken aan een prinses uit Oost-Afrika, een koninklijke slavin die haar eigenaren minacht. Een verwaande bonenstaak, zei Jaap. Een typische uitspraak van Jaap. En het is een kwarteeuw geleden. Ik weet het, dat is geen verontschuldiging, maar toch. Ik heb van hem gehouden.

'Ik denk dat haar voorouders uit Egypte afkomstig waren,' filosofeerde San met glanzende ogen. 'Probeer haar eens uit die hoek te bekijken. Doet ze jullie niet aan Nefertete denken?'

'Ik heb al drie veeleisende vrouwen in huis,' had Jaap opgemerkt. 'Het laatste waar ik nog behoefte aan heb is een Egyptische koningin met streken in de keuken.'

'Tja, ach, misschien schaamt ze zich alleen maar omdat ze geen voortanden heeft,' was Bella's zakelijke bijdrage. 'Nefertete zou ook niet hebben willen glimlachen als ze een lustspleet in haar gebit had gehad.'

'Misschien hád Nefertete wel een lustspleet,' zei San even ernstig. 'Ik bedoel maar, hebben jullie haar wel eens met open mond op een plaatje gezien?'

Jaap en ik waren in lachen uitgebarsten. We hebben veel gelachen in dit huis, gemakkelijk gelachen, met elkaar, met andere mensen, om het simpelste ding. Misschien was Dollies somberheid ons daarom zo opgevallen.

Jaren later toen zij zich met somberheid en al diep in ons hart had genesteld, had Bella haar op een dag gevraagd waarom ze niet vaker lachte. Natuurlijk durfde alleen Bella zoiets te wagen.

'Het leven is geen grap,' had Dollie geantwoord. 'Je kunt niet de hele dag lopen lachen en *smilen*.'

Nee, Dollie, dat kan niet. Vooral niet met zo'n leven als het jouwe. Ze klaagt niet, ze is niet van het klagerige soort, maar door de jaren heen heb ik dingen gehoord die mij moedeloos maakten. Een litanie van armoede en ellende. Te weinig eten, te weinig kleren, te weinig geld om de kinderen te laten leren, een aan alcohol verslaafde man, een zoon in de gevangenis en een verstandelijk gehandicapte kleinzoon voor wie niemand behalve zij bereid is te zorgen... *Dan zeg je toch, meneer, de vis is duur.* Daar moet ik aan denken elke keer dat Dollie mij over haar leven vertelt. *Dan wil je nog, mevrouw, dat ik lach?*

'Ik ben ook blij weer terug te zijn,' verzeker ik haar. 'Dank je dat je zo goed voor de dieren hebt gezorgd.'

'Ik heb uw kamer maandag gezogen, mevrouw, zodat ik u vandaag niet hoef te storen. Hebt u nog kleren om te strijken, mevrouw?'

Welke kleren, vraag ik me af. Die ik waarnaartoe zal dragen.

'Nachthemden of zo,' voegt ze er snel aan toe. 'Of beddengoed?'

'Vandaag niet, Dollie. San kan mijn vuile kleren uit het ziekenhuis vanochtend in de wasmachine stoppen, dan kun je ze vrijdag strijken.'

'Dan zal ik uw kamer ook keurig schoonmaken, mevrouw. Zodat alles er netjes uitziet als de kleinkinderen in het weekend komen logeren.' Ze staat nog steeds aan de vaatdoek te wriemelen, zichtbaar verlegen mij zo hulpeloos in bed te zien. Misschien had ze op een wonder gehoopt. Gedacht dat ze me gezond kon bidden. Ze is altijd een betere christen geweest dan ik. 'Is er nog iets anders wat ik voor u kan doen, mevrouw?'

'Je zou me naar het toilet kunnen helpen,' zeg ik op mijn bescheidenste manier. 'Ik voel me nog te bibberig om alleen te lopen.'

Het toilet is vlakbij, meteen achter de deur naast de kleerkast. Jaap was erg trots op de badkamer *en suite* die hij voor ons had laten aanbouwen. De *aanswiet*, noemt Dollie hem, alsof het een zelfstandig naamwoord is. Nog iets wat ik niet meer zal zijn. *Zelfstandig*. Het toilet had net zo goed buiten in de boomgaard kunnen zijn. Aan de andere kant van het dorp. In de zendingszaal. Mijn benen kunnen mij niet tot daar dragen. Ik heb eergisteren nog een bloedtransfusie gehad, in de hoop dat die me een week of wat overeind zou houden, maar deze keer heeft het kennelijk niet veel geholpen. *Het einde van de weg*. Zo noemt dokter Murray het. *Ik denk dat we het einde van de weg hebben bereikt, mevrouw Bothma*. Met zijn sympathieke professionele glimlach. Ik had niet gedacht dat hij het einde van de weg zó letterlijk heeft bedoeld. Dat ik niet eens de twaalf stappen tot bij mijn toilet *en suite* zal kunnen afleggen.

Ik heb het vannacht geprobeerd. Ben vol zelfvertrouwen opgestaan – en halverwege plat op de grond gevallen. Zeker een halfuur gesukkeld om mijn lijf weer tot op het bed gesleept te krijgen, om niet te hard te steunen of te kreunen, om alsjeblieft mijn dochters toch niet wakker te maken. Ik had het niet kunnen verdragen als ze me zó hadden aangetroffen. Zo hulpeloos als een omgekeerde tor. En toen was het toch te laat voor de wc. Gelukkig zo'n babyluier aangehad. Gelukkig geen blijvende schade opgelopen, alleen een paar blauwe plekken. Wat klets ik toch. *Mijn hele lichaam is blijvend beschadigd*. En daarmee is ook mijn laatste beetje zelfvertrouwen heen.

'U hebt toch de po onder het bed, mevrouw,' zegt Dollie fronsend. 'Als ik San roep, hoeft zij alleen maar uw lichaam op te tillen, dat is toch gemakkelijker?'

Maar niet minder vernederend, Dollie. Ik kan mijn dochters

toch niet roepen elke keer dat ik nodig moet? En ik moet alsmaar zo nodig. *Ik ben een vrouw in nood.* Nee, dan liever die verdomde luiers. Maar dan moeten ze me weer helpen die dingen te verwisselen, minstens drie keer per dag, anders wordt het een stinkende troep. De zure lucht van oude urine. Ik zie mijn kleinzoons hun neus al ophalen als ze de kamer binnenkomen. Nee, dat niet. Ik kan onmogelijk ontsnappen aan de vernedering.

'Ik wil de po alleen gebruiken voor urine, Dollie,' zeg ik beschaamd, brandend van verlegenheid. 'Om te plassen. Ik hoef nu niet te plassen. Ik wil op de wc gaan zitten.'

'O, u bedoelt, mevrouw...' Dollie komt haastig dichterbij. De vaatdoek nog steeds in haar handen.

Ik doe mijn ogen dicht om het medelijden in haar ogen niet te zien als ze zich bukt om haar schouder onder mijn arm te schuiven. Ze is altijd veel magerder geweest dan ik – zelfs nu ik zoveel afgevallen ben, is zij nog steeds de lichtste van ons twee – maar ze heeft een pezige kracht in haar *biltong*-lijf die mij altijd verstomd heeft doen staan. Ziet er geen been in om de koelkast of een boekenkast in haar eentje te verschuiven als ze van plan is goed schoon te maken. Ze slaat haar beide dunne armen om mijn bovenlijf en zet me met een keer steunen op mijn voeten. Ik voel de armspieren tegen mijn rug spannen terwijl ze me slepend over de vloer draagt. Een scherpe zweetlucht komt in mijn neus, zweet vermengd met uien en zeep. Dat zweet is wellicht van mij. De uien en de zeep van haar. Haar gezicht ligt tegen het mijne. Zo dicht waren we nog nooit bij elkaar.

We kennen elkaar al bijna dertig jaar, maar zo'n intieme omhelzing is ons nooit overkomen.

Ik mag haar beslist niet mijn vriendin noemen.

Een voor het lichaam, een voor de ziel

'De verpleegster komt in de namiddag langs,' zegt San terwijl ze in de keuken een tonijnsalade eten. 'Ze zal ons helpen met mama wassen.'

Bella stopt met kauwen en kijkt haar vragend aan.

'Zoals ze in het ziekenhuis doen. Je weet wel. In bed, met een teil water.'

'Daar heb ik geen rekening mee gehouden,' zegt Bella verslagen.

'Het wordt te moeilijk haar in en uit het bad te krijgen.'

'Ja. Natuurlijk.' Bella prikt met haar vork in haar salade. 'Er is zoveel waar ik niet aan gedacht heb. Ik bedoel, ik wíst dat ze aan het doodgaan is, natuurlijk, maar ik kon me die gruwelijke details niet voorstellen. Dat we haar als een baby moeten voeren, haar luiers moeten verschonen, tussen haar benen moeten wassen...'

Natuurlijk, denkt San, terwijl ze driftig op een hap tonijn kauwt. Het komt doordat Bella niet híér was dat mama's ziekte abstract voor haar is gebleven. Zij, San, had niet de luxe van de afstand gehad. Zij moest alles van nabij meemaken, jaar na jaar, maand na maand, week na week, toekijken hoe haar moeders lichaam van binnenuit werd opgevreten door deze vraatzuchtige ziekte. Hoe ze transpireerde van de koorts en kotste omdat ze zo misselijk was, hoe haar beddengoed 's ochtends naar verzuurde urine rook omdat ze haar blaas niet meer kon beheersen, hoe de uitslagen van de bloedonderzoeken steeds slechter werden naarmate de chemotherapie werd opgevoerd;

te weinig witte bloedlichaampjes om haar tegen infecties en andere ziekten te beschermen, te weinig rode waardoor ze voortdurend kortademig was en ze zich dodelijk vermoeid voelde, te weinig bloedplaatjes waardoor ze paarsblauwe plekken kreeg als je haar even te hard aanraakte. Die keer toen haar hele mond bedekt was met koortsblaren zodat ze eruitzag als een personage in een horrorfilm. *Mars Attack*, had een van haar kleinzoons nog geprobeerd te spotten. *Cancer Attack*, had San gedacht, veel afgrijselijker dan het ergste wat uit Hollywood kwam. Al die oorinfecties, die stinkend gele etter die uit haar oren drupte, die haar tijdelijk doof maakte, waardoor haar gehoor wellicht toen al permanent beschadigd was. De zenuwpijn die als smeltend warme metalen staven door haar gezicht sneed, die haar met haar mond tegen een kussen deed brullen van de pijn. Niet gillen. Gillen is een menselijk geluid. Brullen is dieper, heeft een dierlijker klank. Dat dacht San terwijl haar moeder haar gebrul met een kussen probeerde te smoren. Terwijl San in de kamer ernaast haar oren dichtdrukte en haar hele lichaam voelde schokken van het machteloze snikken. Dat alles heeft Bella gemist, denkt San, terwijl ze nog een hap tonijn tegelijk met haar plotseling opkomende woede doorslikt, dat alles en nog veel méér.

'Misschien voelt ze zich over een paar dagen wat sterker,' probeert ze te troosten, 'dan kunnen we haar in bad stoppen.'

'Ze wordt niet meer sterker, San.' Bella schudt langzaam haar hoofd, pakt een slablad op en knabbelt er fronsend aan. 'Ze wordt alleen maar zwakker.'

'Ik weet het,' zegt San en krijgt een kleur. 'Maar soms is er een soort opleving... iets wat op beterschap lijkt... kort voor het einde. Ik heb er de laatste tijd veel over gelezen, weet je... over terminale ziekten... over stervensbegeleiding en zo.'

Bella trekt haar wenkbrauwen sceptisch op. San besluit te doen alsof ze het niet ziet. Ze is altijd van mening geweest dat je elke taak in het leven met zoveel mogelijk kennis moet aanpakken. Bella daarentegen heeft altijd beweerd dat de beste leerschool het leven zelf blijft.

San is het soort vrouw die sekshandleidingen leest om een betere minnares voor haar man te zijn. Niet zonder een tikkeltje zelfspot. Sommige ideeën doen haar zelfs hardop lachen. Verbeeld je, je kleden als een prostituee om je man te prikkelen als hij moe thuis komt van kantoor! Wat zullen de kinderen zeggen als ze haar in zo'n toestand aantreffen, een moeder op middelbare leeftijd in netkousen en op hoge hakken met een van de stretchrokjes van haar tienerdochter aan dat nauwelijks haar dikke billen bedekt?

Toen San de eerste keer zwanger was, had ze een degelijke studie over het onderwerp gemaakt. Niet zoals de meeste vrouwen in verwachting slechts een paar tijdschriftartikelen gelezen of angstig opgewonden door een handleiding gebladerd. Nee, San had een hele verscheidenheid aan boeken bestudeerd, ingewikkelde alinea's uit haar hoofd geleerd, alsof ze examen moest doen. Misschien omdat ze gewend was aan examens, omdat ze nauwelijks één jaar voor haar eerste zwangerschap nog een vlijtige rechtenstudent was. Of misschien gewoon omdat ze nu eenmaal zo is. Na zeventien jaar moederschap smacht ze nog steeds naar meer kennis. Tegenwoordig leest ze boeken als: *Help! Ik heb een tiener in huis! (Overlevingsgids voor ouders).* Of *Mother's Little Helpers: Raising Sensitive Sons.* Of *The Father, the Son and the Holy Mother: Deconstructing the Archetypes.* Soms denkt ze dat dit het moederschap alleen nog moeilijker maakt, al die leesstof door zogenaamde deskundigen, ze beroven je van je intuïtie en je gezonde verstand. Soms vraagt ze zich af of ze niet al voldoende boeken over het onderwerp heeft bestudeerd om er zelf een boek over te schrijven.

Wellicht is ze daarom met zoveel ijver over ziekte en dood gaan lezen. Op dit terrein is ze een leek. Hier kan ze hopelijk iets léren. En al die moderne computertechnologie heeft haar in een nieuw heelal van kennis gelanceerd. Druk op een paar toetsen en je bént er. *Kanker.* Nooit geweten dat er zoveel soorten kanker waren. Klik op *Non-Hodgkin's Lymphoma,* klik op *zoeken,* en kijk wat er gebeurt! Een verzwelgende golf van informatie. *Palliatieve zorg. Zoeken.* Een cybervloed van kennis over een term die een jaar geleden niet eens tot haar woordenschat behoorde. *Palliatief*, volgens haar woordenboek: *verzachtend, verlichtend; verontschuldigend, verbloemend. Verontschuldigend.* Dát woord heeft ze zich eigen gemaakt. San Steyns definitie voor de verzorging van een stervende ouder.

'Het is als bij een atleet die zich pas tot het uiterste inspant als de eindstreep in zicht is,' zegt San in een poging haar zusters wenkbrauwen weer plat te krijgen.

De boog boven Bella's ogen wordt nog een haarbreedte hoger.

'Als je de dood als een eindstreep beschouwt...'

'Je weet best wat ik bedoel. Het laatste stukje voor de bel gaat voor de laatste ronde. Het laatste eind van de marathon. Je krijgt dan schijnbaar een soort bovennatuurlijke kracht, waarschijnlijk een stevige dosis adrenaline, maar het lijkt een...'

'Over bovennatuurlijke verschijnselen gesproken,' valt Bella haar zus in de rede. 'De dominee heeft zojuist gebeld.'

'Mama zei dat hij vanmiddag beslist komt kijken,' zegt San.

'Ik heb tegen hem gezegd dat ze te moe is, hij moet haar met rust laten.'

'Heb je het haar gevraagd?' vraagt San met een diepe frons.

'Nee, ik weet immers dat ze te fatsoenlijk is om nee te zeggen.'

'Maar ze vindt het fijn als hij op bezoek komt!'

'Ach, shit, San, mama heeft nooit iets gezien in dominees.'

'Dominee Crous is anders, Bella. Hij komt niet met de bijbel onder de arm binnenstappen. Hij komt praten, hij stelt haar vragen over dingen, hij stelt belang in wat ze zegt. Het is meer een vriendelijk burenbezoek dan wat anders.'

'Als hij als buurman komt, moet hij zijn vrouw mee brengen.' Bella's grijze ogen glinsteren vervaarlijk. 'Stel je voor wat de mensen zullen zeggen. Alleen met haar in de slaapkamer.'

'Hij is áárdig, Bella. Hij is bedachtzaam, hij is bescheiden, hij is zachtaardig, hij is...'

'Ik heb nog nooit een aardige dominee ontmoet,' zegt Bella met haar mond vol sla.

'Waarom oordeel je zo hard over de kerk?'

'Omdat de kerk zo hard heeft geoordeeld over mij. Als ik aan die dominee denk – hoe heet hij ook weer? Ik ben het goddank vergeten! – die lul die tegen me zei dat ik regelrecht op weg was naar de hel. Met zo'n zelfvoldane uitdrukking op zijn schijnheilige smoel. Terwijl ieder meisje op school wist te vertellen dat hij zijn handen niet thuis kon houden.'

'Dat is meer dan twintig jaar geleden, Bella.' San neemt een slok wijn – dankbaar dat haar zuster ook besloot een glaasje wijn te drinken, en ze zich niet schuldig hoeft te voelen omdat ze de rest van de dag onmogelijk zonder alcohol aandurft – en ze bekijkt Bella met een mengeling van ergernis en sympathie. 'Dominee Van Jaarsveld is allang dood.'

'Van Jaarsveld! Als er ook maar iets van rechtvaardigheid in dit leven bestaat, is híj in de hel terechtgekomen. In een speciaal warm hoekje voor farizeeërs en andere witgepleisterde bedriegers.'

'Mama was ook niet zo op hem gesteld,' brengt San haar in herinnering. 'Maar ik heb haar nooit een negatief woord over dominee Crous horen zeggen. Ik denk echt dat ze zijn komst op prijs stelt. En de laatste paar weken komt hij haar regelmatig opzoeken.'

'Om te controleren of ze klaar is voor de hemel?'

'Nee!' roept San uit, zo geërgerd over haar zusters onverdraagzaamheid dat ze rode wijn knoeit op haar roomkleurige kabeltrui. 'Verdomme! Omdat hij bezorgd is om haar, omdat ze moederziel alleen in dit grote huis woont, omdat hij weet dat ze vaak eenzaam is en bang.'

Bella dwingt zichzelf een laatste hap salade te nemen en duwt dan haar bord met een zucht weg.

'Al goed. Ik ben te ver gegaan. Zoals gewoonlijk. Wat wil je dat ik doe? Hem opbellen en mijn excuses aanbieden?'

'Nee,' zegt San terwijl ze zout over de wijnvlek strooit. 'Het enige wat ik van je vraag is dat je hem niet met opzet onbeschoft behandelt als hij op bezoek komt.' Ze kijkt smekend naar haar zuster, die met een spottende en neerbuigende uitdrukking op haar gezicht tegenover haar zit. De zangeres in de onconventionele zwarte outfit en het uitdagende stekeltjeshoofd. Die ontsnapt is. 'En dat je vooral probeert niet te vloeken waar hij bij is.'

'*Ça alors,*' zegt Bella met een duivelse glimlach. 'Het lijkt me misschien beter om mijn mond helemaal niet open te doen.'

Bella is toevallig in de buurt van de voordeur als in de namiddag de bel gaat.

'Hallo,' zegt de vrouw op de drempel. 'Ik ben Pat. Zuster Pat, zo noemen ze me allemaal. Ik neem aan dat jij de zondige jongste dochter bent.'

'Mijn reputatie is me vooruitgesneld,' grinnikt Bella. 'Weet je zeker dat jij niet de dominee in travestie bent?'

San komt haastig aanlopen om de verpleegkundige uit haar verlegenheid te redden. Maar Pat grinnikt bijna zo breed als Bella.

'Nee, ik ben niet degene die voor de ziel zorgt,' zegt ze. 'Ik zoek het meer in het lichaam.'

'Kom binnen,' zegt San over Bella's schouder. 'Mijn zuster heeft iets tegen dominees.'

'Ik ook,' zegt Pat met een fonkeling in haar bijna doorschijnend blauwe ogen. 'Ik denk dat wij het samen wel kunnen vinden.'

Het is een vrouw van Adèles leeftijd, maar blakend van gezondheid, met een gespierd lichaam dat er jaren jonger uitziet dan haar onopgemaakte gezicht. Kort staalgrijs haar en de zongebruinde huid van iemand die veel tijd in de buitenlucht doorbrengt. Een bergbeklimmer, heeft San wel eens gedacht, of een zeezeiler of zoiets. San heeft haar al een paar keer ontmoet, maar nog nooit met zo'n fonkelende blik, nog nooit met zo'n ondeugend gezicht. Bella heeft nu eenmaal het vermogen, realiseert San zich voor de zoveelste keer, om zelfs van de verantwoordelijkste mensen de onverantwoordelijkste zijde tevoorschijn te halen.

'Mag ik je een kopje thee aanbieden?' vraagt San terwijl haar zus en de verpleegkundige naar elkaar staan te grinniken.

'Nee, laten we eerst maar eens bij je moeder gaan kijken,' antwoordt Pat op meer zakelijke toon. 'Dan kunnen we later praten bij een kop thee.'

In de slaapkamer, waar Adèle rechtop zit met een open krant op haar schoot, slaat Pat haar handen tevreden in elkaar.

'Dit is nu echt de Adèle Bothma die ik ken!' Ze keert zich naar Bella. 'Ik ken niemand anders die *Die Burger* zo plichtsgetrouw van voor tot achter leest. Alles, zelfs het beursnieuws en de paardenrennen. De redactie hoort haar een speciale medaille te geven. Voor volharding en trouw.'

'Het is een verslaving,' zegt Adèle en haalt haar schouders op. 'Door de jaren heen heb ik al mijn andere verslavingen van me af geschud.'

Zelfs eten, denkt San. Wie had kunnen denken dat haar moeders leeslust langer zou duren dan haar eetlust? En zelfs haar leeslust leidt de laatste maanden een kwijnend bestaan. Voordien las ze met gemak drie boeken per week. Drie dikke boeken. Zes dunne. Nu ziet ze kennelijk geen kans meer een roman te beginnen, in elk geval geen nieuwe, ze bladert alleen nog wat in de oude hier om haar heen. Zoals *Pride and Prejudice* dat daar op het kastje naast haar bed ligt. Alsof ze geliefde passages weer wil opzoeken, als een oude hond die een oud bot wil opgraven, er nog eens voor het laatst op wil kauwen. In het ziekenhuis las ze alleen tijdschriften. Niet eens elke dag de krant. Dát niet eens meer.

'Een paar amusante nieuwtjes opgepikt?' vraagt Pat terwijl ze haar schoudertas openritst en er een zwarte armband met een aangehecht handpompje uithaalt.

'Je kent me, Pat. Ik vind die paljassen van onze regering echt om te lachen. Misschien is het helemaal niet leuk. Misschien is het tragisch. Maar ik kan het niet helpen. Ik moet erom lachen.'

'Mij jagen ze meestal op de kast. Daarom ben ik ook niet zo'n trouwe krantenlezer als jij.' Pat rolt de mouw van Adèles nachthemd op om de band van de bloeddrukmeter om haar bleke bovenarm te wikkelen. De huid van haar arm hangt los om het bot, als een te groot kledingstuk, met de kleur van een vuile vaatdoek. Pat buigt zich eroverheen om naar een paarsblauwe vlek te kijken een eindje boven de elleboog. 'Hoe kom je daaraan?'

'Geen idee,' antwoordt Adèle onverschillig. 'Je weet toch dat ik al een blauwe plek krijg als iemand aandachtig naar me kijkt.'

Wat San onmiddellijk aandachtig naar haar moeder doet kijken. Ervan overtuigd dat die blauwe plek er niet was toen ze haar gisteren in het genadeloze licht van de ziekenhuiskamer hadden uitgekleed.

'Terwijl ik haar onderzoek, kunnen jullie vast een kom met warm water halen,' stelt Pat voor. 'En twee schone handdoeken. De grootste die jullie hebben. Niet te veel water in de kom, hoor, maar halfvol. En een spons en de antiseptische zeep die jullie hebben gekregen in het ziekenhuis.'

Als San samen met Bella de kamer uitloopt, hoort ze hoe Pat haar stem tot op een samenzweerderige toon laat zakken. 'Zo ja, nu zijn we tenminste bevrijd van die nieuwsgierige aagjes.' Ze gaat haar vragen stellen over die blauwe plek, denkt San. Maar Pat zegt even gemoedelijk: 'Nu kunnen we lekker ouwewijvenpraatjes houden. Heb je al gehoord dat Anna Eigendom een nieuwe vrijer heeft?'

'De arme man,' zegt haar moeder met een ademloos lachje. 'We zouden hem eigenlijk moeten waarschuwen.'

'Het moet een welgestelde weduwnaar uit de Kaap zijn die hier een huis wil kopen. En terwijl ze hem nog aan het rondleiden was in het huis, greep Anna hem. Zodat geen enkele vrouw in het dorp nog een kans kreeg.'

'Mam interesseert zich toch niet echt voor zulke dorpsroddels!' fluistert Bella met een geërgerde frons.

'Waarom niet?' San haalt een plastic bak uit de gangkast naast de badkamerdeur en gaat op de rand van het bad zitten om warm water in de bak te tappen. 'Ze kan eigenlijk niet anders, Bella. Ze woont hier al zo lang, ze maakt deel uit van het dorp.'

'Ik heb altijd gedacht dat ze te slim was om deel te worden van zoiets... zieligs.'

'Tja, we zijn hier niet in Parijs,' zegt San, een beetje scherper dan ze bedoelt. 'Maar misschien is het zieliger om ongelukkig te zijn in Parijs dan gelukkig in een dorp als Vergenoeg.'

Bella keert zich haastig om naar een ladekast die tegen de muur aan de overkant staat en haalt er twee badhanddoeken uit.

'Die handdoeken toch niet,' protesteert San onmiddellijk.

'Wat is er mis mee?'

'Kijk toch eens hoe ze eruitzien, Bella. Dun van het wassen en uitgerafeld. Ik denk dat mama ze al heeft gekocht toen wij nog thuis waren.'

'Nu je het zegt.' Bella bekijkt de badhanddoeken met een nostalgische glimlach. 'Ik wilde net zeggen dat ik dit ettergele ontwerp herken.'

'Ik heb al zo vaak nieuwe badhanddoeken voor haar gekocht,' moppert San. 'Ik weet niet wat ze ermee doet. Elke keer als ik kom logeren, moet ik maar weer zien dat ik mijn lichaam met zo'n uitgerafeld vod droog krijg. De laatste tijd breng ik mijn eigen handdoeken mee.'

'Zou ze de nieuwe handdoeken misschien aan Dollie geven? Wellicht omdat ze sentimentele gevoelens koestert voor deze todden.'

'Ik begrijp echt niet hoe het werkt in haar hoofd.' San draait de badkraan dicht en pakt de plastic bak op. 'Ze kan naar de stad rijden en zonder er bij na te denken een boekwinkel binnenstappen en twintig nieuwe boeken kopen. Maar ze zal er nóóit aan denken nieuwe badhanddoeken aan te schaffen.'

'Wat zou je dan willen, San?' plaagt Bella. 'Een moeder die meer belang stelt in handdoeken dan in boeken?'

San schudt haar hoofd en loopt zo haastig met de kom de badkamer uit dat er een plas water op de tegelvloer achterblijft.

Het wassen is een beproeving, zowel voor Adèle als voor haar dochters. Als ze een handdoek onder haar billen schuiven om het bed droog te houden en de verpleegkundige zonder omhaal haar nachthemd over haar hoofd trekt, kruist ze haar armen over haar naakte borstkas alsof ze het opeens koud krijgt. Wat een bescheiden, beschaamd gebaar, denkt San, zo slecht passend bij een vrouw die haar lichaam nooit heeft verstopt voor haar kinderen. San houdt de bak water vast, Bella de andere handdoek, allebei even hulpeloos, bijna zo hulpeloos als de naakte vrouw op het bed, terwijl de verpleegkundige met ervaren hand de vochtige spons hanteert. Ze begint bij de hals van de patiënte – nadat Adèle zelf haar gezicht en handen heeft gewassen – en werkt snel en degelijk naar beneden toe.

Jammer genoeg niet zo snel dat ze haar patiënte en de dochters uit hun verlegenheid kan redden.

Als zij de uitgezakte borsten optilt om de huid daaronder te wassen, beginnen Adèles schouders opeens te schokken van het lachen.

'Het lijken wel die boekjes die ik voor je kinderen heb gekocht,' zegt ze tegen San. 'Weet je nog, die met die flappen die je moet optillen om de plaatjes te zien. Hoe noem je ze ook weer?'

'Kiekeboeboekjes,' zegt San.

'Kiekeboe,' zegt haar moeder. 'Tegenwoordig heb ik kiekeboetietjes.'

'Laat me niet lachen, Adèle,' zegt Pat quasi-boos. 'Ik ben hier in mijn professionele hoedanigheid.'

'Ook nog een kiekeboebuik,' zegt Adèle als Pat haar slappe buik begint te wassen.

San klampt zich verbeten vast aan de kom. Ze kent haar moeder te goed. Ze weet als geen ander hoeveel wanhoop Adèle

Bothma nog altijd achter haar zelfspot kan verbergen. Ze kijkt neer op de kom, staart naar het grauwe water, wanneer Pat de spons tussen haar moeders benen duwt. Het geslacht, kaal en roze als van een klein meisje, ziet er bijna komisch uit tussen de blauw dooraderde liezen en de losse huid van de oude-vrouwendijen.

'Ze ziet er beter uit dan toen ik haar de laatste keer heb gezien,' zegt Pat een halfuur later aan de keukentafel. 'Ik bedoel niet haar fysieke toestand, op dat gebied kunnen we geen beterschap meer verwachten, maar het lijkt alsof haar gemoed lichter is geworden.' Ze neemt een slok thee en glimlacht laconiek. 'Nu beweeg ik me op het terrein van de dominee, nietwaar?'

San staart naar de thee in haar kopje terwijl de zwarte kat langs haar benen schuurt. De grijze poes ligt zoals gewoonlijk bij haar moeder op bed. Ze voelde zich erg opgelucht toen ze uit de slaapkamer weg kon, en haar moeder daar alleen kon achterlaten met de kat, om het hele vernederende toneel te proberen te vergeten. Maar morgen moeten ze het weer doen. Deze keer zonder de professionele hulp van de verpleegster. Ze vraagt zich af of Bella het goed zal vinden dat ze alleen de bak water vasthoudt, zoals vandaag, zodat ze kan doen alsof ze er niet is. Dat is wel het minste wat Bella kan doen, denkt ze met een nieuwe opwelling van wrevel, om daarmee al die keren te vergoeden dat zij er níét bij was.

'Ik denk dat ze bezig is... alles los te laten.' Ze kiest haar woorden voorzichtig, bang dat het zal klinken alsof ze te veel gelezen heeft, zodat Bella haar weer met een sceptische blik op haar plaats kan zetten. 'Ik denk dat ze een soort vrede heeft gevonden. Vanaf het moment dat Bella hier is. En we haar naar huis hebben gebracht.'

'Ik ben blij te zien dat ze nog belangstelling heeft voor de krant,' zegt Pat na een slok thee. 'Het is goed om zo lang mogelijk om je heen te blijven kijken, anders tob je te veel over wat er binnen in je gebeurt. Ik ben ervan overtuigd dat het beter is om niet helemaal... in een vrije val te sterven.'

'Het klinkt als de titel van een song.' Bella zuigt in gedachten aan een sigaret, haar ogen wazig, alsof zij ook wenst dat ze ergens anders was. *'Sterven in een vrije val.'*

'Ik ken jouw muziek helemaal niet,' biecht Pat op met een verontschuldigende glimlach, 'maar je moeder kan niet ophouden over je op te scheppen. Schrijf je je eigen teksten?'

'Nee, ik heb absoluut geen schrijftalent. San is degene die kan schrijven. Maar San heeft al haar talenten in de kast gezet om een voorbeeldige moeder te worden.'

San voelt zich kleuren. Alweer die beschuldigende toon.

'Dat is ook een talent,' troost Pat boven haar theekopje. 'Misschien wel een van de zeldzaamste.'

Patroniserend, vindt San. Patroniserende Pat.

'Hmm,' zegt Bella smalend en blaast een wolk rook in haar zusters richting.

San zet haar lege kopje met zo'n harde klap op het schoteltje dat Pats fletsblauwe ogen er geschrokken van knipperen.

'Wie had ooit kunnen denken dat mama hier in Vergenoeg een lesbische vriendin zou krijgen?' vraagt Bella geamuseerd als ze op de veranda staan te kijken hoe de verpleegster in een roestige kever wegrijdt.

'Waarom denk je dat ze lesbisch is?' wil San verontwaardigd weten.

'Is dat niet tamelijk duidelijk dan?'

'Het is misschien duidelijk dat zij niet het type vrouw is dat gebloemde jurkjes zal dragen, Bella, maar het feit dat ze nooit getrouwd is, betekent toch niet...'

'Ik wist niet eens dat ze nooit getrouwd is geweest,' kapt Bella haar af. 'Alsof een trouwring een vrouw op het rechte pad kan houden!'

San gluurt achterdochtig naar haar jongere zuster. 'Wat bedoel je nu eigenlijk?'

Bella kijkt haar op die neerbuigende manier aan die ze van

kleins af aan als wapen heeft gebruikt om haar oudere zus te intimideren. 'Heb je niet gezien hoe ze met me flirtte?'

'Wát?'

'Ik weet wanneer er iemand met me flirt, San. Pat heeft met me geflirt. En ik heb het ook gedaan. Waarom niet?'

San staart haar in stom ongeloof aan.

'Wanneer heb jíj voor het laatst met iemand geflirt, San?' daagt Bella haar uit. 'Met een man of een vrouw?'

San slaat haar ogen op naar het zinken dak van de veranda, haar mond een en al afkeuring, maar ze voelt een onverwacht kriebelen in haar keel.

'Ik heb wel gezien hoe je gisteren naar dokter Murray keek,' lacht Bella. 'Je hormonen spelen op, maar je bent verdomme te fatsoenlijk om er iets aan te doen.'

San begint hulpeloos met haar zuster mee te lachen.

'Je bent gek, Bella.'

'Liever gek dan fatsoenlijk. Dat is nog altijd mijn devies.'

San draait zich om naar de voordeur. De zon is net weggezakt achter een heuvel en meteen komt de koude uit alle richtingen aangekropen. Wanneer hééft ze voor het laatst met iemand geflirt, vraagt ze zich af als ze de deur achter haar zuster en zichzelf dichttrekt.

De volgende beproeving is het bezoek van de dominee. Hij komt de volgende ochtend al vroeg opdagen, Bella zit nog in het oude T-shirt waarin ze slaapt in de keuken een tweede beker sterke zwarte koffie te drinken om goed wakker te worden. Ook eigenlijk niet zó vroeg, realiseert San zich als ze op haar horloge kijkt. Bella is nu eenmaal een nachtuil wie het zelfs hier op het land moeite kost voor middernacht in slaap te vallen. En die nooit voor negen uur 's ochtends aangekleed is.

San glimlacht vriendelijk als ze de voordeur voor hem open doet. Misschien een beetje té vriendelijk, alsof ze bij voorbaat al iedere mogelijke onbeschoftheid van haar zuster wil vergoeden. De dominee is een nogal kleine, magere man van in de veertig met grijsbruin haar dat op zijn kruin dun begint te worden en een bril met een ouderwets zilveren montuur. De spreekwoordelijke kleurloosheid ten top. Het enige wat aan hem opvalt, zijn de bijziende grijsblauwe ogen, zacht en dromerig als de ogen van een jongen die zich nog verbaast over de wereld om hem heen.

'Mijn moeder wacht al op u, dominee,' zegt ze meteen in de hoop dat ze hem haar moeders kamer kan binnenloodsen voordat Bella uit de keuken opduikt.

Maar hij aarzelt nog op de drempel en heft met zijn linkerhand een puntzak op als een hengelaar die opschept met een dikke vis.

'Ik heb een kleinigheid voor je zus meegebracht.' Zijn glimlach is zo stralend oprecht dat je zijn gelige tanden bijna niet opmerkt. 'Om haar te verwelkomen in ons land.'

'Ze is nog niet helemaal wakker,' zegt San met een gespannen lachje. 'Ik zal het haar straks geven.'

Maar de visser geeft zijn vangst niet uit handen.

'Ach, het kan wel wachten tot ik met je moeder heb gepraat. We zijn hier op het land immers ook niets gewend. Het komt niet iedere dag voor dat ik de kans krijg een beroemde zangeres uit Parijs te ontmoeten.'

'Ja... nou... misschien is ze tegen die tijd wel aangekleed. Ze is een artieste, dat weet u, dominee, en die houden zich niet aan de uren van ons gewone mensen.'

Ze kan niet geloven wat ze zegt. *Gewone mensen.* Het klinkt zo debiel dat ze wel door de grond kan zakken van schaamte.

'Maar ze lusten toch wel biltong, of niet?' zegt hij met een ondeugend gezicht. 'Zoals wij gewone mensen?'

'Biltong!' buldert Bella in de keuken. 'Ik ben opeens klaarwakker!'

Het volgende moment staat ze in de keukendeur, een magnifieke glimlach op haar ongewassen gezicht en een hoofd vol stoppels die alle kanten uitstaan. Ze draagt een ouderwetse mannenonderbroek met lange pijpen die strak om haar magere benen spannen en een T-shirt met daarop het woord *Fuck* ongeveer honderd keer herhaald, zo groot als het opschrift op een vaandel dat naar onder toe steeds smaller wordt, terwijl het over haar behaloze borsten en haar buik valt tot op haar dijen waar het ophoudt.

San staart haar paniekerig aan. Dat T-shirt had ze niet opgemerkt toen ze zojuist in de keuken was. Bella zat bij de tafel, voorover geleund met haar kin in haar handen, de gewone chagrijnige ochtenduitdrukking op haar slaperige gezicht. San had alleen goeiemorgen gezegd en was weer weggegaan. Ze kende haar zuster goed genoeg om te weten dat ze niet aanspreekbaar was voor ze haar tweede beker koffie op had. Maar nu krijgt ze opeens het akelige vermoeden dat Bella helemaal niet meer zo slaperig was. Dat ze alleen haar T-shirt wilde verbergen.

'Hou je van biltong?' vraagt dominee Crous tevreden.

Mocht Bella's outfit hem al schokken, dan weet hij dat op bewonderenswaardige wijze te verbergen. Misschien is hij te bijziend om het schuttingwoord op het shirt te kunnen lezen, denkt San in een moment van hoop. Nee, je moet wel stekeblind zijn om dat eerste vaandelgrote *Fuck* niet te zien.

'Ik zou mijn ziel verkopen voor een pakje biltong.' Bella komt zonder een spoor van verlegenheid dichterbij en ontvangt de puntzak met een koninklijke hoofdknik. 'Hoe wist u dat, dominee?'

'Ach, ik vermoed dat je moeder zich iets dergelijks heeft laten ontglippen.' Hij pakt Bella's rechterhand en pompt die enthousiast. 'Blij je te ontmoeten, Bella. Welkom in je thuisdorp.'

Parijs is mijn thuisdorp. San verwacht zoiets te horen, in elk geval een of andere smalende opmerking, maar Bella heeft kennelijk besloten de kranen van haar charme wijd open te draaien.

'Met zo'n cadeau kan ik me niet anders dan welkom voelen. Dankjewel, dominee.' Bella monstert hem met de naïeve nieuwsgierigheid van een kleuter. 'Mijn zuster zegt dat je anders bent dan andere dominees.'

'Ik weet niet hoe de anderen zijn,' lacht hij, nerveus bij zoveel charme en roem. Of misschien toch enigszins van streek gebracht door de nabijheid van het schreeuwende vierletterwoord op de behaloze borsten.

'Anders,' zegt Bella. 'Geloof me.'

'Nou ja, we praten straks weer,' zegt hij met een lichte blos. 'Ik ga nu eerst je moeder opzoeken.'

Als hij de deur van Adèles slaapkamer na een zacht kloppen openduwt, keert San zich misnoegd naar haar zuster.

'Was dit nu echt nodig, Bella?'

'Wat?' Ze slaagt er waarachtig in er onschuldig uit te zien. 'Heb ik iets verkeerds gezegd?'

'Het was niet nodig om ook maar íéts te zeggen. Het staat uitgespeld op je borst.'

Bella kijkt naar beneden naar haar T-shirt en slaat haar handen zo dramatisch voor haar mond dat San onmiddellijk woedend wordt. Dan dringt het tot haar door dat zelfs Bella niet in staat is met zoveel overtuiging verlegenheid te spelen. Het lijkt wel of ze inderdaad vergeten is dat zij dit specifieke T-shirt aan heeft.

Heel even staren ze elkaar zwijgend aan. Bella nog steeds met haar handen voor haar mond, San verslagen met hangende armen. Uit hun moeders slaapkamer komt het gedempte gedreun van de stem van dominee Crous. Dan beginnen Bella's ogen boven haar vingers te glimmen, en Sans rechterhand grijpt naar haar mond om het geluid te smoren dat eruit wil barsten. Het volgende moment vluchten ze halsoverkop naar de keuken, duwen de deur achter zich dicht, en geven zich over aan een lachbui die hen met lamme benen op de vloer doet zakken.

'Ik wil zó graag een fatsoenlijke indruk wekken,' zegt Bella als ze eindelijk in staat is een woord te zeggen. 'Ik wil zo graag dat je één keer in je leven trots op me kunt zijn.'

'Het is wel goed, Bella.' San snakt naar adem om tot bedaren te komen, voelt een laatste onbeheersbare trilling door haar lichaam gaan. Van kleins af aan worden zij en haar zus overvallen door dergelijke hysterische lachbuien, maar de laatste keer was al zoveel jaren geleden dat ze dacht dat het voor altijd voorbij was. Het besef dat het nog steeds mogelijk is je zo belachelijk te gedragen, geeft haar een licht gevoel in haar hoofd. 'Het is al goed. Eén fatsoenlijke zuster in een familie is meer dan genoeg.'

'Zie je nu wat ik bedoel?' vraagt San als ze een paar uur later een omelet met haar zuster deelt. 'Dominee Crous knipperde geen moment met zijn ogen toen hij je T-shirt zag. Hij is niet schijnheilig. Hij heeft een *open mind.* Hij is áárdig.'

Bella neemt een hap van de omelet. Het is duidelijk dat zij zoals gewoonlijk niet proeft wat ze eet, dat ze erop uit is zo gauw mogelijk klaar te zijn zodat ze een sigaret kan opsteken.

'San, zeg me eens eerlijk. Is er ook maar iemand op aarde die jij níét aardig vindt?'

'Tja.' Ze doet alsof ze diep nadenkt. 'Ik moet bekennen dat ik er echt veel moeite mee heb iets aardigs te zien in tante Vera.'

'Die ouwe zuurpruim,' lacht Bella snurkend. 'Die was ik helemaal vergeten!'

'Een van de voordelen van in een ander land wonen. Dat je je vreselijke familieleden kunt vergeten.'

Misschien was de opmerking bitser uitgevallen dan ze bedoelt, want Bella kijkt haar opeens scherp aan.

'San, ik weet dat je het de laatste tijd erg moeilijk hebt gehad. Ik vind het jammer dat ik er niet was om je te helpen. Maar hou alsjeblieft op voortdurend kwaad op me te zijn.'

'Nee, dat is het niet... ik ben... ik ben niet kwáád op je... natuurlijk niet!' Door de onderzoekende blik in haar zusters kattenogen voelt ze zich als een spartelende muis. 'Het is alleen... nou ja... soms wilde ik dat we een tijdje konden ruilen. Maar voor een maand of zo. Zodat jij het hier met een man en drie kinderen en een zieke moeder moest zien te redden. En ik in Parijs kon staan zingen.'

'Jij kunt niet zingen, San.'

'Ik weet het. En jij zou niet weten wat je met een zieke moeder aan moet.'

Bella grijpt haar pakje Camel en steekt er een op.

'Niet op de lange duur,' voegt San er op minder agressieve toon aan toe. 'Ik bedoel, ik wéét dat we elkaars leven niet kunnen leiden, Bella, maar ik zou alleen zo graag willen dat jij eens kon ondervinden hoe het voelt om mij te zijn. *De keurige oudere zuster*.'

Ze spuugt de zin met zoveel minachting uit dat Bella haar een paar seconden sprakeloos aanstaart.

'Denk je dat het lolliger is om míj te zijn?' vraagt ze uiteindelijk, haar hese stem hoog van verbazing. 'De zuster die altijd iedereen opfokt?'

'Dat is niet wáár,' protesteert San. 'Jij hebt méér in je leven gedaan waar mama trots op kan zijn dan ik ooit gepresteerd heb. Ze zit eeuwig en altijd over jou op te scheppen, Bella, over haar beroemde dochter in Parijs! En zij niet alleen. Mijn eigen dochter vindt jou de volmaaktheid zelve! Wat heb ik ooit gedaan waarover iemand kan opscheppen?'

'Je hebt drie kinderen opgevoed,' zegt Bella achter een wolk rook.

'Te *fucking* gek,' zegt San, en dan, omdat ze zo zelden scheldt, omdat deze ongewone uitbarsting haar vandaag voor de tweede keer lichthoofdig van vrijheid maakt, herhaalt ze de zin. 'Te fucking gek.'

'San,' zucht Bella en drukt de sigaret uit in haar bord, naast het resterende stuk omelet. 'Je kent het gezegde: je kunt de meeste mensen een tijdje voor de gek houden, en sommige mensen de meeste tijd, maar het is onmogelijk alle mensen de hele tijd voor de gek te houden. Of iets dergelijks. En het allermoeilijkste is jezelf voor de gek houden. Dit laatste deel komt uit mijn koker.'

'Waar héb je het over?' wil San ongeduldig weten. 'Wie is wie voor de gek aan het houden?'

'Er zijn maar twee redenen waarom iemand trots op mij zou zijn,' zegt Bella terwijl ze naar de peuk naast de omelet staart. 'Ofwel ze zijn blind van liefde, zoals mama, en misschien zelfs jouw dochter, ofwel ze zijn misleid. Ze zien mij aan voor iemand die ik niet ben. En ik speel mee, de hele tijd, want als ze moesten weten wie ik écht ben... Nee, San, je zou mij echt niet graag willen zijn, niet eens voor een maand. Niet eens een dag. Geloof me.'

'Het is trouwens een belachelijk idee,' verontschuldigt San zich. 'Zoals mama altijd zegt, is een mens...'

Maar Bella is al opgestaan en de keuken uitgelopen. De afwas zoals gewoonlijk voor iemand anders achterlatend. San vraagt zich af of ze niet snel nog een glas wijn kan drinken. Dan begint ze af te ruimen. Zoals gewoonlijk. Ze pakt haar zusters bord op, schraapt de peuk en het stuk verpieterde omelet in de afvalbak buiten bij de achterdeur, zet het lege bord in de gootsteen. *Zoals mama altijd zegt. Een mens is zoals hij is, nietwaar.*

De ene die is ontsnapt

Aangezien het een van de schaarse stralende namiddagen is aan het eind van een lange winter, de lucht eindeloos blauw en prikkelend fris, besluit San Bella te vragen mee te gaan op haar dagelijkse wandeling.

'Je weet toch dat ik niet van wandelen houd,' zegt Bella, die op haar moeders bed in een tijdschrift zit te bladeren. 'Ik weet niet wat ik met zoveel frisse lucht moet doen, ik voel me er ellendig gezond door.'

'Dat is niet waar, Bella,' berispt haar moeder haar met een koesterende glimlach. 'In Parijs ga je te voet naar iedere plek waar je wilt komen.'

'In Parijs is geen schone lucht, mam. Geen gevaar dat ik me gezond ga voelen.'

'Toe nou, Bella Bok. Je hebt nog nauwelijks een voet buiten de deur gezet sinds je hier bent aangekomen. Ga een eindje wandelen met je grote zus.'

Bella's hart voelt als een ballon die te hard is opgeblazen als ze haar moeder kritisch bekijkt. Verbeeldt ze het zich of is er vandaag toch een vaag vlekje kleur op de bleke wangen? En het komt haar voor dat ze iets minder kortademig is dan gisteren. *Maar stel...* Ze is dat hele eind uit een ander land gekomen om er zeker van te zijn dat haar moeder niet in haar eentje zal sterven. Ze wíl geen voet buiten de deur zetten. *Stel nou dat...*

'Laten we gaan kijken wat er allemaal veranderd is sinds je hier de laatste keer was,' zegt San in de deur van de slaapkamer.

Ze ziet er heel anders uit in haar ribfluwelen broek en haar afgetrapte wandelschoenen, dan toen Bella haar eergisteren op het vliegveld zag. Jonger, beter in haar vel. Geen make-up, alleen een streepje oude lipstick op de lippen. En het is kennelijk uren geleden dat haar haren een kam hebben gezien. Zo doet ze Bella aan de tiener denken die ze meer dan twintig jaar geleden was. Ze zag er altijd zelfverzekerder uit dan andere tieners, tevredener met haar plek in de wereld. Pas als volwassene begon ze tekenen van onzekerheid te vertonen. Toen heeft haar mooie mond die fragiele trek gekregen. Er werd altijd gezegd dat ze dezelfde mond hebben. Dat die eigenlijk het enige was wat hen tot zussen bestempelde. Waardoor Bella zich afvraagt of ook háár mond er de laatste tijd uitziet alsof hij van glas is gemaakt.

'Je kunt beter zeggen alles wat níét veranderd is,' zegt ze. 'Daarom word ik zo depressief van dit dorp.'

'Laat San je het huis van de Hollandse beeldhouwer wijzen,' stelt haar moeder voor.

'Die ene die "in zonde" leeft?'

'Het is indrukwekkend, hoor,' zegt haar moeder. 'Hij maakt enorme kunstwerken, je kunt het eigenlijk geen beelden noemen, het zijn van die moderne structuren van staal en plastic. Kennelijk kon hij zich in Nederland geen atelier veroorloven dat groot genoeg was, daarom is hij hier komen wonen.'

'Hij heeft een oude schuur vlak bij het tentoonstellingsterrein in een atelier veranderd,' vertelt San verder. 'En een vervallen oud huis ernaast heel mooi opgeknapt. Echt smaakvol gedaan.'

Smaakvol. Zo'n typisch San-woord, denkt Bella. *Verrukkelijk smaakvol.*

'Of anders gaan jullie monsieur Chirac gedag zeggen,' zegt haar moeder. 'Hij zal het zo fijn vinden weer eens Frans te kunnen praten, Bella.'

'Chirac? Is dat die ouwe soldaat?'

'Het is niet zijn echte naam. Ik noem hem zo omdat hij me aan jullie president doet denken. Zo'n scherpe neus en van die ondeugende oogjes. Een echte ouwe charmeur.'

Jullie president. Ze woont nu al zo lang in Frankrijk dat haar eigen moeder haar blijkbaar als Française beschouwt. Ze is niet meer een van *ons.* Ze is een van *jullie* geworden. Ze vraagt zich af waarom deze gedachte haar zo vreselijk triest maakt.

'Mama weet waar ze het over heeft,' plaagt San. 'Hij heeft vreselijk zijn best gedaan bij haar.'

'Hij heet ook Jacques,' zegt haar moeder. *'Zjak. I call myself Zjak.'*

'Nu maken jullie me toch nieuwsgierig.' Alles wat mogelijk is om deze onverwachte *tristesse* van zich af te schudden, besluit ze en staat haastig op. 'Weet je zeker dat je oké bent, mam?'

'Weg met jullie.' Haar moeder wuift met een vermoeid gebaar. 'Ik heb zin in een dutje.'

'Is het normaal dat ze voortdurend slaapt?' vraagt Bella als San het tuinhekje achter hen dicht klikt. Ze staan op de stoffige onverharde straat voor het huis. Bob draait kwispelend om hun benen, dronken van opwinding bij de kans het dorp te verkennen. 'Ik bedoel, wordt er iets over gezegd in de boeken die je hebt gelezen?'

San werpt haar een achterdochtige blik toe en begint met flinke stappen de helling af te lopen.

'Het zal wel zijn als met een machine die op batterijen werkt,' zegt ze als Bella haar na een paar stappen inhaalt. 'De batterijen raken langzaam leeg. Ze heeft steeds minder kracht om wakker te blijven. En de medicijnen maken haar natuurlijk ook slaperig.'

'Ik begrijp niet zoveel van die medicijnen, San. Had ze niet besloten te stoppen met chemotherapie?'

'Ja, daar is ze te ver voor heen,' knikt San. 'Maar ze slikt pillen tegen allerlei aanverwante problemen. Haar hele gestel is zo afgetakeld dat ze voor ieder virus vatbaar is. Ze heeft geen weerstand meer over. En behalve de problemen van het lichaam zijn er natuurlijk ook de problemen van de geest. Depressies en angstaanvallen en dat soort dingen.'

'Angstaanvallen.' Bella haalt zwaar adem. 'Ik wil niet dat ze onnodig lijdt, maar... nou ja, ik had alleen gedacht dat ze meer moeite zou doen om wakker te blijven. Als je denkt aan de lange slaap die haar te wachten staat.'

San zegt niets, loopt alleen nog sneller. Bella gluurt tersluiks naar haar, ziet de ongelukkige rimpel tussen haar wenkbrauwen, en ze realiseert zich dat San de gedachte aan haar moeders dood nog steeds niet kan verdragen. Waarschijnlijk is het daarom dat ze al die boeken leest, al die kennis verzamelt, om het hele gebeuren zo abstract mogelijk te houden. *Problemen van het lichaam. Problemen van de geest.* Dat is heel wat anders dan je eigen moeder als een gelig lijk voor te stellen.

Zwijgend lopen ze voorbij de pastorie waar die afschuwelijke dominee Van Jaarsveld jaren geleden woonde. Waar de vrouw van dominee Crous nu op de veranda naar hen staat te zwaaien. Het is net zo'n grijze muis als haar man. Grijsbruin haar en een weinig flatterende bril. Om haar heen staat een zestal opgeschoten meisjes met verschillende schakeringen vaal bruine haren.

'Hij heeft vier dochters,' legt San uit. 'En er logeert altijd wel een stel nichtjes en vriendinnetjes bij hen. Ik vraag me soms af of die arme man niet verzwolgen wordt door een golf van oestrogenen om hem heen.'

Deze keer is het Bella die geen antwoord klaar heeft. Opgeslokt door een plotselinge herinnering aan dominee Van Jaarsvelds zware stem en zelfs nog zwaardere wijsvinger. Stel je eens voor wat díé met een huis vol jonge meiden zou doen. Een pastorie vol perversiteiten.

Een eindje lager op de helling slaat San opeens rechts de Schoolstraat in. Wanneer Bella het gebouw met de witte gevel in de verte ziet, blijft ze onwillekeurig staan, als een dier dat een angstaanjagende geur op het spoor komt.

'Waar gaan we nu eigenlijk naartoe?' vraagt ze. 'Naar de Franse president?'

'We lopen gewoon in een wijde bocht,' zegt San. 'We zullen

wel langs het huis van dat Franse mannetje komen.'

'Ik ben allergisch voor die school, San. Ik krijg het hondsbenauwd. Ik heb moeite met ademhalen. Kunnen we niet een andere weg nemen?'

'Was het echt zó erg, Bella?' vraagt San lachend.

'Jij zult dat nooit begrijpen, San,' zucht Bella en loopt gelaten door, in de richting van het gevreesde gebouw met de witte gevel, haar zuster als een lachende blonde engelbewaarder naast haar. 'Jij was het soort meisje dat tot koningin van het bal zou zijn gekozen als we in Amerika hadden gewoond. Mooi en slim en zo verdomde aardig dat iedereen gek op je was. Leraren én leerlingen. Ik was niet mooi, ik was niet slim en ik was al helemaal niet aardig.'

'Je was niet debiel, Bella, je was alleen...'

'Juist, ja, ik was lui.'

Interessant, denkt Bella, dat haar zuster alleen het middelste gedeelte van die opmerking tegenspreekt. Dat ze Bella troost met haar intelligentie, niet met haar uiterlijk of haar persoonlijkheid. Feit is dat ze geen mooi kind was. Haar neus was te lang, haar mond te groot, haar wangen te hol, haar huid te bruin, haar haren te kroezig. En het feit dat ze wist dat ze niet mooi was, maakte haar stuurs, zelfzuchtig, ongelukkig en opstandig. Als ze meer op haar oudere zuster had geleken, had ze een aangenamer karakter gehad. Daar was ze nog steeds van overtuigd.

Pas aan het eind van de middelbare school begonnen al die afzonderlijke elementen van haar gezicht – neus, mond, wangen, huid – de belofte van een aantrekkelijk geheel te tonen. Maar tegen die tijd stoorde ze zich niet meer zo aan haar gezicht. Ze had intussen ontdekt dat haar lichaam een veel machtiger wapen was geworden. Ze was gefascineerd door de metamorfose van haar lijf, de scherpe hoeken die zachte rondingen werden, de contouren van haar heupen en billen, de bos schokkend zwarte haren tussen haar benen, de deinende borsten met tepels als olijfpitten. Ze had ook ontdekt dat zij niet de enige was die deze opwindende veranderingen had opgemerkt. Jongens begonnen op een andere manier naar haar te kijken. Meisjes ook, maar in de ogen van de meisjes zag ze meer afgunst dan bewondering, wat het magnifieke gevoel van macht alleen maar had bevestigd.

Zoals iedere trotse eigenaar toonde ze haar wapens graag – ze droeg de kortste rokjes, de kleinste haltertopjes, de strakste spijkerbroeken van heel het dorp – en ze gebruikte ze zo regelmatig als mogelijk was. Ze schoot salvo's uitdagende seksualiteit af overal waar ze kwam. Ze deed de jongens met open mond staan en de ogen van de meiden tot spleetjes knijpen. Ze deed volwassen mannen schuldig grinniken en oude vrouwen naar adem happen. Fuck jullie, dacht ze, fuck jullie allemaal. *I've got the power.*

'Je had nooit hier naar school moeten gaan,' zegt San. 'Mama had je naar een school in de stad moeten sturen, een school voor kunstzinnige vorming of een particuliere school of zo, een plek waar ze je talenten hadden gewaardeerd.'

'Welke talenten?'

'Je kon zingen, je kon dansen, je kon...'

San probeert nog iets te bedenken. Ze kan natuurlijk niet zeggen: *Kijk, je kon beter tongzoenen dan alle andere meisjes op school. Je hebt twaalf van de vijftien rugbyspelers van het eerste onder handen genomen. Drie in één nacht, bij een berucht feestje in de gemeenschapszaal. De grond onder de eucalyptussen was de volgende ochtend nog nat van de kots en het sperma van dronken schooljongens...*

'Ik kon tennissen,' herinnert Bella zich als ze het typische doffe geluid horen van een bal die door een racket wordt geraakt.

Op de banen naast de school zijn twee volwassenen aan het spelen. Ze dragen geen witte tenniskleding, gewone gekleurde T-shirts, de vrouw een blauwe joggingbroek, de man een strakke zwarte fietsbroek, en ze slaan de bal zonder veel enthousiasme heen en weer.

Vreemd wat een gemengde emoties zo'n geluid kan oproepen. Tennis was de enige sport waar ze van hield. En ook alleen als ze in haar eentje kon spelen, alleen zij en haar tegenstander aan de overkant van het net. Aan dubbelen had ze een hekel. Zeker te ongeduldig, te egocentrisch om met iemand samen te moeten spelen. Alle teamsporten die zo populair waren bij de andere kinderen, basketbal, hockey, rugby en cricket, waren voor haar een kwelling. Op een bepaalde manier werd ze wel aangetrokken door atletiek, maar ze had geen talent voor hardlopen of springen. Dus beberkte ze zich tot tennissen, en ze speelde met een onsportieve agressiviteit. Al haar woede vierde ze bot op de ballen. En op haar verbouwereerde tegenstanders.

'Maar dat telde eigenlijk niet mee,' zegt Bella. 'Tennis was als schaken of *jukskei*. Waarmee de nichten en nerds bezig werden gehouden.'

'Tennis je nog?'

'Nee. Ik heb niet genoeg woede meer over.' Bella stond stil om met een schuin hoofd de achtersteven van de mannelijke speler te bestuderen. 'Er is toch iets aan zo'n paar boerenbillen dat mij na al die jaren nog hitsig kan maken.' San keert zich naar haar zuster en kijkt haar verbaasd aan. 'Dit is het goeie soort. Lekker stevig handjevol. De Franse mannen hebben van die knokige kippenbillen.'

San barst in lachen uit.

'Hoe zijn de billen van Claude?'

Bella vraagt zich af of ze haar zuster moet vertellen dat haar relatie met Claude tot de verleden tijd behoort. Niet nu, beslist ze, dat is het type verhaal dat ze liever 's nachts bij een paar glazen wijn zal vertellen. Zodat elke mogelijk aanval van sentimentaliteit aan dronkemansverdriet kan worden toegeschreven.

'Niet gek,' antwoordt ze. 'De benen een beetje aan de dunne kant. Maar toch niet vormloos.'

De herinnering aan Claudes benen roept natuurlijk ook de

rest van zijn lichaam op. De lange witte vingers van de klassieke musicus, het ascetische gezicht van iemand die niet voldoende in de buitenlucht komt, de zwarte ogen die diep in hun kassen proberen weg te kruipen voor de wereld om hem heen. Ze begint weer haastig te lopen.

Voor het onooglijke internaatsgebouw speelt een stelletje armoedige kinderen op een stukje petieterig gras. Niet meer dan twee witte gezichtjes zijn erbij, merkt Bella op. Twintig jaar geleden waren ze allemaal wit. En heel wat ouder dan dit schamele groepje. Toen de school werd opengesteld voor alle rassen, bleef alleen de basisschool open. Er waren genoeg kinderen in de omgeving om een basisschool te vullen; voor verdere scholing moesten ze naar een groter dorp. Bella herinnert zich hoe verontwaardigd haar moeder was toen een kind van Dollie Plaatjies' zuster de dertig kilometer naar Villiersville moest liften. Haar moeder nam het kind mee op de dagen dat ze in de bibliotheek in Villiersville werkte. Waarschijnlijk hetzelfde familielid dat intussen als tijdelijke kracht voor de bibliotheek is opgeleid. Bella vraagt zich af of haar moeder meent dat ze de hele uitgebreide familie van Dollie Plaatjies met barmhartigheid op de been kan houden.

En ze vraagt zich ook af hóé het met die familie moet als haar moeder...

Het gaat om een heel ecosysteem, denkt ze bedrukt. Het zijn niet alleen de dieren – de kwispelende hond hier bij hen, de twee luie katten in huis, en de eenden en kippen op het erf – die door Adèle Bothma's naderende dood worden bedreigd. Er staan ook mensenlevens op het spel.

En boeken, denkt ze wanneer ze het gesloten zendingszaaltje naderen, al die honderden stukgelezen boeken achter die schilferende muren. En al die mensen die geen andere toegang hebben tot boeken. Het wordt verdomme een catastrofe.

'Kijk, daar aan de overkant staat het atelier van de Hollander,' wijst San. 'De mensen noemen het de Vliegende Hollander omdat het schuin aflopende glazen dak op het zeil van een schip lijkt. Dollie zegt dat ze het in haar buurt de Titanic noemen. Omdat dat de enige scheepsnaam is die ze kennen.'

Naast de kerktoren en het internaatsgebouw is dit het hoogste bouwwerk in het dorp. En verreweg het modernste, met de weerkaatsende glazen panelen die de helft van het dak vormen en een paar enorme ramen in roestvrijstalen kozijnen.

'Ik vind het meer op een ruimteschip lijken,' merkt Bella op. 'Past eigenlijk bij niets anders in de omgeving, hè.'

'Het dorp is te lang in de vorige eeuw blijven hangen. Het is goed dat de mensen eens wakker geschud worden. Op het eerste zicht lijkt het misschien iets té modern. Maar het is smaakvol gedaan, vind je niet?'

Bella schudt haar hoofd. San met haar obsessie voor het smaakvolle. Zij, Bella, geeft de voorkeur aan de vervallen oude schuur die hier vroeger stond.

Een paar straten verder, waar de witte bewoners schaars worden en de meer vervallen, smallere, drukke wijk van de rest van het dorp begint, slaat San linksaf en daarna weer links de Kerkstraat in, zodat ze teruglopen in de richting van waaruit ze gekomen zijn. Bella laat zich gedwee leiden. Als haar zuster liever niet door het armoedige deel van het dorp wil dwalen, zal zij niet proberen haar te dwingen. Ze leven in het jaar 2000, tien jaar na de eerste golf van democratie die over dit hartzeerland is heen gespoeld, maar San Steyn bevindt zich nog steeds in een welgestelde, *smaakvolle*, glanzende witte wereld. Veilig ingesponnen in de gouden cocon van haar huis op de hellingen van de Tafelberg. Nee, niet veilig, allang niet meer. Zelfs hier in Vergenoeg hebben de grotere huizen tegenwoordig inbraakbeveiliging voor de ramen, en achter bijna iedere omheining blaft een hond.

Bob blijft de hele weg terug onvermoeibaar blaffen. Waarschijnlijk de enige manier waarop honden in dit dorp nog met elkaar kunnen communiceren, filosofeert Bella. Zo blaffend achter de hekken, ingesloten door tralies, worden de laatste roddelverhalen over eigenaren en buren aan elkaar meegedeeld. De kakofonie volgt de wandelende zussen van huis tot huis, wat de conversatie steeds meer bemoeilijkt. Misschien maar goed ook, denkt Bella. Ze ziet eigenlijk helemaal niets wat haar animeert een oppervlakkig gesprek te beginnen.

Als ze bij de kerk komen, wordt Bob kalmer. Goddank, nog geen hond die de kerk moet bewaken. Voor een van de twee makelaarskantoren stapt een vrouw van middelbare leeftijd met een helm van stijf gespoten blonde haren uit een zilverkleurige Mercedes.

'Anna Eigendom,' zegt San terloops. ''k Weet niet of jij je haar nog herinnert.'

'De vrouw die de rijke weduwnaar heeft ingepalmd,' zegt Bella. 'Ziet er niet uit of ze erg verlegen zit om geld.'

'Ze is de beste zakenvrouw van het district. Het is daarom dat June van het andere kantoor haar niet kan uitstaan.'

'Bestaat de oude vete nog steeds?'

'Mama zegt dat ze elkaar 's zondags bij de kerk met grote schijnheiligheid groeten. De rest van de week leven ze als kat en hond. Heb je geen sigaretten of iets anders nodig?'

San staat stil voor de dorpsbazaar.

'Nee. Ik heb taxfree een slof gekocht op het vliegveld.'

'We moeten boter en suiker halen. Wil jij dat snel doen, dan ga ik naar de drankwinkel.'

Bij het pand ernaast, op de veranda van de slijter, houdt de gewone verzameling verlopen figuren de wacht bij de deur. Dronken engelen, denkt Bella, die de hekken van het paradijs bewaken.

'Er is toch nog genoeg wijn in huis.'

Genoeg om tot lang na haar moeders dood te blijven drinken, had ze de vorige avond gedacht toen ze de rijen en rijen stoffige flessen in de kelder onder de veranda zag.

'Ja, maar ik wil iets sterkers,' zegt San met een verlegen lachje. 'Whisky of zo. Om 's avonds een slaapmutsje in te kunnen schenken.'

'Ik heb eigenlijk geen zin in ouwe Anna Winkels nieuwsgierige vragen,' zegt Bella met een frons. 'Laat mij liever de drank kopen, en jij de boter en de suiker.'

'Nee.' Sans blonde hoofd schudt beslist van nee. 'Dáár stuur ik je niet naar binnen.'

'Ik ben intussen een grote meid, San,' lacht Bella. 'Ik kan het wel aan, hoor.'

'Loop maar vast door,' beveelt San. 'Ik zal alles kopen wat we nodig hebben.'

Bella stribbelt niet tegen. In de drankwinkel staat vast ook iemand die ze al heel lang niet heeft gezien, iemand met wie ze een praatje zal moeten beginnen. En ze moet de hond hier weg zien te krijgen. Hij blaft als een bezetene tegen de alcoholische engelen op de veranda.

Vreemd dat San nog steeds probeert haar te beschermen, denkt ze, terwijl ze Bob bij zijn halsband wegsleept. Toen ze klein waren had ze waarschijnlijk een engelbewaarder nodig. Ze was kleiner en magerder, piepte eerder dan andere kinderen van haar leeftijd. Als San haar bij de hand hield, voelde ze zich sterk en dapper. Toen ze tieners waren, beschermde San haar op een andere manier, met leugentjes om bestwil en samenzweerderig zwijgen tegen haar vaders teleurstelling, haar moeders woede-uitbarstingen, tegen de afkeuring van andere mensen. Maar waar moest haar oudere zuster haar nu nog tegen beschermen?

Een paar straten verder haalt San haar in met twee plastic tassen in haar handen. Als Bella haar wil helpen dragen, geeft San haar de lichtere zak met de boter en de suiker.

'Daar woont het Franse meneertje.' San wijst naar een bungalow met een keurig tuintje. De okerkleurige muren en de paarsblauwe nuance van de houten luiken voor de ramen amuseren Bella. Alsof de eigenaar zich inbeeldt in de Provence te wonen. Bijna zo misplaatst als het ruimteschip van de Hollander. 'Zullen we een praatje gaan maken?'

'Ken je hem dan?' vraagt ze verbaasd.

'Van zien. Maar mama zal ontzettend trots op je zijn als je een beetje Frans met hem praat.'

'San, ik ken die man van geen kanten. Ik heb geen fok tegen hem te zeggen.'

'Ach, toe, Bella?'

'En als het waar is dat hij in het Vreemdelingenlegioen heeft gezeten, heb ik hem nóg minder te vertellen. Dat is een stelletje fanatieke macho's waar ik van gruw.'

'Mam zal teleurgesteld zijn,' zegt San onverschillig.

'Die is er aan gewend teleurgesteld in mij te zijn,' bromt Bella. 'Een keer meer zal weinig verschil maken.'

San begint sneller te lopen, en neemt waarachtig wéér de straat waar de school staat. Waarschijnlijk uit gewoonte, denkt Bella, hoewel ze vermoedt dat haar zuster het doet om haar te straffen. Omdat ze niet met die *bloody* Franse soldaat wil praten.

De tennisbaan ligt er nu verlaten bij. De vrouwelijke speler is verdwenen en de man in de strakke fietsbroek is op weg naar een rode pick-up die voor de school staat geparkeerd. Een echt rugbyerslijf, constateert Bella, lang met een stevige nek, brede schouders en bultige kuitspieren. Of in elk geval een ex-rugbyer. Hij is al over zijn sexy hoogtepunt heen. De buik onder het T-shirt is niet meer plat en het gezicht onder de sluike gouden haardos is verweerd door te veel zon. Een beetje al te zelfverzekerd, de manier waarop hij hen bekijkt, zo alsof hij...

'Bella?' De stem doet haar aan een grindpad denken. De plotselinge brede witte glimlach klopt aan haar geheugen. 'Goeie hemel, dat moet toch Bella Bothma zijn!'

Als hij zijn zonnebril afzet, herkent ze hem onmiddellijk. Het is die welige gouden snor die haar in verwarring heeft gebracht.

'Karel Kat!'

'Bella Bok?' Hij lacht uitbundig. 'Wat heb jij op deze godvergeten plek te zoeken? Ik dacht dat je tegenwoordig bij de kikkerbillenvreters woonde!'

'Ik woon in Parijs, ja, maar ik ben hier voor een tijdje... Mijn moeder is erg ziek.'

'Ik heb gehoord dat ze...' Hij strijkt fronsend over zijn snor. 'Dat spijt me verschrikkelijk. Is het nu... zover?'

'Ongeveer, ja. Ze is stervend.' Ze kijkt verlegen de andere kant uit, over zijn schouder heen naar de gevel van het gebouw waar ze haar laatste twee schooljaren samen met hem heeft doorgebracht. Zijn achternaam is iets als Vermaak, als ze het zich goed herinnert. Zo'n lange, sterke deugniet was hij, toen al die brede glimlach en die glinsterende leeuwenogen, de meisjes waren allemaal gek op hem. De jongens ook. Uitblinker in sport. Rugby, atletiek, cricket, alles. Niet in tennis. In die tijd tenniste hij niet. Hij was geen nicht of een nerd. Karel Kat niet. 'Ken je mijn zus? San?'

'Karel Viljoen, aangenaam,' zegt hij en schudt Sans hand alsof die een collectebus is. 'Jij hebt hier niet op school gezeten, anders had ik je me wel herinnerd. De mooiste meisjes vergeet je immers nooit.'

'Nee, ik ging naar de universiteit toen Bella hier kwam,' zegt San met een charmante blos.

'Zij is aan de marteling ontkomen,' zegt Bella.

'Ach, nou, zo erg was het ook weer niet, Bella Bok.' Als hij lacht klinkt het alsof er een zak gruis in zijn buik wordt omgeschud. 'We hebben onze lolletjes wel gehad, of niet soms?'

Bella vraagt zich af wat hij bedoelt met *lolletjes.* Hun stiekeme gevrij in zijn vaders pick-up? Die avond toen zij hem hier achter diezelfde tennisbaan heeft afgetrokken? Of die keer toen...

'Goeie genade, wat zie jij er fantastisch uit,' zegt hij. 'Wanneer hebben we elkaar voor het laatst gezien?'

'De laatste dag voor het eindexamen? Wil je echt weten hoe lang dát geleden is?'

'Daarna nooit meer?' Hij fluit tussen zijn tanden en haalt zijn vingers verbaasd door zijn haar. Het is duidelijk dat hij trots is op zijn haar, nog net zo welig en goudkleurig als toen op school, nog geen vleugje grijs te zien, maar de stijl is te bestudeerd naar Bella's smaak. Zelfs na een partijtje tennis ziet het eruit alsof hij de föhn pas weggelegd heeft. 'Hoe is het in godsnaam mogelijk dat we elkaar nooit meer tegen het lijf zijn gelopen? Ik heb al die jaren hier in het district geboerd.'

'Ik niet,' bracht ze hem in herinnering. 'Ik ben zo ver mogelijk weggevlucht.'

'En ontzettend beroemd geworden, hoor ik. Wie had dat kunnen denken? Die stoute Bella Bok!'

'Nou ja...'

'Ben je ooit getrouwd? Heb je kinderen?'

'Daar is het nooit van gekomen.'

'Zeker betere dingen gedaan, denk ik,' zegt hij met een ondeugende grijnslach.

'Maar jij bent toch getrouwd met... hoe heet ze ook weer? Marie-Louise?'

'Marileen.'

Marileen. Zo'n zoetige blonde barbie, herinnert Bella zich. Basketbalspeelster en klassenvertegenwoordigster. Karel-en-Marileen. In de eindexamenklas waren ze al een droomstel. Niemand had ooit iets geweten van haar eigen gescharrel met Karel. Behalve als hij erover heeft opgeschept bij zijn vrienden. Maar waarschijnlijk had hij het verzwegen, te bang dat Marileen het te weten zou komen. Marileen was door en door fatsoenlijk. Echt geen aftrekster. Het type meisje waarmee alle jongens uiteindelijk willen trouwen. Bella was het type meisje met wie alle jongens stiekem wilden vrijen.

'Het is misgelopen.' Hij haalt zijn schouders op en plukt weer aan zijn snor. Blijkbaar een vaste gewoonte als hij verlegen is. 'We zijn allang gescheiden. Daarna was ik waarachtig zo dom om weer te trouwen. Wéér mislukt. Nu woon ik alleen op de boerderij met mijn honden.'

'Kinderen?'

'Drie dochters. Twee bij mijn eerste vrouw, een bij de tweede.'

Naast haar schraapt San haar keel.

'Bella, ik loop vast naar huis,' zegt ze. 'Leuk je ontmoet te hebben, Karel.'

'Wacht, ik ga mee,' zegt Bella. 'Nou, Karel. Misschien...'

'...zien we elkaar nog eens? Als je zin hebt kunnen we een avond iets gaan drinken. In het pension hier in het dorp?'

'Tja, ik weet niet... het hangt ervan af... ik weet niet hoe lang ik hier zal blijven.'

'Lang genoeg voor een borrel in het pension,' port San haar aan. 'Vooruit, Bella, het zal je goed doen, een avondje uit.'

'Zoals je hoort heeft mijn zuster de neiging mijn leven voor me te regelen,' zegt Bella met een vreugdeloos lachje. 'Nou ja, bel maar, dan gaan we. Tot ziens dan!'

Ze draait zich om en begint zo snel naar huis te lopen dat San haar op een drafje in moet halen.

'Jesses, San,' moppert ze, 'denk je nu echt dat ik niets beters te doen heb dan hier met oude schoolvriendjes rond te hangen?'

'Was hij een van je vriendjes?' vraagt San belangstellend.

'Kijk...'

'Kom op, Bella, hier in Vergenoeg is verder geen klap te doen. Je kunt toch wel een uurtje met die man doorbrengen. Hij is best aantrekkelijk, vind je niet?'

'Voor een boer in Vergenoeg, bedoel je?'

'Nou ja, je wás een en al bewondering voor zijn billen.'

'Dat betekent niet dat ik met de rest van zijn lijf een borrel wil drinken.' De hond holt een eind voor hen uit en snuffelt aan de omheining van de pastorietuin. De vrouw van de dominee en al die meisjes staan niet meer op de veranda. 'Wat hebben we elkaar verdomme eigenlijk nog te vertellen?'

'Ach wat, het is toch lekker om over die goeie ouwe tijd te praten.'

'Er was niets góéds aan die ouwe tijd, San. Niets wat ik me kan herinneren.'

Wat ze zich wel herinnert – en wat ze zich eigenlijk niet wíl herinneren – is dat ze heel erg op hem gesteld was. In ieder geval meer op hem dan op de andere jongens uit haar klas. Op een bepaald moment had ze zelfs gehoopt dat hij haar zou vragen voor het eindexamenfeest. Natuurlijk alleen om dan nee te kunnen zeggen. *Wie wil nu naar zo'n onnozel gedoe?* Maar toen vroeg hij Marileen. En toen viel Bella's weigering naar het afscheidsfeest te gaan natuurlijk een beetje weg. Toen was ze niet meer de dappere rebel die een belegen traditie te lijf wilde gaan. Toen was ze meer een slechte verliezer. Iemand die door niemand werd gevraagd.

'Dat maakt toch niets meer uit, Bella,' troost San als ze haar moeders tuinhek openduwt. 'Wees dankbaar dat je van hier bent ontsnapt.'

Nee, denkt Bella. Karel Kat is degene die is ontsnapt. Natúúrlijk maakt het nog wat uit.

Twee dochters

Bella draagt muziek met zich mee door het leven. Waar Bella is, is muziek. Altijd.

Ze heeft de luidsprekers van de installatie in de zitkamer naar mijn slaapkamer gebracht. Draait de hele dag cd's voor mij, meestal barokmuziek – Bach, Corelli, Vivaldi. Terwijl ze op mijn bed door tijdschriften zit te bladeren.

Soms geef ik de voorkeur aan stilte. Om me te concentreren, me te herinneren wat voorbij is, te proberen te doorgronden wat me wacht. Maar dat zeg ik niet tegen Bella. Zij heeft de muziek meer nodig dan ik. In dit stadium is zij banger voor wat gaat gebeuren dan ik.

Het schijnt dat vrouwen tegenwoordig bevallen terwijl ze naar muziek luisteren. Ze zeggen dat het je helpt kalm te blijven, de pijn te verlichten, angst te verminderen. Misschien ook omwille van de baby. Het moet beslist heel aangenaam zijn om in het leven verwelkomd te worden met een partita van Bach. Maar om afscheid te nemen van het leven? Ik weet het nog zo net niet. Doodgaan terwijl je naar Bach luistert? 'k Heb het gevoel dat dit het afscheid nemen alleen maar moeilijker maakt. De gedachte alleen al dat er aan de andere kant geen muziek is.

Ik moet weer ingedut zijn. De muziek is veranderd. Nog steeds Bach, denk ik, maar niet meer zo trippelend als de partita van zojuist. Het klinkt niet meer alsof de pianist twintig vingers heeft. Misschien een minder begaafde deze keer. Weer iets waarvan ik hopeloos te weinig weet. Muziek.

Luisteren naar de muziek. *Ze zeggen dat het je helpt kalm te blijven, de pijn te verlichten, de angst te verminderen.*

'Wat was dat toch voor een liedje waar jij op een bepaald moment de hele tijd naar luisterde?' vraag ik aan Bella. 'Over een vrouw die in een sportwagen door Parijs wil rijden...'

Bella kijkt op van de *House and Leisure* op haar schoot, verrassing in haar grijze ogen.

'Met de wind in haar haren,' herinner ik me.

'"The Ballad of Lucy Jordan",' zegt Bella. 'Ik heb nooit geweten dat je naar die teksten luisterde.'

'Je draaide het zo vaak, ik kon eigenlijk niet anders.' Mijn mond is droog van weinig praten. Ik schuif wat omhoog tegen de kussens en leun naar het nachtkastje toe om het glas water te pakken. 'Was het iets wat jijzelf graag wilde?'

'Wat?'

'In een sportwagen door Parijs rijden.'

'Nee,' zegt Bella met een scheve glimlach, 'sportwagens hebben me nooit echt een kick kunnen geven. Het is meer het hele gevoel van de song die mij aansprak. En natuurlijk de stem van Marianne Faithfull. Het is een vreselijk droevig lied. Over een vrouw die langzaam waanzinnig wordt. Terwijl ze denkt aan al die dingen die ze nooit heeft gedaan...'

'Je bent nog niet te oud.' Mijn stem klinkt schor, dringender dan ik bedoel. 'Je kunt nog alles doen wat je wilt, Bella.'

'Daar ben ik niet zo zeker van.'

'Je kunt nog een kind krijgen.'

'Wie zegt dat ik een kind wil?'

'Wil je dat dan niet?'

Ik zal me niet laten afschrikken door haar geïrriteerd fronsen. Er zijn dingen die ik moet zeggen zolang ik ze nog kan zeggen. Ze kijkt naar het tijdschrift op haar schoot, blijft een tijdje stil voor ze antwoordt.

'Het stond nooit echt hoog op mijn prioriteitenlijstje, mam. Het is als met een sportwagen door Parijs rijden. Ik bedoel, als het was gebeurd, had ik het heerlijk gevonden. Maar het is er nooit van gekomen.'

'Het kán nog.'

Ik zie een grijnslach op haar gezicht geboren worden, eerst gaan de mondhoeken langzaam omhoog, dan beginnen de ogen spottend te glinsteren, de lippen vertrekken smalend.

'Zelfs al had ik het gewild, mama, dan weet ik nog niet waar ik een vader vandaan had moeten halen.'

'Je violistenvriend? Claude?' Ze schudt haar hoofd en staart naar buiten. Ze ziet er opeens zo triest uit dat ik haar onmiddellijk probeer te troosten. 'Het maakt niet uit wie de vader is, Bella. Het gaat om het kind.'

'Mama!' Ze spert haar ogen quasi-geschokt wijd open, presteert het zelfs om bijna op San te lijken. 'Stel je eens even voor wat die arme papa zou zeggen als hij je nu zou horen!'

Die arme papa kan mij niet horen, wil ik haar zeggen. Maar misschien heb ik al te veel gezegd. Ik doe mijn ogen dicht en zak achterover in de kussens. De pianomuziek kabbelt door de kamer, spat me om de oren, ruist over het bed. Ik voel dat mijn dochter me gadeslaat.

'Mama, heb je ooit... was er ooit een andere man in je leven?'

'Een paar jongens op de universiteit,' antwoord ik met gesloten ogen.

'Maar papa was de eerste man met wie je geslapen hebt.' Het is een stelling, geen vraag, daarom zeg ik niets, houd mijn ogen dicht. 'En na papa? Was er toen ooit iemand anders?'

'Ik ben een paar keer uitgegaan met andere mannen.'

Dat is niet wat ze wil horen. Ik weet wat ze wél wil. Ik weet niet of ik erover wil praten.

'Maar papa was de enige...'

Ik ben blij dat mijn dochter me het soort vragen kan stellen die ik zelf nooit ofte nimmer aan mijn eigen moeder had durven stellen. Nee, dat is een onzinnige vergelijking. Het was ondénkbaar dat mijn moeder ooit met iemand behalve met mijn vader naar bed zou gaan. Misschien ben ik alleen maar blij dat het tot mijn dochter doordringt dat ik in een zekere periode ook nog een seksleven heb gehad. Maar er zijn dingen die een moeder misschien maar liever met zich mee kan nemen in het graf. Of in het vuur, in mijn geval. Ik vind het nog steeds vreselijk om aan die vlammen te denken. *Luister naar de muziek. Ze zeggen dat het je helpt kalm te blijven, de pijn te verlichten, de angst te verminderen.*

'Papa is de enige die belangrijk voor me was.'

Een ander antwoord kan ik mijn dochter niet geven.

Als ik mijn ogen weer opendoe, hangt het gezicht van mijn oudste dochter over me heen. Die grote blauwe ogen waarin je kunt verzinken. Ze wrijft met een vochtig washandje over mijn voorhoofd.

'Ik heb hier een beetje geleipudding voor je, mama.'

De muziek is verdwenen. Bella is niet meer in de kamer.

Ik ruik de rode gelei. Gisteravond heeft San me een driehoekje witbrood met gladde pindakaas en stroop gevoerd. De korstjes zorgzaam afgesneden. Kleutereten. Ik heb een luier om en slurp de geleipudding van de lepel. Ik heb altijd gedroomd over een tweede leven op mijn oude dag. Ik bedoelde niet dat ik letterlijk van voren af aan wilde beginnen. Dat ik weer zo'n knullige baby wilde worden.

'Wil je weten of ik ooit met iemand anders dan met je vader heb geslapen?'

'Nee.' San schudt geschrokken haar hoofd. Consternatie in de hemelsblauwe ogen. 'Ik bedoel... Ben je wakker, mama? Is alles goed?'

Zo goed als je maar kunt zijn als je bezig bent om dood te gaan, wil ik antwoorden. Zo wakker als je wakker kunt zijn als je bezig bent voor altijd in te slapen. Ik heb geleefd, wil ik mijn dochter zeggen, voordat ik de tweede keer in de luiers terechtkwam. Ik heb kreeft en oesters gegeten, asperges en champignons, voor ik terugkeerde naar soep en drilpudding. Ik heb een liefdesleven gehad, ooit, niet ontzettend opwindend, maar toch. Ik wil dat mijn dochter dit wéét. Maar mijn dochter ontwijkt mijn blik, schudt de kussens achter mijn rug op, vult het glas op het nachtkastje met fris water, schikt de lapjesdeken over mijn lichaam.

Dat is het verschil tussen mijn dochters. De jongste zal intieme vragen stellen tot ik wegduik. De oudste duikt weg als ik haar iets intiems wil vertellen.

'Kan ik je helpen naar de wc te gaan, mama?'

Nog een verschil. De oudste wil me altijd helpen, dingen voor me doen, eten brengen en de kamer aan kant houden. Maar ze lijkt altijd een beetje opgelucht als ze de kamer uit kan. De jongste draait muziek voor me. Doet eigenlijk verder niets. Zit urenlang naast me mijn benen onder de lapjesdeken te strelen. Martha en Maria. Zo denk ik aan ze. Martha dient en Maria verwent.

Ik heb ze allebei even hard nodig. De bediener en de verwenner. De soep en de muziek.

Ik houd van allebei evenveel.

Altijd gedaan.

Ik geef toe dat ik altijd beschermend ben opgetreden ten opzichte van de jongste. Ik dacht dat zij mijn bescherming meer nodig had dan de oudste. Ik dacht dat de oudste voor zichzelf kon zorgen.

Nu weet ik het niet meer. Ze is altijd zo druk voor anderen aan het zorgen. Ik weet niet of ze zichzelf niet vergeet.

Ik vraag me nu af of ze me niet allebei even hard nodig hebben.

Nu ik voor geen van beiden nog iets kan doen.

De komst van de kleinkinderen

'Er heeft een boekenvrouw voor Bella gebeld,' kondigt Dollie Plaatjies aan als San op vrijdagochtend de keuken binnen komt. 'Ze wil een verhaal over haar schrijven.'

'Wat voor een verhaal?' vraagt San en wrijft over haar nog zware oogleden. 'Wat voor een boek?'

Ze is de strijd aan het verliezen. De bloemen in de logeerkamer zullen haar eronder krijgen. De afgelopen nacht heeft ze zo slecht geslapen, is ze zo verschrikkelijk verstrikt geraakt in angstige dromen over woekerende klimrozen, dat haar ogen er vanochtend van schrijnen. Als een wond waar het verband pas van afgehaald is. Als Dollie niet bij de gootsteen had gestaan, zo kaarsrecht en streng als altijd, had ze beslist de fles met het laatste restje wijn van gisteravond naar zich toe getrokken. Een paar druppels genade gedronken tezamen met haar thee. Of misschien zoekt ze geen genade, misschien wil ze alleen iets om haar tegensputterende lichaam weer op gang te krijgen. Bella zegt toch dat de mannen in Parijs alcohol drinken bij hun eerste kop koffie. Ze wilde dat ze in Parijs was. *Is het mogelijk dat iemand een boek wil schrijven over haar zuster?*

'Ik meen dat ze zoiets zei als Margriet,' zegt Dollie terwijl ze een pan afdroogt.

'*Margriet?* O, je bedoelt het tijdschrift,' zegt San met een vreemd soort opluchting. 'Iemand die een interview met haar wil soms?'

'Ik heb gezegd dat Bella terug zal bellen als ze op is,' knikt Dollie.

'Ik weet zeker dat ze zal bellen *zodra* ze op is.'

Ze vraagt zich af waarom haar stem zo bits klinkt. Ze ziet hoe Dollie haar een schuine blik toewerpt en dan weer haastig over de pan wrijft. Ze zet water op en laat zich op een stoel bij de tafel zakken. Staart wrevelig naar de zwartgeblakerde oude ketel op het fornuis en vraagt zich af, voor de zoveelste keer, waarom haar moeder niet zoals andere moderne mensen een elektrische waterkoker in huis kan velen.

Adèle Bothma vindt dat koffie en thee 'op de ouderwetse manier' moeten worden gezet. San heeft haar door de jaren heen minstens drie splinternieuwe elektrische ketels cadeau gedaan, maar elk exemplaar bleek bij haar volgende bezoek spoorloos verdwenen te zijn. Haar moeder had een kleine kern van keiharde koppigheid onder haar zachte oppervlak, die niemand kon aanraken. Behalve Bella misschien. Haar moeder had bijvoorbeeld niet het Italiaanse koffiezetapparaat weggedaan dat Bella een paar jaar geleden had meegebracht. San voelt zich er nog altijd door gegriefd. Hoewel ze iedere keer dankbaar is als ze koffie drinkt uit die machine, in plaats van het vocht uit de emaillen kan met de katoenen zak die haar moeder gebruikte tot ze bedlegerig werd.

'Ze kan het vast niet lang meer volhouden, wat denk je?' moppert Dollie achter haar rug naar de tafel.

'Bella?'

'Nee, ik heb het over jullie moeder.' Dollie staart door het raam boven de gootsteen naar de wolken die wit, dicht en laag boven de lege waslijn en de kale vijgenboom hangen. Haar stem kraakt, als een deur die weinig wordt gebruikt, als scharnieren die wel wat olie kunnen gebruiken.

'Nee, ze...' begint San en dan, volkomen onverwacht, breekt haar stem en beginnen haar ogen te branden.

Ze drukt haar hand voor haar mond, keert haar gezicht naar de muur tegenover haar en staart door een waas van tranen naar de potten jam en ingemaakt fruit die haar moeder ieder jaar boven op de hoogste keukenkasten uitstalt. Sommige van die potten staan er beslist al een jaar of tien. Zijn allang pure decoratie geworden. Onmogelijk dat de inhoud nog te eten is. Ze zullen een voor een opengedraaid moeten worden om te kijken wat er te redden valt en wat weg moet. Nog een van de tientallen karweitjes in dit huis die niet aangepakt kunnen worden zolang haar moeder binnen ziek ligt. Nog iets wat moet wachten tot...

Tot een andere dag, denkt ze.

De dag waarop alles en iedereen in dit huis wacht, de levende wezens en de levenloze voorwerpen, de rijen lege schoenen onder in haar moeders kast, al die jurken zo troosteloos op hun kleerhangers, de ongebruikte oorbellen op haar moeders toilettafel, de stoffige boeken op elke plank, de flessen ingemaakte groene vijgen in de keuken. De fauteuil in de tv-kamer waarin haar moeders billen door de jaren heen een precies passende holte hebben gevormd. Zoals de afdruk dat een lichaam in zand achterlaat.

Die andere dag.

'Maar ze is erg blij dat haar kleinkinderen vanavond komen,' troost Dollie bij de gootsteen, nog altijd zonder San aan te kijken. 'Ze houdt het vol tot na het weekend. Dat weet ik zeker.'

'Ja, ik...' San schrikt weer van haar eigen gebroken stem. 'Dat denk ik ook.'

Ze is de strijd aan het verliezen. Ze is bezig in te storten. En er is nog zoveel wat gedaan moet worden.

Na een kop mierzoete thee kan ze de rozenkamer weer aan. Ze schiet haastig in haar kleren, een van de twee ribfluwelen broeken die ze hier in Vergenoeg iedere dag draagt, haalt een borstel door haar haren zonder in de spiegel te kijken, spuit een paar druppels parfum op haar polsen en achter haar oren. Was het maar altijd zo gemakkelijk.

Thuis is dit ritueel soms het cerebrale hoogtepunt van haar dag. Het enige wat een zekere mate van onafhankelijk denken vergt. Het wikken en wegen in haar garderobekamer (ja, ze heeft een kleerkast zo groot als een kleine kamer, een kamer ingericht als kleerkast, een inloopkleerkast), het nijpende probleem welke trui bij welke rok bij welke schoenen bij welke tas, de uitdagende beslissing over lippenstift en blusher, lichte of donkerbruine oogschaduw, zwarte of bruine mascara, het hele tijdrovende gedoe van het uiterlijk.

De rest van de dag brengt ze door in een soort bezwijming, als een slaapwandelaar, met open ogen en uitgeschakelde hersenen. Kinderen die bij scholen moeten worden opgehaald, naar creatieve clubs, muzieklessen en sportterreinen gebracht, het eindeloze boodschappen doen, de uren in supermarkt en winkelcentra, de overvolle winkelwagentjes en het vervelende wachten bij de kassa, de dingen die gedaan moeten worden om een luxueus huis in een villawijk in stand te houden, de geestdodende etentjes in chique restaurants met de collega's van haar man, de koppen slappe thee (in prachtig porselein) bij de ouders van de vrienden van haar kinderen, de vernissages georganiseerd door de zuster van de dierenarts van haar hond. Elke naam op haar drukke sociale kalender is tegenwoordig aan die van iemand anders gekoppeld, aan haar man of haar kinderen of zelfs aan haar stomme hond. San Steyn heeft ooit in haar leven toch zelf vrienden gehad? Lang geleden. Toen ze nog San Bothma was. Lang, lang geleden.

Hier in Vergenoeg heeft ze geen energie meer over om aan haar uiterlijk te verspillen. Hier in haar moeders huis moeten belangrijker dingen worden gedaan. Hier moet ze op haar qui-vive zijn, helder blijven in haar hoofd, haar woorden voorzichtig kiezen, dag na dag, uur na uur, om niet in een moeras van stilte te verzinken. Hier zijn dingen die nog gezegd moeten worden – en dingen die verzwegen moeten worden.

Vragen die erop wachten om gesteld te worden, denkt ze terwijl ze naar haar moeders kamer gaat, en antwoorden die niemand werkelijk wil horen.

Ze duwt de kamerdeur zachtjes open en kijkt naar de slapende vrouw in het schemerige vertrek. Loopt op haar tenen naar haar toe, met een beklemd gevoel rond haar hart dat tegenwoordig bijna als aangenaam bekend ervaren wordt, om een deinende borst te zoeken. En teken van leven te vinden.

En ze schrikt zo dat haar hart bijna uit haar borstkas springt als ze haar zus in de fauteuil naast haar moeders bed ziet zitten.

Bella heeft haar ogen gesloten, net als haar moeder, haar hoofd is op een ongemakkelijke manier omgeknakt, haar slapende hand ligt uitgestrekt om haar moeders slapende hand vast te houden. Ze heeft haar nachtgoed aan, een T-shirt met lange mouwen (niet dat waarop *Fuck* zo provocerend wordt uitgespeld), een legging en aan haar voeten iets wat op gestreepte rugbysokken lijkt. De geruite plaid van de katten, die ze over zich heen had gelegd, is op de vloer gezakt. Slechts één arm wordt bedekt door een klein stukje deken.

Ze weet niet of het vertedering of ergernis is die in haar opwelt. Waarschijnlijk een combinatie, zoals zo dikwijls als ze naar haar zus kijkt. Sentimentele gevoelens bij een toneeltje dat de snaren van ieders hart beroert, twee slapende vrouwen die elkaars hand vasthouden in een schemerige kamer, en toch ook een soort woede. Alsof dit alles is wat nodig is om een verantwoordelijke dochter te worden: 's nachts naast het bed van je stervende moeder zitten. Alsof jaren van afwezigheid, van onbetrouwbaarheid en onbereikbaarheid door zo'n eenvoudig gebaar worden uitgewist.

Was het maar zo gemakkelijk.

Ze draait zich om, voelt zich zo schuldig als een spion, om ongemerkt de kamer uit te sluipen.

'Hoe laat is het?' vraagt Bella met slaperige stem.

'Tijd om op te staan. Hoe lang zit je hier al?'

'Lang genoeg om verstijfd te zijn.' Bella gaapt en masseert haar nek met haar ene hand. 'Alsof ik in een vliegtuig heb zitten slapen.'

'Tja, maar je bent niet in een vliegtuig, je bent in een huis.' San fluistert om haar moeder niet wakker te maken, maar ze kan het ongeduld in haar stem niet verdoezelen. 'In een vliegtuig heb je niet de mogelijkheid van een bed. Hier wél.'

'Ik kon niet slapen.' Bella haalt haar hand voorzichtig van haar moeders hand, strekt allebei haar armen hoog boven haar hoofd, gaapt weer met overgave. 'Ik ben hier ergens na middernacht naartoe gedwaald. Wilde alleen een tijdje naast haar zitten kijken. Toen viel ik bijna onmiddellijk in slaap. Vreemd, vind je niet? Weet je nog, toen ik klein was en niet kon slapen, kwam zij zo bij me zitten. Dan sliep ik ook altijd onmiddellijk in. Magisch gewoon.' Ze rilt en trek de plaid op tot over haar borst. 'De magie werkt kennelijk nog steeds.'

'Zolang je er maar in gelooft,' zegt San iets toegeeflijker, 'zal het blijven werken.'

'Zolang zij er nog is,' fluistert Bella en rilt weer.

'Er heeft een journalist voor jou gebeld,' zegt San terwijl ze de kamer uitloopt. 'Iemand die een interview wil.'

'Voor een tijdschrift?' Bella's stem klinkt onmiddellijk wakker.

'Dat denk ik, ja. Dollie heeft met haar gesproken. Gezegd dat je terug zult bellen.'

'Hoe weten ze dat ik hier ben?'

'Hoe moet ik dat weten,' zegt San in het deurgat. 'Je praat toch altijd met de pers als je hier bent.'

'Als ik hier ben voor een show, ja, maar deze keer...'

'Ach, wat, je kunt best met ze praten, Bella,' zegt Adèle vanuit haar bed, haar ogen nu ook open. 'Ik ben altijd zo trots als ik iets over je lees in een tijdschrift.'

Als haar zuster vandaag door een tijdschrift wordt geïnterviewd, denkt San terwijl ze met lood in haar benen naar de keuken loopt, zal haar moeder het niet meer kunnen lezen. Over een paar weken als het tijdschrift in de winkel ligt, zal haar moeder elders zijn. Wáár, weet ze niet, maar niet meer hier. Aan de andere kant van de grens. *Op die andere dag.*

Omwille van mijn moeder, zegt Bella als ze de journaliste opbelt. Zoals San wist dat ze het zou doen. Even nadat ze haar tweede kop sterke koffie had opgedronken.

'Maar hoe weet je dat ik hier ben?' vraagt Bella aan de telefoon, haar stem opvallend anders van toon, zelfs dieper en heser dan gewoonlijk.

De stem die ze op het podium gebruikt, realiseert San zich terwijl ze haar moeders natte wegwerpluier van haar bleke billen pelt. Het is nu zover dat ze deze onaangename taak bijna zo onnadenkend verricht als jaren geleden wanneer ze haar kinderen verschoonde. Beter zo. Beter om niet te denken aan wat ze aan het doen is. Liever luisteren naar haar zusters stem in de zitkamer. Haar zuster die een nacht lang de hand van haar moeder kan vasthouden, maar toevallig altijd met iets anders bezig is wanneer het om de vernederende dagelijkse verzorging van het lichaam van haar zieke moeder gaat.

'Van Karel Viljoen gehoord!' roept Bella verrast uit.

Deze stem waarmee ze haar publiek tussen de zangnummers verleidt, vermakelijke verhaaltjes over haarzelf vertelt, persoonlijke anekdotes – glad geolied tijdens urenlange repetities – die altijd spontaan klinken. De suggestieve slaapkamerstem, professioneel en toch intiem, waarmee ze vreemdelingen in een donkere zaal om haar pink wikkelt. De stem van een peperdure hoer, constateert San, geschokt door haar eigen oordeel, terwijl ze onwillekeurig haar neus afsluit bij de ammoniakstank van oude urine.

De oude urine van een oude vrouw.

'Dus jullie kennen elkaar goed?' giechelt Bella gedempt. 'Ja, dat is waar, hij was op school al een hele charmeur.'

Haar moeder heeft het afgelopen jaar zoveel oorontstekingen gehad dat ze waarschijnlijk niet kan verstaan wat Bella zegt, maar toch glimlacht ze trots terwijl ze naar de hese stem luistert.

'Hmmm,' zegt Bella. 'Tja, ik weet het.' Diepe zucht. 'Zoals Karel al tegen je heeft gezegd, ben ik hier om persoonlijke redenen. Het is geen gemakkelijke tijd voor me. Ik weet niet of ik, nou ja, emotioneel in staat ben tot interviews en dat soort dingen.' Ze zwijgt een tijdje, geeft de journaliste de kans haar te overreden, zegt alleen af en toe 'hmmm'. 'Nee, natuurlijk niet, ik ben niet van plan met welk ander tijdschrift dan ook te praten. Als ik met jou praat – *als ik met jou praat* – is het om Karel een plezier te doen. Omwille van een oude vriendschap.'

San plukt iets te hardhandig aan de schone luier. Ze hoort hoe haar moeder haar adem scherp inhaalt en bijt haar lip bijna stuk van spijt. *Omwille van Karel.* Met wie haar zuster tot de toevallige ontmoeting van gisteren bij de tennisbaan al meer dan twintig jaar geen stom woord heeft gewisseld. *Omwille van mijn moeder.* Die dood is tegen de tijd dat het interview verschijnt. Haar zuster heeft werkelijk een verbijsterend talent voor zelfbedrog.

'Fotograaf?' zegt Bella en zucht weer diep. 'Als jullie me maar niet in een of andere designer-outfit willen fotograferen. Ik draag zwart. Als gewoonlijk. En ik doe mijn eigen make-up.'

Terwijl San haar moeders bezwete nachthemd over haar hoofd stroopt, hoort ze Bella de journaliste uitleggen hoe ze Vergenoeg moet bereiken.

'Vergenoeg van alles. De ideale plek om niet op te vallen. Om totáál anoniem te zijn.'

Sans irritatie is bezig fysieke afmetingen aan te nemen. Ze hoort het bloed in haar oren suizen, voelt haar wangen gloeien van de hitte, krijgt een zoutige smaak in haar mond en realiseert zich dat ze inderdaad haar onderlip heeft stuk gebeten. Ze weigert naar haar moeders hangborsten te kijken, weigert het slappe vel van haar moeders bovenarmen te zien, weigert zich af te vragen waar de blauwe plek (wéér een nieuwe) in het donkere netwerk van bloedvaten op haar moeders rechterdij vandaan komt. Ze weigert de macht van de verontwaardiging van een zuster in te ruilen voor de machteloze ontreddering van een dochter. Weigert, weigert, weigert, terwijl Bella de journaliste uitlegt hoe ze haar moeders huis boven op de helling moet vinden.

'Oké, dan zie ik je morgen,' zegt Bella ten afscheid. 'Met de fotograaf. Natuurlijk.'

'Was het nu echt nodig het hele circus hier voor morgen uit te nodigen?' vraagt San met samengeknepen lippen als Bella in de deur verschijnt.

'Ik dacht dat het maar het beste was om het zo gauw mogelijk achter de rug te hebben. Kan ik je met iets helpen?'

'Nee, ik ben klaar. Zoals je ziet,' voegt ze er smalend aan toe en strijkt haar moeders schone nachthemd glad over haar schouders. 'Je weet toch dat Johannes en de kinderen vanavond komen, Bella. Morgen is het huis overvol. Zelfs zonder jouw publiciteitsteam.'

'Ach wat, hoe meer zielen hoe meer vreugd,' zegt Adèle met een angstige glimlach.

'Onzin, mam. Bezoek vermoeit je. Dat weet je heel goed.'

'Niet mijn kleinkinderen. Ik vind het altijd heerlijk ze te zien.'

'Ik heb het niet over je kleinkinderen. Ik heb het over de brigade die Bella komt interviewen.'

'Het zijn maar twee mensen, San,' zegt Bella verontwaardigd.

'Voor mij is dat twee te veel.'

'Ze blijven niet logeren! Je hoeft geen bedden voor ze op te maken of ze te eten te geven. Ze komen hun werk doen, dat is alles, en dan gaan ze weer.'

'Kan dat niet op een andere dag?' wil San weten terwijl ze met een zachte borstel door het grijze donzige haar op haar moeders hoofd strijkt.

Een andere dag.

'Ik zou zweren dat je denkt dat ik het voor mijn eigen plezier doe!' roept Bella uit. 'Ik heb niets te kiezen, San. Interviews geven is een deel van mijn werk. Of ik het leuk vind of niet.'

'Natúúrlijk,' zegt San met haar rug naar haar zus gekeerd.

'Het maakt toch niets uit of er twee mensen meer zijn in huis, San,' probeert Adèle te sussen. 'Ada zal het fantastisch vinden om mee te maken hoe interviewen in zijn werk gaat. Was ze laatst niet van plan journalist te worden?'

'Dat is ze allang weer vergeten, mam.' San schikt de kussens achter haar moeders rug en pakt de beker van het nachtkastje om er schoon water in te doen. 'Op dit moment wil ze actrice worden. Net als haar tánte.'

Bella staat haar met gevouwen armen aan te kijken. *Wat is verdomme jouw probleem?* Die vraag leest San in haar zusters opgetrokken wenkbrauwen, haar neerhangende mondhoeken, haar hele geërgerde gezicht. San doet alsof ze de vraag niet ziet, loopt rakelings langs haar zuster naar de keuken, met een brok in haar keel die net zo gevaarlijk aanvoelt als een gezwel. Wat ís verdomme haar probleem?

Nee, denkt ze, terwijl ze met haar voorhoofd tegen een keukenkast leunt en naar het hoge gejank van een stofzuiger ergens in huis luistert, niks geen probleem, behalve dat haar moeder voor haar ogen aan het doodgaan is. En dat zij er, hoegenaamd niet, absoluut niet kláár voor is om haar moeder te zien sterven. Dat is alles.

Geen wonder dat de stofzuiger op dit moment in haar oren klinkt als de wanhopige weeklacht van een vrouw.

Tegen de tijd dat haar gezin aankomt, heeft ze zichzelf toch weer in de hand. Ze heeft haar ongewone emotionele instabiliteit er in een dampend schuimbad uitgeweekt. Schone kleren aangetrokken, een lange linnen rok en een kasjmieren trui en elegante leren schoenen met een lage hak in plaats van de lompe wandelschoenen die ze al dagen draagt. Ze heeft haar haren zorgvuldig geföhnd en zelfs haar lippen een kleurtje gegeven. Johannes houdt van een kalme, keurige, goedverzorgde vrouw. Johannes is een keurige, goedverzorgde man, meestal rustig en kalm. Soms overgeleverd aan angstwekkende woede-uitbarstingen, maar ach ja, daarom juist heeft hij een rustige vrouw nodig. Zegt Johannes.

Ze werpt een laatste blik in de spiegel van haar met bloemen bezaaide kamer. Tevreden met wat ze ziet. Tevreden dat Johannes tevreden zal zijn. Dan trekt ze de middelste la van de commode open en neemt een paar haastige slokken uit de fles whisky die ze gisteren in het dorp heeft gekocht. De gouden vloeistof brandt een weg vol goedertierenheid open, vanaf de punt van haar tong tot in de holte van haar maag, die haar ogen doet tranen van dankbaarheid. Ze heeft zichzelf nog niet kunnen uitleggen waarom ze twee flessen heeft gekocht, een om in de drankkast in de zitkamer neer te zetten, een om in de la in haar slaapkamer te verstoppen. *Niet verstoppen. Opbergen.* Voor een noodgeval, een middernachtelijke angst, vroege ochtendvrees, dát soort dingen. Ze heeft het gevoel dat er nú sprake is van een noodgeval. *Paniekgedrag.* Haar gezin verwacht dat ze een bepaalde rol speelt, de rustige moeder, de keurig verzorgde echtgenote. Moge de hemel haar bijstaan.

Als ze de Mercedes van haar man voor het huis hoort stoppen, glipt ze gauw de badkamer in om haar tanden te poetsen. Het zou heel vervelend zijn als Johannes meteen bij het binnenkomen alcohol in haar adem rook. Dan loopt ze haastig de gang door, opent de voordeur met een afwachtende glimlach, spreidt haar armen wijd als boomtakken voor de lichamen van haar kinderen.

De voorstelling kan beginnen.

De jongens zijn uitbundig blij haar te zien. De tienjarige Josua bestormt haar alsof ze een tegenstander op het rugbyveld is, als bij een scrum, zo grijpt hij haar om haar middel en perst de lucht uit haar longen. Marius is twee jaar ouder, en zich ongemakkelijk bewust van het feit dat hij aan het eind van het jaar tiener is, onzeker over de manier waarop hij zich moet gedragen in deze vreemde tussenperiode. Net zo opgewonden als zijn broertje rent hij het verandatrapje op, maar beheerst zich vlak voor hij zijn moeder bereikt. San ziet de plotselinge weifeling in de grote blauwe ogen – háár ogen, zegt iedereen, háár kind, meer dan de andere twee – ziet, hoe hij zich afvraagt of het niet te kinderachtig is om zijn moeder zo te bespringen. San strekt een arm uit, de ene die niet om Josua's schouder is geslagen, en harkt hem naar zich toe. De twijfel verdwijnt ogenblikkelijk en hij wrijft zijn hoofd in een ruwe knuffel tegen haar aan zoals hij van kleins af aan heeft gedaan.

Dan staat ook haar man bij haar, een lange man met zilvergrijze manen, van middelbare leeftijd, maar nog steeds aantrekkelijk. Het kuiltje in zijn kin wordt een diepe deuk bij zijn glimlach. Op die kin kun je een relatie bouwen, dacht ze toen ze hem voor het eerst ontmoette. Zo'n onderkaak kan het fundament voor een huwelijk zijn. Een betrouwbare kin, dat was haar gedachte, een trouw-bare man met een betrouwbare kin. Hun weerzien doet hem meer plezier dan ze heeft verwacht. Alsof ze al veel langer dan vier dagen weg is. Hij omhelst haar kort, net lang genoeg om haar bekken te doen samentrekken bij de bekende geur van zijn aftershave, en ze strijkt vertroetelend over zijn haar.

Ada komt als laatste de veranda opgedrenteld, haar hele houding verveeld. Zo hoort het als je zeventien bent en wordt meegesleept naar een familieweekend in de provincie. Ze is fijn gebouwd, zoals Bella, heeft dezelfde dunne ballerinapolsen, dezelfde slanke benen en gracieus gevormde kuiten. Niet dat je ook maar iets van dit fraaie lichaam kunt zien onder de oversized mannentrui en de even grote jeans die ze zoals gewoonlijk draagt. De mouwen van de trui hangen leeg over haar vingers en de wijde pijpen van de spijkerbroek slepen over de grond. En toch benemen haar schoonheid en gratie San de adem. Zoals altijd wanneer ze haar dochter een paar dagen niet heeft gezien, bekijkt San haar met ongelovige blik. Te bedenken dat zij zóiets heeft geschapen. Met een beetje hulp van haar man, natuurlijk.

'Hallo, mam.' Ada glimlacht lui en staat haar moeder toe haar een paar tellen stevig tegen zich aan te houden. Dan spreidt haar glimlach zich breeduit over haar gezicht en ze maakt zich los uit de omhelzing. 'Bella!'

'Ada!' roept Bella ergens achter Sans schouder. 'Ik kan nauwelijks geloven dat je zo'n beauty bent geworden!'

Met hoge gilletjes vallen ze elkaar om de hals. Compleet als twee bejaarde actrices op een feestje in het theaterwereldje, denkt San met een zure smaak in de mond. Dit is echt niet de toekomst die zij voor haar dochter zou kiezen. Eén actrice in de familie is er al een te veel.

'Laten we bij oma gaan kijken,' stelt San voor en pakt haar zoons bij de hand voordat ook die kunnen ontsnappen. 'Ze popelt om jullie te zien.'

Adèle zit rechtop in bed, een dappere glimlach op haar ingevallen gezicht, en steekt haar armen uit om haar kleinkinderen naar zich toe te lokken. San voelt de twee jongens aan weerskanten van haar verstarren terwijl ze in de oude vrouw met de holle wangen en het bijna kale hoofd hun geliefde oma proberen te herkennen. San pakt hun handen steviger vast en trekt hun tegenstribbelende lichamen dichter naar het bed. Ze hebben hun oma nauwelijks een week geleden nog in het ziekenhuis gezien. Waarom gedragen ze zich nu zo geschokt? San vraagt zich af of haar moeder zo snel is achteruitgegaan dat de schade eerder in uren dan in dagen is af te meten.

'Jullie oma wordt zoiets als een buitenaards wezen, een soort ET,' zegt Adèle met glanzende ogen. 'Je hoeft niet bang te zijn, Josua. Ik weet dat ik op een SF-monster lijk, maar ik ben het toch echt. Kom, geef me een kus.'

De twee jongens laten zich naast haar op het bed vallen en omhelzen haar voorzichtig, alsof ze van glas is gemaakt, waarna ze weer haastig opstaan. Marius fronst verwoed zijn voorhoofd om de tranen in zijn ogen kwijt te raken. San wrijft door zijn blonde haar en vraagt zich af of ze er verkeerd aan hebben gedaan hen dit weekend te laten komen.

Ada is de enige van de vier nieuwe gasten die in staat is zich natuurlijk te gedragen. Ze komt glimlachend naar het bed, zonder enig teken van verlegenheid, en sluit haar oma's zieke lichaam in haar sterke jonge armen. Ze legt haar hoofd op haar oma's schouder en fluistert iets in haar oor. Adèle begint te lachen, een hortend, bijna hoestend geluid, maar ongetwijfeld een lach. Ada gaat tevreden rechtop zitten en bekijkt Adèle met een schuin hoofd.

'Mama zegt dat je moeite hebt met eten, oma. Ik moet eerlijk zeggen, als ze mij de hele dag groentesoep zouden opdringen, zou ik ook niet willen eten.'

'Ach wat, jouw moeders groentesoep is echt niet zo erg,' zegt Adèle.

'Kom, kom, oma, ik kén die soep. Ik heb besloten dat je een beloning verdient, dus heb ik chocolaatjes voor je meegebracht. Je lievelingssnoep, Quality Street, een heel blik vol. Jij mag de zachte hebben en ik neem de harde. Wat vind je daarvan?'

'Lijkt me heel wat beter dan groentesoep,' lacht Adèle en zakt met een zucht weer in de kussens achter haar rug.

Misschien is het toch niet zo'n slecht idee een paar actrices in de familie te hebben, bedenkt San. Toneelspelers zijn kennelijk de enige mensen die met situaties als deze kunnen omgaan.

'Over eten gesproken,' zegt San tegen haar gezin. 'Jullie moeten wel rammelen van de honger.'

'Wat eten we?' wil Marius onmiddellijk weten.

'Ik heb een grote pan spaghetti bolognese gemaakt. Wie gaat de tafel dekken?'

'Jippieee!' roept Josua. 'Ik wil best de tafel dekken voor spaghetti bolognese!'

Dat plotselinge enthousiasme is waarschijnlijk alleen haast om uit de ziekenkamer te kunnen ontsnappen, denkt San als ze in zijn donkere ogen kijkt. Deze heeft oma's ogen, glanzend als bierflesjesglas, vochtig bruin waarachter eindeloos ondeugende gedachten worden gebrouwen.

'Eet je met ons mee, oma?' wil Ada weten.

'Vanavond niet, mijn schat.' Adèles stem klinkt opeens onduidelijk van vermoeidheid, haar tong sleept als die van een dronken vrouw. 'Maar zondag kom ik met jullie aan tafel zitten. Beloofd.'

'Laten oma nu eerst maar wat rusten,' stelt San voor. 'Ada?'

'Ik wil nog even bij oma blijven. En dat is níét omdat ik de tafel niet wil dekken, hoor,' zegt Ada met een onschuldig gezicht.

Terwijl San met haar man en zonen meegaat naar de eetkamer, vraagt ze zich af waarom ze eigenlijk verbaasd is dat haar dochter actrice wil worden. Dit kind woont al zeventien jaar samen met een vrouw die zich zo heeft ingeleefd in de rol van voorbeeldige moeder, ondersteunende echtgenote, plichtsgetrouwe dochter, dat ze niet meer weet hoe ze in het echt is. Wat zou de dochter van zo'n vrouw ánders willen worden?

'Ik denk dat ik aan het instorten ben,' fluistert ze in het donker tegen haar man, terwijl ze in elkaars armen in het koperen bed liggen, diep weggedoken onder de rozendeken.

'Jij niet,' fluistert hij en houdt haar steviger vast. 'Jij kan alles aan, San.'

'Dit niet, Johannes.' Ze schrikt voor de schrille angst in haar eigen stem. Kalm blijven, maant ze zichzelf. Johannes heeft een kalme vrouw nodig. 'Dit is het moeilijkste wat ik ooit heb moeten doen. Ik weet niet waarom ik ermee heb ingestemd. Ik had haar moeten overhalen naar een hospice te gaan. Ergens waar ze door professionele mensen verzorgd kan worden. Ik ben niet geschikt als stervensbegeleider. Ik kan mijn eigen moeder niet naar haar dood begeleiden!'

'Je moeder was nooit het type dat zich gemakkelijk laat overreden,' zegt Johannes met een zucht. 'Ze heeft nu eenmaal besloten dat ze in haar eigen huis wil sterven.'

'Ja, maar... als Bella en ik hadden geweigerd... als ze geen keus had gehad... ze zou toch hebben ingezien dat ze dit niet van ons kan verwachten? Dan was ze naar een hospice gegaan.'

'Dat denk ik niet.' Johannes wrijft troostend over haar gespannen rug, masseert de knoop in haar schouderspieren door de pluizige stof van haar nachthemd heen. 'Ze zou iemand hebben ingehuurd om haar naar huis te brengen. Om haar hier te verzorgen. En jij zou je voor de rest van je leven schuldig hebben gevoeld omdat je haar laatste wens niet hebt vervuld.'

'Is dat dan niet wat je emotionele chantage noemt?'

'Als mensen aan het sterven zijn, maakt het echt niet meer zoveel uit hoe hun gedrag genoemd wordt.'

'Ik ben woedend op haar.' Hier spreekt niet San Steyn. Dit is een andere vrouw. Het kan San Steyn niet zijn. 'Ik ben woedend op haar omdat ze dit van mij verwacht. Het is te veel gevraagd.'

'Volhouden, San,' troost Johannes. 'Het is bijna voorbij.'

'Ik wil niet dat het voorbij is! Ik wil niet dat ze doodgaat! Het is alleen dat ik haar niet wil hélpen dood te gaan!'

'Sst,' zegt Johannes, terwijl hij haar in zijn armen wiegt. 'Sst.'

Ze voelt hoe haar lichaam zich langzaam ontspant, spier voor spier, terwijl haar man haar rug streelt. Ze voelt zijn handen onder haar nachthemd glijden om haar blote huid te bereiken. Ze voelt haar tepels hard worden als hij zijn vingers om haar borsten vouwt.

Ze doet haar ogen dicht en probeert zich op zijn strelende handen te concentreren.

Ze heeft niets te klagen over haar seksleven. De laatste tijd doen ze het niet meer zo regelmatig als vroeger, maar ach. De begeerte is er nog steeds, vlak onder de huid, ze hebben alleen minder tijd en energie dan jaren geleden. Als je ouder wordt, zegt Johannes, moet je je meer op kwaliteit richten dan op kwantiteit. Neem nou zijn garderobe. Met een paar peperdure zijden dassen, een stuk of tien met de hand gemaakte hemden, een paar import designkostuums kan hij veel meer bereiken dan met rekken vol goedkope, kwaliteitsloze kledingstukken. Zegt Johannes.

San knijpt haar ogen stijver dicht en probeert zich nog beter te concentreren.

Ze begrijpt wat hij bedoelt als hij over kwaliteit praat. Ze begrijpt alleen niet waarom je het niet over kwaliteit én getallen kunt hebben. Kwaliteit in grote getallen. Vroeger hadden ze vlot vier keer per week seks. Seks van hoge kwaliteit. Tegenwoordig is zij allang blij als haar man één keer per week belangstelling toont. En het maakt niet uit hoe hoog de kwaliteit van die ene-keer-per-week is, die kan nu eenmaal niet op tegen die andere zes seksloze dagen.

San concentreert zich zo goed zij kan op de ervaren handen van haar man. Haar tepels zijn hard, haar kruis is vochtig, maar het wordt ieder moment duidelijker dat ze vannacht geen genade zal ondervinden in haar mans handen. Deze nacht heeft ze sterkere medicijnen nodig.

Het enige wat ze wil is het gescharrel van het komende halfuur achter de rug te hebben. Wachten tot haar man tevreden naast haar indommelt, zachtjes opstaan en naar de commode sluipen, de middelste la opentrekken, de koude fles onder haar vingers voelen...

Ze kan zelf niet geloven wat ze denkt. Ze is een vrouw geworden die alcohol verkiest boven seks.

De zoon die iedere moeder wel wil

'Je staat anders toch nooit zo vroeg op?' vraagt Ada, verrast, als ze Bella de volgende ochtend aan de keukentafel ziet zitten.

'Niet als het aan mij ligt,' antwoordt Bella gapend. 'Het is voor dat domme interview.'

'Ik dacht dat ik droomde toen ik je bed leeg zag.' Ada had in het andere bed in Bella's kamer geslapen, zo vast en zo rustig dat Bella die avond laat met een afkeurenswaardige jaloezie naar het uitgestrekte lichaam van het kind had liggen staren. Zelfs toen ze zo jong was als Ada, was ze niet zo gemakkelijk in slaap gevallen, had ze niet zo roerloos liggen dromen. Je moet een bepaald soort onschuld bezitten om zó te kunnen slapen. Op haar zeventiende had Bella die onschuld allang verloren. 'Hoe laat is het interview?'

'Zo tegen tienen.' Bella neemt nog een slok zwarte koffie en steekt haar eerste sigaret van de dag op. 'Dat betekent dus dat ik twee uur de tijd heb om mijn gezicht én mijn lijf te veranderen in iets waar een fotograaf genoegen mee neemt.'

'Dat lijkt me niet zo moeilijk,' zegt Ada terwijl ze het elektrische fornuis aanzet om water te koken.

'Dat kun jíj gemakkelijk zeggen.' Bella kijkt toe hoe Ada de bus met theezakjes uit de keukenkast pakt. De bekende afbeelding op de bus, de oma met de zilveren wrong en het ronde brilletje die samen met een klein meisje theedrinkt, doet haar snel de andere kant op kijken. Ze had altijd gemeend dat haar moeder er zo zou uitzien als ze oud was. Nu is haar moeder aan het sterven, nog lang niet zo oud als dat mens op het blik, zonder bril en zonder knoet. 'Je bent pas wakker en je ziet eruit alsof je op weg bent naar een galabal. Dat noemen mensen nu natuurlijke schoonheid. Je hebt geen hulpmiddelen nodig.'

'Jij ook niet,' lacht Ada. 'Jij hebt nooit zo'n hoop make-up op als mijn moeder.'

'Op mijn leeftijd bestaat zoiets als natuurlijke schoonheid niet meer. Het is een verdomde klus om het hele plaatje een natuurlijke aanblik te geven. Denk aan de woorden van je tante, meisje, als je ouder wordt.'

'Ach, kom nou, Bella. Er zijn maar weinig vrouwen van welke leeftijd ook die hun hoofd zo kaal kunnen scheren als jij zonder eruit te zien als een kankerpatiënt. Ik bedoel...'

De plotseling schuldige wolk die haar gezicht verduistert doet haar een ogenblik op San lijken.

'Het is geen verboden woord, Ada,' zegt Bella zacht.

'Ik weet het. Maar toch. Je ziet er te gek uit zo.' Ze grijpt in haar eigen haar, lang en donker, glad en dik, en schuift een paar lokken achter haar oren. 'Ik vraag me nu af of ik het mijne niet ook moet afscheren.'

'Als je het maar láát. Als ik jouw haar had gehad, had ik van het mijne nooit afstand gedaan.'

'En ik heb altijd weer gewild dat ik haar had zoals jij. Zo'n lekker wild struikgewas. Het is een van mijn vroegste herinneringen, weet je dat? Jij vond het goed dat ik met jouw haar speelde. Ik was, denk ik, zo'n jaar of vier, vijf. Ik heb tientallen vlechtjes bij je gemaakt, je hele hoofd vol, het zag er absoluut bezopen uit, maar het kon je niets schelen. Met dat vreemde hoofd ben je de deur uitgegaan. Je wilde met mijn moeder naar een winkel of zoiets. Die kreeg bijna de stuipen.'

Bella kan het zich niet meer herinneren. Het moet tijdens een van haar schaarse bezoeken aan haar zusters huis zijn geweest, voordat ze in Frankrijk ging wonen. Waarschijnlijk had ze haar nichtje toegestaan met haar haren te spelen omdat ze niet had geweten wat ze anders moest doen met een klein meisje van vier. Het is ook mogelijk dat ze gewoon te stoned was om er zich druk om te maken hoe ze eruitzag. In die tijd was ze meestal stoned. Beroemd, beroerd en bedwelmd. Goddank kan Ada zich dát niet herinneren. Die herinnert zich alleen haar haren.

En haar moeders verontwaardigde reactie.

In die tijd droeg Bella haar 'wilde struikgewas' als een banier. Als ze er niet fatsoenlijk uit kon zien, besloot ze, zou ze er maar zo onfatsoenlijk mogelijk proberen uit te zien. Maar het had jaren van vernedering gekost, jaren van vergeefse pogingen om een onmogelijk smal pad te volgen, voordat ze voor die brede weg had gekozen.

'Toen ik klein was, haatte ik mijn haar,' vertelt ze dit kind dat haar zo kritiekloos bewondert. 'De andere kinderen pestten me ermee. *Kroeskop. Hottentot. Kaffertje.* In zo'n tijdperk ben ik opgegroeid,' voegt ze eraan toe als ze ziet hoe geschokt Ada is. 'Het hielp niets dat ik daarbij ook nog een gebruinde huid had. Mijn vader zei dat mijn haar zo krulde van ondeugd. Brave meisjes als San hadden steile haren. Steil haar en een witte huid.' Ze drukt haar sigaret uit en glimlacht spottend naar Ada. 'Als ik zo naar jouw haar en jouw huid kijk, moet jij wel een erg braaf meisje zijn.'

'Mama zegt dat ik verschrikkelijk braaf was toen ik klein was.' Ada gaat aan de andere kant van de tafel zitten en roert in gedachten in haar thee, rond en rond met het lepeltje, alsof ze vergeten is dat die thee eigenlijk dient om op te drinken. 'Tegenwoordig vindt ze dat niet meer.'

'Het is abnormaal om erg braaf te zijn op je zeventiende,' troost Bella. 'Of om goed met je moeder te kunnen opschieten.'

'Mijn moeder zegt dat ze het altijd goed heeft kunnen vinden met háár moeder.'

'Ach. Ik wil niet zeggen dat je moeder liegt. Ze wás een bijzonder verdraagzame tiener. Maar ik denk dat we hier ook te maken hebben met een selectief geheugen. Ze vergeet liever al die keren dat ze met oma overhoop lag.'

'Ik ben blij dat te horen. Ze geeft me soms het gevoel dat ik een freak ben.'

'Ik weet precies wat je bedoelt,' zegt Bella en steekt haar tweede sigaret van de dag op.

Eigenlijk moet ze zich gaan aankleden, haar uiterlijk fatsoeneren voor de camera, haar gezicht bewerken met die instant facelift uit een flesje. Maar ze moet toegeven dat ze geniet van dit onverwachte ogenblik van intimiteit met haar zusters dochter. Met wie anders kan zij zo samenzweerderig kletsen over haar altijd voorbeeldige zus?

'Ze bedoelt het goed.' Ada is uiteindelijk opgehouden met roeren en heeft een slok thee genomen. 'Het is niet zo dat ze me de hele tijd bekritiseert, hoor. Het is... zoals ze is. Zoals ze eruit ziet. Haar kapsel, haar make-up en haar kasjmieren truitjes. Altijd zo klote perfect, sorry voor het woord, altijd alles volledig onder controle. Soms bekijk ik haar zo en dan vraag ik me af of er ergens achter dat kasjmier en die make-up nog een menselijk wezen schuilgaat, weet je, iemand die fouten kan maken, iemand die kan vóélen.'

'Zo dacht ik ook over haar toen ik jonger was.' Bella zuigt aan haar sigaret en ziet hoe Balzacs grijze lijf door het kiertje open raam boven het aanrecht schuurt. Hij springt op de grond, landt zoals gewoonlijk gracieus op zijn vier slanke poten, en wrijft zijn kop tegen haar benen onder de tafel. 'Het is alsof ik eerst uit haar schaduw weg moest voor ik echt zicht op haar had. Tegenwoordig... ik weet niet... maar tegenwoordig ziet ze er niet meer zo vreselijk zelfvoldaan uit, vind ik.'

Voor Ada antwoord kan geven, kijken ze allebei verbaasd naar de achterdeur, waar Johannes hijgend zijn opwachting maakt. Gekleed in een design sweatsuit, indrukwekkende sportschoenen en met een triomfantelijke glimlach die breder wordt wanneer hij hen bij de tafel ziet zitten. Getuigen à décharge. De succesvolle advocaat die iedere ochtend gaat joggen. Hier is die zelfvoldane man, die man met wie haar zuster is getrouwd. Waar hij ook is, wat er ook om hem heen gebeurt, niets is ooit belangrijker dan voldoen aan de behoeften van zijn eigen lichaam.

'Dat is nu wat ik een onheilige alliantie noem.' Zijn zilvergrijze haar kleeft op een aantrekkelijke manier op zijn vochtige voorhoofd, niet helemaal overtuigend, alsof een stilist aan het werk is geweest om de illusie te scheppen dat hij pas terug is van het joggen. 'Bella, ik hoop niet, dat je mijn dochter op het slechte pad brengt.'

'Ken je me niet, Johannes?' vraagt Bella en blaast een wolk rook in zijn richting.

Zoals veel ex-rokers is Johannes sterker gekant tegen nicotine dan iemand die nooit heeft gerookt. Hij deinst achteruit alsof hij door traangas wordt getroffen, maar hij slaagt er toch in te blijven glimlachen. Deze ronde wint hij, erkent Bella.

'Juist omdat ik je ken vrees ik het ergste.'

'Misschien breng ik háár wel op het slechte pad,' plaagt Ada.

'Dat is natuurlijk ook mogelijk,' oppert Johannes. 'Onwaarschijnlijk. Maar niet onmogelijk.'

Bella ziet hoe hij naar zijn dochter kijkt. Ze ziet de trots, de liefde, het bezitterige in zijn blik. En ze voelt haar maag samentrekken van afgunst en spijt. Ze kan zich niet herinneren dat háár vader ooit zo naar haar heeft gekeken.

'Wil je een kop thee, papa?'

'Nee, dank je, ik ga eerst douchen. Maar misschien kun jij mama ermee verwennen. Wat dacht je van een kop thee op bed?'

Of misschien is dit ook weer een geval van een selectief geheugen, bedenkt Bella. San herinnert zich haar vader als een sympathieke, geduldige, verdraagzame man. Bella herinnert zich alleen de teleurstelling in zijn ogen, iedere keer dat hij naar haar keek.

'Ik denk dat ze zich veel meer verwend voelt als jij het haar brengt, papa,' zegt Ada met een onschuldige glimlach.

'Niet als ze de luchtjes van dit bezwete lijf erbij krijgt,' lacht Johannes op zijn weg door de keuken.

Bella hoort hoe de gangvloer kraakt onder de energieke voetstappen van haar zwager.

'Waarom mag je hem niet?' vraagt Ada als het weer stil is op de gang.

'Wie zegt dat ik hem niet mag?'

Ada's blik is zo schroeiend onderzoekend dat Bella's wangen beginnen te gloeien. San is toch degene die bloost in dit gezin, denkt ze verontwaardigd. Zij, Bella, was nog altijd te koppig om te blozen. Te koppig en te bruin.

'Hij is niet zo slecht, hoor. Hij kan best leuk zijn. Vooral als mijn moeder er niet bij is.'

'Hij doet me te veel aan mijn eigen vader denken,' zucht Bella en drinkt haar koffiemok leeg.

Soms denkt ze dat alle mannen haar aan haar vader doen denken. Soms vraagt ze zich af of dat niet de voornaamste reden is waarom ze nooit een stabiele relatie met een man kon hebben. Zelfs Claude, die alles is wat haar vader niet was, klassiek musicus, onconventionele vrijdenker, kunstzinnige Europeaan, deed haar uiteindelijk ook aan haar vader denken.

'Mijn moeder zegt ook vaak dat hij haar aan haar vader herinnert.'

'Je moeder was gek op haar vader,' bromt Bella. 'Nogal vanzelfsprekend dat ze op een man als hij is gevallen.'

'En jij was dat niet.'

Bella ontwijkt de vragende ogen van het kind, kijkt naar beneden om de kat op haar schoot te tillen.

'Hij heeft me nooit geaccepteerd. Hij wilde dat ik was als zij. Als je moeder,' zegt ze terwijl de poes onder haar strelende vingers begint te spinnen. 'Je weet dat mijn moeder en ik ook vaak ruzie maakten, akelige ruzies met veel geschreeuw, maar ik heb altijd geweten dat ze van me hield. En dat ze van mij zou blijven houden, wat ik ook was of deed. En laten we maar eerlijk zijn, ik heb dingen gedaan die andere moeders moedeloos zouden maken. Met mijn vader heb ik altijd het gevoel gehad dat ik zijn liefde op een of andere manier moest verdíénen. En hij was dood voor ik dat had gepresteerd.' Ze glimlacht verlegen, duwt de kat van haar schoot en staat haastig op. 'Goed. Nu moet ik iets aan mijn gezicht gaan doen, zo meteen staat de pers voor mijn neus. Het is vréselijk om beroemd te zijn, hoor.'

Op weg naar haar kamer vraagt ze zich voor de zoveelste keer af of de verhouding met haar vader niet beter was geworden als hij langer had geleefd.

En toch weet ze dat dit niet meer dan wensdenken is. Ze gaat voor de spiegel van de hangkast staan en staart ontevreden naar haar zakkerige ochtendgezicht. Haar vader zou de enige in dit gezin zijn geweest die dwars door haar zogenaamde roem had heen gekeken. Het enige wat haar vader had gezien als hij deze ochtend hier was geweest, was haar egoïsme, haar onzekerheid, de manier waarop ze iedereen om haar heen om de tuin leidt. Het enige wat zij in haar vaders ogen zou zien, als hij deze ochtend hier was geweest, was dezelfde teleurstelling waarmee hij altijd naar haar heeft gekeken. De teleurstelling die ze op dit moment in haar eigen ogen in de spiegel herkent.

Op het moment dat de fotograaf zijn uitrusting uit de auto haalt, zakt de moed in haar zwarte laarzen. Verschillende schoudertassen met camera's, standaards en lampen, parasols om te scherp licht te weren, opvouwbare schermen om zacht licht te weerkaatsen, de hele ellende. Alsof hij een modereportage voor *Vogue* gaat schieten.

Ada, die met haar en de journaliste op de veranda staat, slaat het gedoe met nauwelijks onderdrukte opwinding gade. Marius en Josua hebben zich van de televisie losgescheurd om de actie niet te missen, en sjouwen nu heen en weer over het gazon om Frederik, de fotograaf, te helpen met zijn tonnen aan uitrusting. San en Johannes zijn goddank elders bezig. Bella wil liever niet weten hoe haar zus en zwager over zo'n pretentieuze fotosessie denken.

'Hij maakt te gekke foto's,' verzekert Charlene haar met een bewonderende giechellach. 'Hij bezit werkelijk de gave om de essentie van iemands ziel op film vast te leggen.'

Bella kijkt sceptisch naar de jonge journaliste naast haar.

Haar ogen zijn zwaar en amateuristisch met zwart omlijnd, als een plaatje dat door een kind is ingekleurd, en ze giechelt hopeloos te veel om serieus genomen te worden. Bella vraagt zich af hoe dit poppetje in het netwerk van Karel terecht is gekomen.

'Wat brengt hem ertoe te denken dat hij de essentie van mijn ziel in een kippenhok zal vinden?' vraagt ze.

Frederik had besloten haar in het kippenhok van haar moeder te laten poseren. Na een snelle verkenningstocht door het huis en de tuin – waar hij helemaal niet van onder de indruk was, veel te bourgeois, absoluut gewóón – was hij met een enthousiaste uitdrukking op zijn gezicht voor het kippenhok blijven staan. Aha, had hij gezegd, en hij had over het modieuze streepje baard op zijn kin gestreken. *This is it.* Bella had verbluft naar zijn kale kop gestaard – bijna obsceen glad en roze, als billen die met olie zijn ingesmeerd – en had gehoopt dat hij het niet serieus meende. Maar intussen was het tot haar doorgedrongen dat het hem dodelijke ernst was. Helaas.

'Het zal de foto interessanter maken,' zegt Charlene. 'Je weet wel, inhoudelijker.'

Nee, denkt Bella, dat weet ze niet. Waarom zou een foto van haar in haar moeders kippenhok meer inhoud hebben dan een foto van haar op haar moeders gebloemde bank? Het kan haar geen donder schelen dat een foto op de bank haar een burgerlijk imago geeft, ze zou dan tenminste geen kippenstront en veren van haar kleren hoeven te schrobben. Maar het is belangrijk charmant te blijven, houdt ze zichzelf voor, om er zeker van te zijn dat het tijdschriftartikel over de zangeres Bella Bothma in bewonderende stijl geschreven wordt. Dus houdt ze verder haar mond, volgt de fotograaf en zijn twee minderjarige sjouwers naar het stinkende kippenhok in de achtertuin.

Achter het prikkeldraad staat een zinken afdak waar de kippen 's nachts kunnen schuilen – hoewel de meeste vrij op het erf rondlopen en overal waar ze willen hun eieren leggen – er staat een roestige kruiwagen vol stro en er ligt een oude binnenband vol vuil water. Frederik stelt haar voor tegen de zinken plaat te gaan staan. Bella vraagt zich af of hij de indruk wil wekken dat de foto in een plakkerskamp is genomen. Misschien een manier om haar politiek betrokken verleden in herinnering te brengen? Maar als hij vraagt of ze niet een van haar moeders bruine kippen wil vasthouden, laat haar charme haar in de steek.

'Het zijn geen knuffeldieren, Frederik,' zegt ze met ijzig sarcasme. 'Het zijn kippen. Ze vinden het vreselijk om vastgehouden en geaaid te worden.'

'Nee, ik bedoel dat je hem dan in de lucht kunt opgooien op het moment dat ik de foto maak.'

'Het is geen *hem*. Het is een *hen*.'

'Zodat hij kan wegvliegen,' zegt Frederik alsof hij haar niet heeft gehoord.

'*Hennen kunnen niet vliegen*,' zegt ze heel langzaam, heel duidelijk, voor het geval de man een gehoorsprobleem heeft.

'Je weet best wat ik bedoel,' grijnst Frederik terwijl hij een lichtmeter tegen haar linkerwang houdt. 'Zo'n gefladder van veren. Dat is het effect dat ik zoek.'

'Nee,' zegt Bella. 'Ik weet niet best wat je bedoelt. Waarom wil je een kip op de foto?'

Frederik spert zijn ogen wijd open alsof hij niet kan geloven dat ze zo'n domme vraag stelt.

'Nou, je staat toch in een kippenhok, of niet soms?'

'En wat heb ik verdomme in een kippenhok te zoeken!' roept ze uit en gooit haar armen met veel drama in de lucht.

Fuck off met mijn charme, denkt ze. *Fuck off* met die fotograaf en de journaliste én het tijdschrift waar ze voor werken.

'Vertrouw me, Bella,' paait hij. 'Het wordt een te gekke foto.'

'Vertrouw hem, Bella,' koert Charlene aan de andere kant van het gaas. Ada staat naast haar te grinniken.

'Blijf zo staan,' beveelt Frederik de twee jongens die een wit scherm op een ongemakkelijke hoogte vasthouden. 'Niet bewegen.' Bella ziet dat Josua's armen al bijna verlamd zijn. 'Ik neem eerst gauw een polaroid. Ben je klaar, Bella? Als ik zeg *go for it*, dan werp je me zo'n zwoele blik toe.'

Het is geen zwoele blik, wil Bella zeggen, het is een chagrijnige blik. Maar ze vangt Ada's ogen, registreert de bewondering erin en besluit maar liever te zwijgen.

Terug in haar moeders huis – dat ze als een moskee betreedt, op haar sokken, nadat ze haar laarzen vol kippenstront bij de voordeur heeft uitgetrokken – brengt ze de journaliste naar de zitkamer zodat het officiële interview kan beginnen. De fotograaf heeft aangekondigd dat hij intussen wat in het dorp gaat rondkijken. Hij heeft de indruk dat het zo'n boerengehucht is waar je van die verbazingwekkende foto's kunt maken van vervallen gebouwen en achterlijke mensen. Marius en Josua hebben aangeboden voor gids te spelen. Na een halfuur in het kippenhok zien ze er zelf ongeveer uit als achterlijke dorpelingen.

'Zo.' Charlene drukt op de knop van haar cassetterecorder, zet hem op de lage tafel voor hen, en giechelt op een nieuwe toonhoogte. Ze heeft kennelijk een giechel voor elke gelegenheid. Een vertrouwelijke giechel, een verbaasde, een alle grapjes-op-een-stokje giechel. De laatste is nu aan bod. 'Bella Bothma, vertel me over je leven in Parijs.'

Bella slaagt er met moeite in om niet hardop te kreunen. Dit gesprek wordt zo pijnlijk als de fotosessie, weet ze op dit moment. Een dergelijke onprofessionele opening voorspelt niet veel goeds.

'Tja,' zegt ze met een geforceerd lachje. 'Waar moet ik beginnen?'

'Bij je woonplek,' stelt Charlene voor. 'Vertel me waar je woont, hoe je huis en je buurt eruitzien, een beetje couleur locale, weet je.'

Ze woont in een voormalig bediendeverblijf, *une chambre de bonne*, op de zevende verdieping van een verwaarloosd gebouw zonder lift. Twee belachelijk kleine kamertjes, een keukenhoekje en een toilet zo klein dat er nauwelijks plaats genoeg is om te poepen. Vorig jaar, toen ze in het geriefelijke appartement van Claude woonde (veel groter, met een romantisch uitzicht op de Sacré Coeur en bovendien in een gebouw met een lift), had ze haar eigen flatje onderverhuurd, wat absoluut illegaal was, aan twee jonge musici uit Senegal die illegaal in het land waren. *Sans papiers*, zoals de Fransen dat noemen, zonder verblijfsvergunning. Eerder dit jaar, toen duidelijk werd dat haar relatie met Claude niet meer te redden was (nadat ze zijn muziekstandaard uit het raam had gekieperd en hij haar met zijn vioolkoffer te lijf was gegaan), moest ze terug naar haar bediendeverblijf.

Omdat ze het niet over haar hart kon krijgen de twee Senegalezen zomaar zonder waarschuwing de deur uit te schoppen, had ze daar een paar maanden met hen samen gewoond. Drie mensen in een ruimte die nauwelijks groot genoeg is voor één. Haar mede-Afrikanen klaagden niet, ze waren in armoede opgegroeid en hadden van kleins af aan hun leefruimte met veel andere lichamen moeten delen, maar voor háár, verwende blanke vrouw die altijd haar eigen slaapkamer had gehad, was het een hel. Ongeveer drie maanden geleden was ze op een avond gillend ingestort en had ze de Senegalezen de deur uitgezet.

Ze had al veel in haar leven gedaan waar ze niet trots op was, maar deze episode was ongetwijfeld een van de dieptepunten. Ze weet niet wat er van Fatou en Baptiste geworden is. Soms bidt ze 's nachts voor ze in slaap valt, wanneer haar weerstand laag genoeg is om vluchtig in een god te geloven, dat ze niet teruggestuurd zijn naar Senegal. Dat de verontwaardigde Franse regering hen het land niet heeft uitgeschopt zoals de verontwaardigde Bella Bothma hen uit haar woning heeft gestuurd.

Sindsdien woont ze alleen, zonder de ademhaling van een ander, zelfs zonder het lijfje van een huisdier om haar 's nachts te troosten. Schubert, de bonte straatkat die ze vroeger had gevoerd, was liever in Claudes flat gebleven. Ze was de kat drie keer gaan halen, maar elke keer was hij weer teruggelopen naar

Claude. Ze kon het de verrader echt niet kwalijk nemen. Ze had zelf ook liever bij Claude gewoond.

Maar dat zal ze Charlene niet vertellen.

'Couleur locale? *Ah, ça tombe bien.*' Zo'n achteloos Frans zinnetje, wist Bella uit ervaring, imponeerde de plaatselijke pers altijd. Spaarzaam gebruikt, anders klonk het zo aanstellerig. Bella glimlacht en trekt haar kousenvoeten onder haar billen. 'Ik woon in een bijzonder kleurrijk gedeelte van Parijs. Rode lichten overal waar je kijkt. En ik bedoel daarmee geen verkeerslichten.'

Het duurt een paar tellen voor Charlene het doorheeft. Haar zwartomlijnde ogen klaren op en ze giechelt verheugd.

'Bedoel je dat je in een rosse buurt woont?'

'Het is echt niet zo dat al mijn buren hoeren zijn, hoor! Ik woon dicht bij Pigalle, die wijk trekt altijd veel vrijgevochten lieden. Weet je, mensen met een alternatieve levensstijl. Hoeren, natuurlijk, maar ook kunstenaars, musici, schrijvers... Ben je ooit in Montmartre geweest?'

'Daar wil ik nog eens naartoe,' zucht Charlene.

Eigenlijk woont ze niet in Montmartre. Eigenlijk ligt haar bediendeflatje een paar straten te ver naar het noorden, in een straat die zelfs door hoeren te saai wordt gevonden om 's nachts rond te hangen. Maar de plaatselijke pers heeft ze nog altijd verteld dat ze in Montmartre woont. In de buurt van Pigalle. Dat roept de juiste associaties op. Dat maakt het allemaal wat gemakkelijker. Als ze eenmaal over deze onconventionele wijk begint te vertellen, worden haar toehoorders zo enthousiast dat ze vergeten te vragen waar ze preciés woont. Dan hoeft ze niet te vertellen hoe klein haar flatje is, hoeveel trappen ze elke dag moet opklimmen, hoe geestdodend en burgerlijk het uitzicht is op een verwaarloosd binnenplaatsje en een slappe waslijn.

'Kijk, één ding is zeker. Het is beslist geen bourgeoisbuurt.' Bella's blik dwaalt veelzeggend van de gebloemde bank naar de twee bijpassende fauteuils, naar de ouderwetse ornamenten op de schoorsteenmantel, de ingelijste familiefoto's en de goedkope reproducties aan de muren, maakt een gebaar met haar hand waarmee ze het hele huis en het dorp daarbuiten insluit. 'Het is alles wat Vergenoeg niet is. Misschien is dat de reden waarom ik me daar zo thuis voel.'

'*Van Vergenoeg tot Montmartre!*' roept Charlene uit. 'Dat wordt de intro van mijn verhaal. *Bella Bothma heeft ver genoeg gereisd...*'

Zo is al iemand begonnen, wil Bella haar waarschuwen. Zoek het in een originelere hoek, poppie. Maar ja, het is niet háár schuld als deze blonde journaliste te lui is geweest om haar huiswerk te maken.

'Woon je alleen?' wil Charlene weten.

Moederziel alleen, wil ze antwoorden. Maar dat klinkt wel erg meelijwekkend.

'Op het moment wel,' antwoordt ze met een hopelijk geheimzinnige glimlach.

'Ik heb een vogeltje horen zingen,' zegt Charlene en buigt zich vertrouwelijk naar haar toe, 'dat er ergens een aantrekkelijke Fransman in beeld is. Een violist?'

Misschien heeft ze de jonge journaliste onderschat. Charlene zou niets van Claude hebben geweten als ze van tevoren niet een beetje speurwerk had verricht.

'Tja. Laten we maar zeggen dat... hij op het moment geen belangrijke plaats inneemt in dat beeld.'

'Maar nog niet helemaal afgedaan?'

'Hij bevindt zich op de grens.' Bella slaat haar ogen neer en kijkt naar het bloempatroon van de bank. 'Ik wil liever niets over hem zeggen.'

'Helemaal niets? Niet eens zijn naam?'

'Helemaal niets,' zegt Bella met een zucht.

Bescheidenheid. Dat probeert ze nu te veinzen. Een bescheiden verlangen om haar privé-leven te beschermen tegen haar professionele roem.

'Laat maar.' Charlene zet de cassetterecorder snel uit. 'Weet je, Karel wil het weten. Hij wil je mee uit vragen, maar hij is bang om zich met de zaken van een ander te bemoeien.'

'Maar dat is toch ontzettend belachelijk! Zelfs al was ik getrouwd met die Fransman, dan nog zou ik altijd wat gaan drinken met een ouwe schoolvriend.'

'Ik denk dat Karel meer in zijn hoofd heeft dan wat gaan drinken.'

Charlene trekt haar bijna kaalgeplukte wenkbrauwen op een veelzeggende manier op. Bella wacht op de bijbehorende giechel, maar die blijft deze keer weg. Het is nu Bella die verbouwereerd begint te giechelen. Ze springt opgelucht op als Ada met een zwaar dienblad de zitkamer binnenkomt. Ada heeft haar oma's beste theekopjes uit de kast gehaald, papierdun porselein met blauwe bloemetjes, en heeft zowaar zelfs een paar witte linnen servetten op de bijpassende bordjes geschikt. Soms is het toch duidelijk dat ze haar moeders kind is. Dat ze van kleins af aan heeft geleerd dingen op een smaakvolle manier te doen. De citroentaart die San gisteren heeft gebakken – met citroenen van de boom voor Bella's raam – staat ook op het dienblad. De schuimlaag bovenop is licht gebronsd in de oven, als een lichaam dat net lang genoeg in de zon heeft gelegen, en de korst ziet er verleidelijk bros uit.

'Citroentaart!' roept Charlene uit. 'Mijn lievelingstaart!'

Bella zet het dienblad op de koffietafel, keert haar rug naar de bank en vraagt tussen neus en lippen aan Ada: 'Vind je moeder het wel goed? Dat we de taart nu aansnijden?'

'Waarom zou ze het niet goedvinden?'

'Ze heeft hem eigenlijk voor je vader en je broertjes gebakken,' fluistert Bella.

'Maar jullie eten de hele taart toch zeker niet op?'

'Zo'n taart kan ik in mijn eentje verslinden!' snoeft Charlene achter Bella's rug. 'En Frederik is net zo'n zoetekauw.'

Bella kijkt Ada benauwd aan.

'Het ziet ernaar uit dat ik mama zal moeten helpen er nog een te bakken,' mompelt Ada en maakt dat ze weg komt.

Ze botst bijna tegen haar moeder op die vanuit de keuken komt aanlopen. Terwijl Bella een punt taart voor Charlene afsnijdt, hoort ze hen op de gang gedempt praten. Dan verschijnt San in de deur en staart naar de taartpunt – die Bella zojuist op een gebaksbordje heeft geschoven – alsof ze hem met toverkracht terug naar de keuken wil laten zweven.

'Charlene, dit is de taart... dit is mijn zus... ik bedoel mijn zuster San heeft deze taart gebakken. Charlene vindt jouw taart te gek, San!'

'Ze heeft er nog niet van geproefd,' zegt San met een hoopvolle glimlach.

Alsof de journaliste opeens tot de ontdekking zal komen dat ze uiteindelijk toch niet zo'n zin heeft in de taart.

'O, maar dat kan ik snel verhelpen.' Charlene schuift een griezelig groot stuk op een taartvorkje en propt het in haar mond. Bella ziet alle hoop uit haar zusters glimlach vervloeien. 'Hmmmm. *Délicieux*.'

'Zie je wel! Ze is dol op jouw taart!'

'Wacht maar tot Frederik hem heeft geproefd!' roept Charlene uit.

'Ik zal de jongens roepen, zodat ze ook een stukje kunnen krijgen,' zegt San.

Voordat de pers alles verslonden heeft. Bella leest het op haar zusters gezicht.

'Ze zijn er niet,' zegt Bella. 'Ze geven Frederik een rondleiding door het dorp.'

'Wie is Frederik?'

'De fotograaf.'

'Waarom heeft niemand me dat verteld?' vraagt San verontrust. 'Hoe lang zijn ze al weg?'

'Het zijn hier niet de gevaarlijke straten van Kaapstad, San.'

'Bij Frederik zijn ze veilig,' troost Charlene. 'Hij wekt misschien een beetje een vreemde indruk, maar hij heeft er slag van om met jongens om te gaan.'

Vreemd? Met jongens omgaan? Wat nu op Sans gezicht geschreven staat, zo duidelijk, dat zelfs Charlene het moet kunnen lezen, is de paniekerige interpretatie dat Frederik een pedofiel moet zijn. Maar Charlene smult zo extatisch van de citroentaart dat ze kennelijk blind is geworden.

'Ze bedoelt alleen dat hij er trendy uitziet, San. Oorbelletje, zwarte leren broek en dat soort dingen.'

'O.'

Sans mond wordt zo klein en rond van afkeuring dat hij Bella aan een poepgat doet denken.

'Ze kunnen niet erg ver weg zijn, San. Waarom ga je zelf niet een eind wandelen? Binnen vijf minuten kom je ze tegen.'

'Ik kan nu niet gaan wandelen. Ik ben het eten van mama aan het klaarmaken.'

'Wacht daar toch even mee. Tien tegen een dat ze het niet eet.'

'Íémand moet voor haar eten zorgen, Bella. Zelfs al weigert ze, dan toch moet íémand iets voor haar klaarmaken.'

En met deze opmerking draait ze zich op haar hakken om en marcheert terug naar de keuken.

'Vergeet het maar,' zegt Bella met een verontschuldigend schouderophalen. 'We zijn allebei een beetje gestrest.'

'Dat is begrijpelijk,' zegt Charlene met een mond vol taart en ze zet het apparaat weer aan. 'Het is absoluut fantastisch wat jullie voor je moeder doen.'

'Het haalt het niet bij wat ze voor ons heeft gedaan,' mompelt Bella.

Dat staat goed in een artikel.

'Het komt me voor als een heldendaad!'

'Ik voel me anders geen held.' Bella's stem klinkt zo hees dat ze hem zelf bijna niet herkent. 'Ik voel me meer een lafaard.'

Hoe dát zal overkomen in een artikel, weet ze niet. En het kan haar ook geen barst meer schelen.

De middagmaaltijd wordt een gespannen toestand.

'We zouden citroentaart hebben gehad als toetje,' pruttelt

San met haar poepgatmond. 'Het enige wat ik jullie nu kan aanbieden zijn oma's ingemaakte groene vijgen.'

'Daar ben ik dol op!' roept Ada uit.

Het is duidelijk dat ze zich nog steeds schuldig voelt over het feit dat zij de taart aan 'de pers' heeft aangeboden.

Bella vist een glanzende vijg uit de siroop in de pot, niet omdat ze zin heeft in vijgen, maar om Ada te steunen. Alweer iets wat samen met haar moeder zal verdwijnen, realiseert ze zich als ze een stukje van de vrucht in haar mond stopt. Ze voelt haar wangen samentrekken onder de mierzoete aanslag. Zij noch haar zuster heeft ooit groene vijgen ingemaakt. Hoewel San het beslist kan. San kan alles, als ze wil. Behalve zingen.

'Mama en ik gaan een dutje doen,' zegt Johannes aan het hoofd van de eettafel. 'Marius en Josua, ik wil jullie niet horen. Als jullie lawaai willen maken, doe je dat maar buiten. Flink ver van dit huis.'

'Niet té ver,' waarschuwt San. 'Ik wil niet dat jullie weer door de straten dwalen zoals vanochtend.'

'Mama.' Haar oudste zoon schudt zijn blonde hoofd, langzaam en geduldig, waardoor hij heel even erg op zijn vader lijkt. 'Thuis draaf je er altijd over door hoe veilig het hier in Vergenoeg is. Hoe graag je zou willen dat we op het dorp konden opgroeien.'

'Regel is regel, Marius. En die regel is dat jullie tegen me zeggen waar je naartoe gaat. Zodat ik wéét waar jullie zijn. Zelfs hier in Vergenoeg.'

'Persoonlijk dacht ik altijd dat regels worden gemaakt om overtreden te worden,' zegt Bella, puur om haar zuster te ergeren.

'Hou je mond, Bella,' zegt San en springt met vlammende konen op om de tafel af te ruimen.

Bella blijft zitten, biedt niet eens aan om te helpen, tot ze het laatste ziekelijk zoete hapje van de glanzende groene vijg naar binnen heeft gewurmd.

Als Bella na het eten bij haar moeder gaat kijken, slaapt Adèle al. Of nog steeds. Of alweer. En weer moet Bella de neiging onderdrukken haar moeder bij de schouders te pakken en wakker te schudden. *Alsjeblieft, mam. Niet nu al. Probeer nog wat langer wakker te blijven.*

De zware gordijnen zijn dichtgeschoven en het zwakke nachtlampje naast het bed is aan. Alsof het al nacht is. Alsof het nooit meer dag zal worden.

Bella staart naar de schaduwen op haar moeders gezicht. Haar wangen zijn donkere holtes, haar oogkassen grote zwarte gaten, haar mond een wond. Ze staat naar een dodenmasker te kijken, denkt Bella.

Bevend bukt ze zich om een kus te drukken op haar moeders voorhoofd. Ze blijft zo gebukt staan, haar lippen op haar moeders huid gekleefd, en ze vraagt zich af hoe lang ze deze houding zou kunnen volhouden voordat haar rug het begeeft. Of voordat haar moeder wakker wordt. Helemaal gezond, denkt ze in een ogenblik van redeloos verlangen, springlevend zoals al die domme sprookjesheldinnen die door een kus uit de schijndood worden gered.

Ze komt haastig overeind en raakt voor het laatst met haar vingertoppen haar moeders voorhoofd aan. Vochtig en warm, waarschijnlijk iets té warm, misschien zelfs koortsig. Maar nog niet dood.

Levend, levend, levend, fluistert ze als bij een aftelrijmpje terwijl ze naar haar kamer loopt.

Voor Sans deur blijft ze staan, verbijsterd door een geluid dat ze nooit eerder heeft gehoord. Niet in dit huis. Op een podium misschien, in een Griekse tragedie. Of bij de zwarte begrafenissen die ze heeft bijgewoond in de tijd dat ze zich verbeeldde deel te hebben aan de *struggle* in dit land. De hoge weeklacht van een vrouw in smart. *Keening.* Zoals de Ieren het noemen.

'Alsjeblieft, San,' smeekt Johannes achter de gesloten deur. 'Beheers je. Kalmeer alsjeblieft een beetje voor de kinderen je horen.'

'Het kan me niets schelen wie me hoort!' Bella herkent de kermende vrouwenstem niet. Ze wéét dat het San is, maar ze kan de stem absoluut niet met haar zuster in verband brengen. 'Ik ben het spuugzat om kalm te zijn! Ik ben al zo lang kalm en rustig dat ik helemaal onzichtbaar ben geworden. Niemand ziet me meer staan, Johannes. Het is wel meer dan tien jaar geleden dat jij echt naar me hebt gekeken. Je kijkt dwars door me heen. Je ziet niets! Net als mijn kinderen, net als mijn zuster, net als mijn eigen moeder!'

'Toe nou, San.' Johannes' stem klinkt hoe langer hoe wanhopiger. 'Dat is echt niet waar, je weet dat het niet...'

'Ze ziet me nog niet staan, Johannes! Ze kijkt me aan met van die doffe ogen terwijl ik haar voer, haar aankleed, haar verschoon, en dan komt Bella de kamer binnen en haar hele gezicht klaart op. Maakt niet uit wát ik doe, Johannes, maakt niet uit hoeveel prijzen ik heb gekregen bij het eindexamen, hoe goed ik het heb gedaan op de universiteit, hoe hard ik probeer de beste moeder van de wereld te zijn, voor mijn eigen moeder ben ik altijd onzichtbaar geweest!'

Bella blijft verstard staan in de gang, bang dat de vloerplanken zullen kraken als ze waar dan ook naartoe vlucht, en ze vraagt zich af wat Ada zou zeggen als ze haar moeder nu zou horen. Ada die juist deze ochtend in de keuken nog had geklaagd dat haar moeder zichzelf altijd en eeuwig onder controle had.

'Kalmeer alsjeblieft,' smeekt Johannes. 'Zo ken ik je niet, San, zo ken ik je niet...'

'Nee, je kent mij niet, Johannes! Dat is een deel van het probleem. Je kent alleen die kalme klote-façade die ik me altijd aanmeet om jou tevreden te stellen!'

Als Ada deze snikkende, vloekende, wanhopige vrouw zou horen, denkt Bella, zou ze misschien toch de voorkeur geven aan een beheerste moeder.

'Weet je wat mijn moeder vanmiddag tegen me zei?' Sans stem woog nog zwaar van tranen, maar was wel een toonhoogte lager, alsof ze bijna was uitgewoed. 'Terwijl ik me uitsloof om een paar lepels voedsel bij haar naar binnen te krijgen – in mijn eentje omdat Bella zoals gewoonlijk met iets anders bezig was – begon ze volkomen onverwacht jóú de hemel in te prijzen. Zei dat jij de zoon bent die ze altijd had willen hebben. En toen barstte ik in tranen uit. Ze dacht dat het was omdat ik ontroerd was. Omdat ik blij was dat ze zoveel van haar schoonzoon houdt. Maar ik huilde van áfgunst, Johannes. Is dat niet afschuwelijk? Omdat ze nog nooit tegen mij heeft gezegd dat ik de dochter ben die ze altijd had willen hebben.'

'San...'

'*Laat me los, Johannes.* Ik wil niet vastgehouden worden. Ik wil niet getroost worden. Ik wil alleen dat mijn moeder één keer, voor ze sterft, echt naar me kijkt!'

Bella trekt zich voorzichtig terug, vlak langs de muur waar de planken minder kraken, terug in de richting van de keuken. Ze is vergeten wat ze in haar kamer wilde doen. Ze weet alleen dat ze nu een sigaret en een kop sterke zwarte koffie nodig heeft.

Tijd om afscheid te nemen

Hoe staat het ook weer in de bijbel? Er is een tijd van komen en er is een tijd van gaan. Of misschien staat het ergens anders. Mijn geheugen is me in de steek aan het laten, net als de rest van mijn lichaam.

Ik zal het de dominee moeten vragen. Hij weet dat ik nooit echt een enthousiaste bijbellezer was. Geef me liever een lekkere roman. Hij zegt dat het niets uitmaakt, hij zegt dat je de bijbel niet hoeft te lezen om in de hemel te komen. Je hoeft eigenlijk helemaal niet te lezen, punt uit. Dollie Plaatjies heeft het leesvermogen van een basisschoolkind, maar haar plaats in de hemel is allang besproken. Zegt de dominee. Ik hoop dat hij gelijk heeft. Ze heeft het flink te verduren gekregen hier op aarde, het zou toch ongelooflijk onrechtvaardig zijn als zij niet ooit, érgens, beloond werd voor haar uithoudingsvermogen.

Wat mezelf betreft geloof ik niet dat ik na de dood echt een beloning verdien.

Het meetsnoer is mij gevallen in lieflijke plaatsen, mij is een erfdeel geworden. De bijbel houdt me wel bezig vannacht. Ik ben met een witte huid geboren in een tijdperk dat het erg belangrijk was een witte huid te hebben. Ik ben in een huis vol liefde opgegroeid, in een land vol zonneschijn. Ik was gelukkig getrouwd, min of meer, en ik heb twee gezonde intelligente dochters grootgebracht. Ik heb een voorbeeldige schoonzoon en drie heerlijke kleinkinderen. Oorlog heb ik nooit gekend, niet in mijn eigen land, alleen aan de grens, ver weg en vaag, en aangezien ik geen zonen had om op te offeren, heeft die grensoorlog mij eigenlijk nooit écht geraakt. Nooit heb ik mijn huis of mijn naasten bij een bomaanval, een aardbeving of een andere ramp verloren. Ik heb het nooit arm gehad, beetje moeilijk in de eerste jaren met Jaap, geen geld voor het speelgoed en de boeken die ik graag voor de kinderen wilde kopen, maar nooit honger geleden.

Nooit de wanhoop geproefd van een moeder die niets had om haar kinderen te eten te geven. Voor mij is dat nog steeds de onvoorstelbaarste van alle ervaringen die een moeder kent. Om je kinderen honger te zien lijden.

Nu moeten mijn kinderen mij honger zien lijden. Kijk eens hoe ik voor hun ogen lig uit te teren. Stil maar, wil ik tegen hen zeggen, het duurt niet lang meer.

Voor mijn kleinkinderen zal het leven in dit land ongetwijfeld moeilijker zijn dan het voor mij was. Ada zegt dat minstens de helft van haar klasgenoten zo gauw mogelijk naar Londen wil, meteen na school of de universiteit, en er zijn er heel veel die niet zeker weten of ze wel terug willen komen. Ada wil hier ook weg. Ze zegt het niet, maar ik hoor het in de stiltes tussen haar woorden. Zoals Bella, die lang geleden is weggegaan.

Zij noemen het van hier wegkomen. Wij, die achterblijven, noemen het van hier weggaan. Dat heeft me altijd gehinderd. Dat bijbelvers. Komen en gaan zijn geen tegenstellingen, niet echt, het is niet als schoon en vuil of rijk en arm, het zijn gewoon twee verschuivende punten in een ongebroken cirkel. Een eeuwige kringloop. Je kunt niet ergens weggaan zonder ergens anders aan te komen.

Of wel?

Mijn verstand zegt me dat ik het einde van de cirkel heb bereikt. De cirkel is verbroken, iets is gescheurd, de rest hangt uitgerafeld achter mij. Ik kan niet teruggaan en ik kan niet op een andere plaats aankomen. Ik kan alleen gáán. Maar mijn hart zegt nee, nee, nee, als ik hier wegga, binnenkort, móét ik toch ergens aankomen. Regel is regel, zoals San zegt. En deze is de eerste regel van elke reis. *Je kunt niet ergens weggaan zonder ergens anders aan te komen.*

Vanmiddag moest ik afscheid nemen van mijn kleinkinderen.

Ik denk niet dat ik ze nog zal zien. Ik hoop het natuurlijk wel, ja, ik zal tot het laatste moment hopen. Maar ik dénk van niet.

Denken doe ik met mijn verstand. En hopen met mijn hart. Mijn verstand weet hoe moe mijn lichaam is. Het weet dat het elke dag moeilijker wordt om wakker te blijven, tegen pijn en angst te vechten, gewoon door te gaan met ademhalen. En mijn hart, mijn redeloze hart, zegt ach nee ach, Adèle Bothma, we gaan nu al zo lang samen door het leven, jij en ik, we kunnen het toch nog wel een tijdje volhouden? Nog een week of twee? Nog een keer de warme lichamen van je kleinkinderen tegen je aan voelen?

Mijn verstand zegt néé. Ik wil de schok en de schrik in de ogen van mijn kleinzoons niet meer zien als ze naar me kijken. Ik wil niet dat ze zich mij herinneren met een ingevallen gezicht, een zure adem, een bezweet lichaam dat ruikt naar urine.

Ik wil hen liever niet meer zien.

'Oma, je weet toch dat we volgende week niet kunnen komen, hè,' bracht Ada mij vanmiddag in herinnering. 'Josua moet een rugbywedstrijd spelen, een van de belangrijkste van het jaar, en papa heeft beloofd dat hij gaat kijken.'

'En jij moet naar een Heel Belangrijk Feestje.'

Ze had het me vrijdagavond al verteld. Een jongen uit de eindexamenklas die ze maandenlang op afstand had bewonderd, heeft haar uitgenodigd voor een feest. In mijn ogen is het natuurlijk onvoorstelbaar dat een jongen op wie zij haar vizier heeft ingesteld, níét voor haar zou vallen. Ze is nu zeventien en ontstellend mooi, veel mooier dan haar moeder ooit was, ik ken niemand die mooier is. Mijn beeldschone naamgenote.

'Het feest is niet zó belangrijk, oma, als je wilt dat ik kom logeren, kan ik...'

'Nee,' zei ik, zo beslist mogelijk. 'Ik wil niet dat je het mist. Ik wil dat je ervan geniet. En mij alles vertelt als je weer komt.'

Die laatste woorden heb ik eraan toegevoegd om haar te troosten. Ze keek me aan, met haar zeventienjarige ogen, en knikte langzaam. Ze deed alsof ze niet wíst waar ik mee bezig was. Ze speelde mee. Ada, de actrice.

'Kijk, bepaalde dingen zullen misschien niet geschikt zijn voor oma's oren,' plaagde ze.

'Ik hoop het,' zei ik. 'Anders zou het wel een stomvervelende aangelegenheid zijn geworden, vind je niet?'

'Denk je dat ik je nog eens zal zien, oma?' wilde Marius weten.

De ernstige. Hij speelt geen rugby, hij speelt liever met een pen. Tekent en schrijft verhalen. Tegen hem kan ik niet liegen. Niet eens een leugentje om hem te troosten.

'Ik weet het niet, mijn grote kleinzoon.' De waarheid. 'Ik hoop het.' De waarheid.

'Ik hoop het ook,' zei hij en drukte mij zo stijf tegen zich aan dat het pijn deed.

Stil, hart. Sst. Vergeet het.

'Ben je echt aan het doodgaan, oma?' vroeg Josua op het laatste moment.

De jongste kinderen zijn altijd de eerlijkste. Josua van tien kan dingen vragen die voor zijn broertje van twaalf taboe zijn. Ergens tussen tien en twaalf ontstaat een lek, een stilte die naar binnen sijpelt, een spontaniteit die wegsijpelt.

Ze noemen dat groot worden.

'Ja, schat van mijn hart.'

Eerlijkheid verdient eerlijkheid.

'Maar waarom duurt het zo lang?'

Wat me deed glimlachen.

'Voor mijn gevoel duurt het niet zo lang,' zei ik. 'Wil je dat ik een beetje opschiet?'

Gelukkig was zijn moeder op de veranda afscheid aan het nemen van zijn vader. Zo'n gesprek zou haar onnodig van streek hebben gebracht. Ze was trouwens het hele weekend al zo gespannen als een snaar.

'Nee, dat bedoel ik niet,' zei Josua met een kleur. En toen, snel, alles in één adem: 'Maar als je er te moe van wordt om te wachten tot we elkaar weer zien, zal ik niet boos op je zijn.'

'Hand erop?'

'Hand erop.'

Weer iets wat afgehandeld is.

Toen ik de Mercedes van Johannes hoorde wegrijden, ben ik onmiddellijk teruggezakt in de kussens en heb ik gedaan alsof ik sliep. Ik wist dat San zou komen kijken of ze me kon troosten. En ik wilde niet getroost worden.

Ik wilde treuren, in mijn eentje, om alles wat nog afgehandeld moet worden.

De uren die overblijven

Maandag

Bella bladert door de gekreukte zondagskrant van de vorige dag, in de fauteuil naast haar moeders bed, en vindt er niets in wat haar ook maar enigszins interesseert. Haar moeder heeft deze ochtend ook niet veel belangstelling voor de krant. Ze staart al een halfuur naar dezelfde bladzijde, kin op de borst, alsof haar hals het gewicht van haar hoofd niet kan dragen.

Het weekend heeft haar uitgeput.

Ze was vastbesloten een laatste keer met haar kinderen en kleinkinderen op zondagmiddag aan tafel te zitten. San heeft haar geholpen haar nachthemd uit te trekken en 'echte kleren' aan te doen. Een rode overhemdjurk die zo los als een kamerjas om haar steeds verder krimpende lichaam hing. Ze had rode lippenstift opgedaan en het grijze dons op haar hoofd verstopt onder een rode baret. Het effect was bizar – iets tussen de kerstman en Bette Davis in de rol van Baby Jane – maar iedereen speelde mee en gaf haar complimenten alsof het aalmoezen waren. Fantastisch, riep Ada uit. Het juiste woord, dacht Bella met een brok in de keel, want deze vervallen vrouw in het rood was voor hen allemaal onwerkelijk. Een fantasiegestalte. Niet de moeder of de oma die ze hadden gekend.

San had foto's gemaakt. Met zijn allen glimlachend geposeerd met de zieke vrouw. Iedereen wist dat het de laatste keer zou zijn dat ze gefotografeerd werd.

Ze zat op haar gewone plaats aan tafel, rechts van haar schoonzoon, die de oude plaats van haar man aan het hoofd van de tafel had ingenomen. Ze werkte met grote moeite een hapje kippenpastei, een hapje bataat, een flintertje bloemkool naar binnen. En ze glimlachte aan één stuk door.

Maar na het eten, nadat ze afscheid had genomen van haar kleinkinderen, was ze zo moe dat ze onmiddellijk in slaap was gevallen. Gewoon zo in haar rode jurk, de rode baret nog op haar hoofd, zelfs nog een resterend streepje rood op haar lippen. Bella en San vonden haar op haar bed, in de kussens gezakt, haar ademhaling wat gejaagd. Ze legden een deken over haar heen en lieten haar met rust. Uren later, toen het allang donker was, hielpen ze haar om haar 'echte kleren' uit te trekken.

Ja, Bella had ook geholpen. Sans hysterische uitbarsting achter de gesloten kamerdeur had Bella doen beseffen dat zij meer moest doen zodat haar zuster wat minder werk had. Het zou een ware ramp betekenen als San instortte.

Gefrustreerd gooit Bella de krant op het bed en pakt het bovenste tijdschrift van de stapel naast haar stoel. Deze beweging doet haar moeder opkijken, een plotselinge schuldige beweging zoals van iemand die in de kerk in slaap is gevallen, een verbouwereerde uitdrukking op haar gezicht.

'Deze *Fair Lady* heb ik ook al minstens drie keer doorgebladerd,' zegt Bella. 'Er is vast geen enkel tijdschrift meer in huis dat ik niet heb gezien.'

'Waarom lees je dan geen boek?' wil haar moeder weten.

'Vergeten mee te brengen.'

'Er zijn veel boeken in dit huis. Als je wat rondneust in de kast, vind je beslist iets.'

'Ik weet niet of ik me op een boek kan concentreren,' zegt Bella en laat het tijdschrift naast zich op de grond vallen.

'Kies iets gemakkelijks, Bella. *Ontspanningslectuur.* Die wordt niet voor niets zo genoemd. Iets wat je aandacht afleidt van... van ziekte en dat soort dingen.'

Het eigenlijke probleem, waar ze natuurlijk niet met haar moeder over kon praten is dat ze bang is met een boek te beginnen waar ze halverwege mee op moet houden. Want haar moeders dood, daarvan is ze overtuigd, zal in álles een breekpunt veroorzaken. Niet alleen een in het boek dat ze aan het lezen is, maar in het leven zoals zij het kent. Vanaf die dag zullen haar herinneringen ingedeeld worden in *Voor mama's dood* en *Na mama's dood.* Bella Bothma's eigen unieke kalender, anders dan die van christenen, joden, moslims of Chinezen.

'Ik zal straks wel kijken of ik iets kan vinden,' mompelt ze om haar moeder tevreden te stellen.

'Je kunt het beter nu doen. Begin bij de boekenkast hier in de kamer.'

Tot haar laatste ademtocht, denkt Bella, zal haar moeder het Evangelie van het Lezen verkondigen. Ze loopt naar de propvolle boekenkast naast het raam en laat haar ogen over de ruggen glijden. Meestal Penguin Classics, literaire meesterwerken, beslist niet wat je 'ontspanningslectuur' zou noemen. Dan hoort ze de klop op de voordeur, San die even later opendoet, dominee Crous die vriendelijk vraagt hoe het ermee gaat.

'Mam, je vrijer komt op bezoek,' zegt ze spottend.

Opgelucht, want ze krijgt nu de kans een sigaret te gaan roken in de keuken.

'Goeiemorgen, goeiemorgen,' zegt dominee Crous bij het binnenkomen en knippert verlegen met zijn ogen achter de dikke brillenglazen. 'Ik kom alleen eens even kijken hoe het hier gaat. Blij je weer te zien, Bella. Doet deze Kaapse winterregen je niet een beetje thuis voelen?'

'Zeker,' liegt Bella.

Ze heeft nauwelijks gemerkt dat het regent.

'En hoe voelt die lieve mevrouw Bothma zich op deze natte maandag?' vraagt hij aan haar moeder.

'Die lieve mevrouw Bothma heeft dit weekend wat te veel van zichzelf gevergd,' antwoordt haar moeder met een vermoeide glimlach. 'Nu betaalt ze de rekening.'

'Was het gezellig met de kleinkinderen?'

'We hebben zelfs met zijn allen gegeten,' vertelt haar moeder trots. 'Aan tafel. Zoals in betere tijden.'

'Ik ben in de keuken als je me nodig hebt, mam,' zegt Bella. 'Dominee, wilt u een kop koffie of thee of iets anders?'

'Ach nee, dank je, ik zal niet lang blijven.'

Als ze de keuken binnenkomt, een onaangestoken sigaret al tussen de lippen, vindt ze haar zuster bij de tafel. Ze is zo verbaasd San roerloos te zien zitten – niet druk met soep koken, citroentaart bakken of de koelkast opruimen – dat de sigaret bijna uit haar mond valt. San kijkt niet eens om, staart slechts met blinde ogen naar de regen die glinsterend tegen de ramen spat.

'Zal ik een kop thee voor je maken?' vraagt Bella terwijl ze haar sigaret opsteekt.

San schudt van nee en glimlacht vaag, zeker als dank voor dit buitengewone aanbod van haar luie jongere zuster.

'Heb je behoefte aan mijn luisterend oor?' San kijkt haar in gedachten aan, een verwarde frons onder haar blonde haar. 'Is er iets wat je me wilt zeggen?'

Weer schudt San haar hoofd, staart naar haar verstrengelde vingers op het tafelblad.

'Kom op, San,' zegt Bella zo geduldig als ze kan. 'Je bent het hele weekend kwaad op me geweest. Ik weet niet zeker waarom, maar ik vermoed dat het iets met de komst van "de pers" te maken heeft. Ik bedoel, die scène die je schopte over die kutcitroentaart, je moet toch toegeven dat je daarmee flink over de schreef ging.'

'Ik ben niet kwaad op je, Bella,' zucht San. 'Misschien ben ik kwaad op mezelf. Ontevreden over mezelf. Teleurgesteld in mezelf.'

'*Join the party*. Ik ben er levenslang toe veroordeeld.'

Weer een flauwe glimlach, een flits van een of andere emotie – dankbaarheid? – in de blauwe ogen.

'En laat ik eerlijk zijn,' zegt Bella achter een bolle wolk rook, 'ik heb toch nooit echt hoge eisen aan mezelf gesteld, hè. Jij bent degene die van jongs af aan totaal onmogelijke maatstaven voor zichzelf aanlegde.'

'Is het dan zó onmogelijk om een goede dochter te zijn?'

'San. We weten allemaal wie de "goede dochter" is in dit huis.'

'Ik ben er niet meer zo zeker van.' San haalt haar schouders op, kijkt weer naar de regen die in een grauwe sluier voor het raam hangt. 'Misschien is een kop thee toch niet zo'n slecht idee.'

Bella staat onmiddellijk op om water op te zetten. Ze kan zich niet herinneren wanneer ze voor het laatst thee heeft gezet voor haar zus. Dan komt Dollie Plaatjies zeggen dat er iemand aan de voordeur staat die haar wil spreken.

'Mij?'

'Een meneer met een snor,' zegt Dollie met een nauwelijks verholen, sluwe glimlach. 'Meneer Karel.'

'Karel Viljoen?'

'Ik heb me al afgevraagd hoe lang het zou duren voordat hij iets zou ondernemen,' mompelt San.

'Wacht, ik zal even gaan horen wat hij wil,' zegt Bella en loopt haastig naar de voordeur.

'Het is niet zo moeilijk om te weten wat hij wil,' zegt San achter haar rug tegen Dollie.

En Dollie Plaatjies lacht waarachtig, zo'n onderdrukt giechellachje. San vraagt zich af of haar oren haar niet bedriegen.

'Het is de schuld van de regen.' Karel staat te grinniken op de veranda, zijn honingblonde haar zo nat dat het aardebruin is geworden. 'Gewoonlijk dring ik mezelf op maandagochtend niet op, maar ik moest wijnstokken afleveren hier in het dorp en toen werd ik zo kletsnat van de regen dat ik dacht, kom, ik ga om een kop koffie bedelen bij jou, al is het ook met mijn staart tussen mijn poten.'

De regent maakt zo'n lawaai op het zinken dak van de veranda, dat ze hem bijna niet kan verstaan. Hij draagt een donkerblauw jack, dat zijn kleren tegen de ergste nattigheid beschermt, en rubberen laarzen, onder de modder. Hij wrijft voortdurend in zijn handen, alsof hij ze aan het wassen is. Buitenluchthanden, merkt Bella op, grote, sterke, zongebruinde handen. De vorige keer had ze eigenlijk alleen zijn billen, zijn snor en zijn haar opgemerkt. De billen kregen een positief oordeel, de snor en het kapsel een negatief. Nu zijn haar niet zo zorgvuldig is geföhnd en zijn snor een beetje bedremmeld op zijn bovenlip hangt, is het totaalbeeld een stuk aantrekkelijker geworden.

'Perfect getimed,' zegt ze. 'Ik heb net water opgezet.'

Dollie Plaatjies zal niet blij zijn met wat die modderige laarzen haar glanzend gepoetste gangvloer aandoen, denkt ze als ze met hem naar de keuken loopt. Maar Dollie knikt onverstoorbaar als ze met een bezem in de hand rakelings langs hen heen loopt. En San glimlacht vriendelijk, geen teken meer van het ongenoegen dat een paar tellen geleden nog als een sluier voor haar gezicht had gehangen.

'Ga zitten. Doe of je thuis bent. Trek je kleren uit. Ik bedoel... nou ja... natuurlijk niet al je kleren,' stottert Bella en ze wijst naar zijn jack.

'Je ziet eruit alsof je net onder de douche uit komt,' zegt San.

En Bella vraagt zich af, totaal onverwacht, hoe hij eruit zou zien als hij onder een douche uit kwam. Hoe die billen onder die strakke spijkerbroek (te strak, vindt ze als hij het jack uittrekt en over de stoelleuning hangt) er zonder die strakke spijkerbroek uit zouden zien. En de rest van zijn lange lijf, druipnat en naakt. Ze heeft niet eens jeugdherinneringen om op terug te vallen, beseft ze. Alles wat zich jaren geleden tussen hen heeft afgespeeld, is in het donker gebeurd.

'Ik klaag niet,' grinnikt hij. 'Wij boeren klagen immers nooit over regen.'

'Jullie boeren klagen altijd,' plaagt San. 'Een boer die niet klaagt, is als een haan die niet kraait.'

Het klinkt zowaar alsof haar zuster met de man flirt, denkt Bella terwijl ze kopjes en schoteltjes klaarzet.

'Ik ben ook echt niet zo'n geweldige boer,' zegt hij.

'Dat klopt niet met wat ík over je heb gehoord,' zegt San. 'Ik heb gehoord dat je een van de beste boeren bent in het district.'

Waar zou San dat gehoord hebben, vraagt Bella zich geërgerd af.

'Dan is het zeker geen geweldig district. Hoe zeggen ze dat ook weer? In het land der blinden is Eenoog koning?'

'Ik vind dat je je wat al te bescheiden voordoet,' zegt San vleiend.

'Koffie of thee?' vraagt Bella.

'Wat je hebt.'

'San drinkt thee en ik drink koffie.'

'Dan drink ik graag koffie met je mee. Vinden jullie het goed als ik rook?'

'Vraag het maar aan San,' zegt Bella met een onschuldige glimlach. 'Zij is getrouwd met een man die fanatiek tegen roken is gekant.'

'Nee, niet fanatíék, Bella,' protesteert San.

'Diep in haar hart minacht ze iedere roker die zijn longen zo verpest.'

'Diep in mijn hart ben ik het met haar eens,' grinnikt Karel terwijl hij een sigaret opsteekt.

'Wat mij betreft,' zegt Bella, 'ik ben gek op mannen die nog gek genoeg zijn om te roken.'

Nu klinkt het alsof zij met de man zit te flirten, realiseert ze zich en ze keert zich haastig om naar de stomende ketel.

'Jij rookte al toen je nog op school zat,' zegt Karel achter haar rug.

'Jij toch ook?'

Alle jongens rookten. Niet alle meisjes. Marileen (of hoe ze ook alweer heette) rookte beslist niet. Er was een gezegde dat de jongens graag gebruikten. *Girls who smoke, poke.* Bella wist niet zeker wat *poke* betekende, en toen vroeg ze het aan haar moeder die alles van woorden wist. Dat is met een stok of iets in het vuur porren, antwoordde haar moeder, om de vlammen mee op te stoken. Bella had pas jaren later beseft wat een goede definitie het was voor wat zij in die tijd deed. Ze had gerookt en ze had de vlammen in de lichamen van de tienerjongens opgepookt.

'Ik ga gauw even kijken hoe het met mama is,' verontschuldigt San zich.

'Dat is niet nodig,' houdt Bella haar tegen. 'De dominee is er.'

'Nou ja, ik heb ook nog andere dingen te doen.' San staat op om haar kop thee van Bella aan te nemen, haar gezicht ietwat beledigd. 'Ik weet zeker dat jullie geen chaperonne nodig hebben.'

Bella kijkt haar berouwvol na. Opeens is het heel stil in de keuken. Alleen nog de regen die tegen de ruit tikt. Het was niet haar bedoeling geweest om lelijk te doen tegen haar zuster. Aan de andere kant, toen ze San vorige week had uitgedaagd om eens een keer met iemand te flirten, had ze ook niet bedoeld dat ze het met de eerste de beste man moest doen die hier binnenstapte!

'Vertel me eens wat over die Karel,' zegt Adèle terwijl ze een glas chocolademelk drinkt bij wijze van avondmaaltijd.

'Er valt niets te vertellen, mama. Het is een oude schoolvriend waar ik een paar dagen geleden tegenop ben gelopen.'

'En heeft hij je mee uit gevraagd?'

'We gaan donderdagavond in het restaurant van het pension hier in het dorp eten.'

'Neem de Wiener schnitzel,' raadt Adèle haar aan. 'Nog altijd mijn lievelingseten.'

Eigenlijk had de uitnodiging voor een etentje haar nogal in verwarring gebracht. Ze was bereid iets met hem te gaan drinken. Toen zei hij opeens onverwacht: 'Nee, Bella, jij bent niet het type vrouw dat je meesleept naar een dorpskroeg voor een snelle borrel.'

'Maar wat voor een type vrouw ben ik dan wel, Karel?' wilde ze geamuseerd weten.

'Jij hebt klasse, Bella. Met jou moet een man de dingen in stijl doen.'

'Welke dingen?' Nog steeds geamuseerd, maar ook op een bepaalde manier gevleid.

'Het hele eten-en-drinkengedoe,' zei hij en plukte verlegen aan zijn snor. 'Ik dacht dat we misschien liever naar Villiersville moesten rijden.'

'Eerlijk gezegd blijf ik liever dichter bij huis,' had ze gezegd. 'Alleen voor het geval...'

'Maar dan kunnen we toch in het pension hier in het dorp gaan eten. Hun Wiener schnitzel is wereldberoemd. Nou ja, wereldberoemd in het district, natuurlijk.'

En toen grinnikte hij zo ontwapenend, dat ze, bijna zonder het te merken, ermee instemde met hem te gaan eten.

'Het ziet ernaar uit dat de Wiener schnitzel mijn voorland is,' zucht Bella. 'Ik heb de laatste paar dagen zoveel biltong gegeten, dat ik een beetje genoeg heb van vlees.'

'Ik ben blij dat je eens uitgaat,' zegt Adèle. 'Het zal je goeddoen.'

'Ik ben niet naar Vergenoeg gekomen om uit te gaan, mam.'

'Dat weet ik. Je bent gekomen om mijn hand vast te houden. Maar ik denk dat het goed is ook eens een keer iemand anders zijn hand vast te houden.'

'Mam, we hebben het hier over een Afrikaanse boer met een beginnende buik, rugbybenen en een snor. Klinkt dat als iemand door wie ik me laat versieren?'

'San zegt dat hij aantrekkelijk is. Dollie zegt dat hij er fatsoenlijk uitziet. Wat wil je nog meer?'

'Ja, ja, ik zie het al,' zegt Bella lachend. 'De spionnen hebben al rapport uitgebracht. Allemaal even gretig om mij aan een besnorde boer te koppelen!'

'Geef hem een kans,' glimlacht haar moeder. 'Ik heb niet de indruk dat de Franse mannen je tot nu toe ontzettend gelukkig hebben gemaakt.'

'Kijk...'

'Het spijt me,' lispelt Adèle, 'ik wilde me er niet mee bemoeien.'

Haar tong klinkt opeens weer zwaar van vermoeidheid, of bedwelming, of allebei. Zuster Pat heeft vanmiddag haar dosis pijnstillende pillen verhoogd. Voorgesteld morgen haar huisarts in Villiersville te bellen om te vragen iets voor te schrijven wat effectiever is. Morfine, meende Pat, al is het alleen maar om haar 's nachts rustiger te laten slapen. Bella had haar hart voelen bonzen van schrik. Tot nu toe had ze haar moeder niet een keer over pijn horen klagen. Soms haalde ze haar adem scherp in als je haar iets te hardhandig uitkleedde of waste, of zelfs iets te geestdriftig tegen je aan drukte. Er is een stuk weg tussen leven en dood, had Bella uiteindelijk beseft, tussen hier en dáár, dat ze niet samen met haar moeder kon afleggen. Een grensgebied waar haar moeder haar niet zou toelaten. Al hield ze de hele nacht en de hele dag haar hand vast.

'Nu je het er toch over hebt,' zegt ze zo onverschillig mogelijk, 'wil ik je zeggen dat Claude en ik hebben besloten dat het beter is ieder onze eigen weg te gaan.'

'Wanneer was dat?' vraagt Adèle zonder een spoor van de teleurstelling die Bella had verwacht.

'Een maand of zes geleden al.' Zes maanden en negen dagen, om precies te zijn. Vorige week in het vliegtuig, ergens boven Afrika, had ze zich gerealiseerd dat het voor het eerst was sinds haar studententijd dat ze het langer dan zes maanden zonder seks had gered. Ze voelde er zich onbeschrijflijk oud door. 'Ik wilde eerst niets zeggen, want ik dacht dat het misschien weer goed zou komen. Dat de dingen misschien toch anders zouden uitpakken. Maar ik denk dat ik op dit moment wel met... redelijke zekerheid kan zeggen dat het over en uit is.'

Helemaal over en uit, alles weg, behalve het berouw, het verlangen, het zelfverwijt, de teleurstelling, kortom, het akelige gevoel van mislukking waarmee ze nu al een halfjaar leeft. Ze slaat haar armen over elkaar en staart naar de verbleekte knieën van haar zwarte jeans.

'Jammer om dat te horen, Bella.'

'Het klinkt niet alsof je het echt jammer vindt, mam. Ik bedoel het niet als verwijt,' voegt ze er onmiddellijk aan toe. 'Ik ben opgelucht dat je het nieuws zo rustig opvat. Ik dacht dat het misschien beter was het niet te vertellen. Ik weet immers hoe graag je mij in een stabiele relatie wilt zien. En nu je op... nu je zo ziek bent...'

'Nu ik op sterven lig. Zeg het gerust.'

'Nu je op sterven ligt, mama...'

'Dank je.'

'Nu moet ik je vertellen dat ik het alweer verp... dat ik alwéér een mislukte verhouding achter de rug heb.'

'Dus je had er de voorkeur aan gegeven mij in onwetendheid te laten sterven.'

Een vage schaduw van een glimlach om Adèles lippen. Of misschien is het alleen het zwakke licht van het bedlampje dat schaduwen over haar gezicht werpt.

'Nee. Ja. Ik weet het niet. Ik wil gewoon dat je ophoudt je zorgen over mij te maken. Ik ben oké, mam, al is er geen man in mijn leven. Ik ben gelukkig. Nou ja, min of meer. Ik denk alleen dat ik niet geschapen ben om met iemand samen te leven.'

'Dat heb ik ook van mezelf gedacht.'

'Je hebt bijna twintig jaar met papa samengeleefd!'

'En daarna bijna vijfentwintig jaar zonder hem.' Haar tong werd hoe langer hoe zwaarder, bewoog zich steeds logger in haar mond, maar haar verstand was kennelijk nog heel helder. 'Het waren vijfentwintig góéie jaren.'

'Beter dan de jaren mét hem?'

'Misschien wel,' antwoordt haar moeder met een verre blik. 'Ach, weet je, je mist bepaalde dingen... maar alles welbeschouwd... heb ik het prima gered. Mijn boeken... en mijn beesten... waren beter gezelschap dan je vader ooit is geweest.'

'Wat heb je dan gemist, mam? Wat herinner je je nog van iemand die je vijfentwintig jaar geleden voor het laatst zag?'

'De dingen van zijn lichaam.'

'Seks?'

'Het is meer dan seks, Bella Bok. Ik herinner me zijn voeten.

Hij had de gewoonte... om 's nachts als we sliepen... zijn beide voeten zo om de mijne... een van de mijne... heen te vouwen. Dat gebaar mis ik nu nog.'

'Nu nog? Na vijfentwintig jaar?'

'Elke nacht.'

Bella ziet een beetje water onder haar moeders gesloten oogleden uit vloeien dat zich in de plooien om haar ogen verzamelt. Zelfs gisteren, toen ze afscheid moest nemen van haar kleinkinderen, heeft ze geen traan gelaten. En nu huilt ze om de voeten van een man die in haar eigen woorden slechter gezelschap was dan haar katten.

Een kwarteeuw van gemis. Wat een afgrijselijk vooruitzicht, denkt Bella, voor iemand als zij die een halfjaar geleden haar lichaam als een gewond dier uit een verhouding moest slepen. Betekent het dat zij inderdaad tot op haar sterfbed naar Claudes schouder zal verlangen?

Dinsdag

San loopt door het huis als een gevangene die in een cel zit opgesloten. Ze zou er een eed op kunnen doen dat de muren geleidelijk aan het krimpen zijn. Het plafond is nu met gemak een meter lager dan toen zij vanochtend opstond. De ramen lijken allemaal kleiner. En aan de andere kant ervan valt de regen, onophoudelijk, troosteloos, uit de trieste grijze lucht.

Eerst gaat ze naar haar eigen kamer, tot de rozen op het behang haar bijna doen kotsen, dan loopt ze op en neer door de lange gang, tot de krakende vloerplanken haar zo irriteren dat ze naar de keuken vlucht. Hier is het moeilijker om haar onrust kwijt te raken, de enige manier is alsmaar rond de tafel lopen die in het midden staat, tot ze zich lichtelijk dronken begint te voelen.

Dat is wat ze nodig heeft, denkt ze terwijl ze voor de zoveelste keer de cirkelgang aflegt, dronken worden. Niet dronken van het lopen, dronken van de drank. Nee, dat is precies wat ze níét nodig heeft. Op zondagavond was het al erg genoeg. Zondagavond was een absoluut dieptepunt.

Nee, de maandagochtend was erger.

De barstende hoofdpijn kon ze verdragen, verlichten met een paar pijnstillers, maar de schaamte, het schuldgevoel, de walging van zichzelf kon ze niet met een paar pillen weg slikken.

Ze gaat de keuken uit, belandt weer in de gang, loopt drie keer in de richting van haar slaapkamer terwijl ze elk kraakgeluid in de vloer telt, en drie keer terug in de richting van de keuken, steeds tellend. Wanneer ze zich omdraait om het een vierde keer te doen, steekt Bella haar hoofd om haar moeders deur en kijkt haar boos fronsend aan.

'San,' zegt Bella. 'Ben je van plan om de rest van de dag als een verdomde soldaat door het huis te marcheren?'

'Het spijt me,' zegt San. 'Ik heb me niet gerealiseerd... Heeft mama er last van?'

'Die slaapt. Maar ze is zo stoned van de morfine die de dokter haar vanochtend heeft voorgeschreven dat ze nog door een aardbeving heen zou slapen. Nee, ik word er gek van. Marcheer toch alsjeblieft ergens anders waar de vloer minder kraakt.'

In dit huis kraken de vloeren overal. Behalve in de keuken en de badkamers waar tegels liggen in plaats van planken. Maar ze is pas uit de keuken gevlucht en de badkamers zijn te klein voor dit soort obsessieve bewegingen.

'Ik zou graag een eind willen gaan lopen, maar in deze regen...'

'Trek een regenjas aan. Zet een hoed op je hoofd. Neem zo'n shit-paraplu mee. Maak dat je wegkomt!'

'Het is niet de regen die me tegenhoudt, het is de modder.'

'San, doe wat ik zeg. *Fuck off.* Ga weg uit dit huis.' Bella fronst nu eerder bezorgd dan boos. 'Het ergste wat er kan gebeuren, is dat je verkouden wordt.'

'Oké, oké, de boodschap is aangekomen.' San gaat naar de kapstok naast de voordeur waar een hele verzameling regenjassen, jacks, hoeden en sjaals hangt. 'Als ik doodga aan een dubbele longontsteking, kom ik bij je spoken.'

Bella lacht haar uit en verdwijnt weer in haar moeders kamer. Wat dóét ze toch de hele dag achter die deur? Je kunt toch niet uur na uur gewoon naast iemands sterfbed zítten? Zij, San, in elk geval niet. Ze trekt het grootste jack aan, donkerblauw en versleten, dat waarschijnlijk nog van haar vader is geweest, en ritst hem dicht tot onder haar kin. Ze moet in beweging blijven, vandaag meer dan ooit, anders zwicht ze weer voor de verleiding om naar de drank te grijpen.

De fles die ze in haar kamer heeft verstopt, is leeg. Er zijn natuurlijk nog andere flessen in huis, een heel kabinet vol sterke drank in de zitkamer, maar daar wil ze niet eens aan denken. Waarschijnlijk heeft ze daarom de zitkamer niet betrokken bij haar doelloze traject door het huis, en heeft haar obsessieve geloop van de afgelopen twee uur haar daarom niet in de richting van de drankkast geleid. En dan heb je nog de slijter in het dorp. Reden waarom ze niet wilde gaan wandelen. Ze trekt de voordeur achter zich dicht, blijft een ogenblik op de veranda staan staren naar de regensluier die als een wit waas over het dorp hangt. Ze is niet bang voor de regen. Nog minder voor de modder. Nee, haar maag raakt in de knoop van angst voor haar gebrek aan wilskracht.

Als ze er weer aan toegeeft, zal ze voor zichzelf moeten erkennen dat alcohol een probleem voor haar is geworden. Hoe gaat het ook weer in die song van Tom Waits? *I don't have a drinking problem. Except when I can't get a drink.*

Nee, nee, nee, denkt ze terwijl ze haar moeders zwarte hond haar handen laat likken, het zijn gewoon de omstandigheden die haar naar de drank drijven. De verantwoordelijkheid om een stervende ouder te verzorgen, het toenemende gevoel dat deze ouder haar opofferingen niet waardeert – nog nooit iets wat zij heeft gedaan, werkelijk heeft gewaardeerd! – de vernederende jaloezie die ze voelt voor haar zuster. Thuis drinkt ze soms ook te veel. Maar thuis smacht ze op klaarlichte dag niet naar drank. Meestal niet. Thuis kan ze zich beheersen. Meestal.

Hier in Vergenoeg bezwijkt ze voor alles.

Zondagavond was ze ingestort. Na het vertrek van Johannes en de kinderen die middag, nadat ze het hele weekend geen enkele stiekeme slok uit de fles in de la had genomen (niet eens 's nachts toen haar man van haar was weggerold en naast haar in slaap was gevallen, niet eens tóén), nadat ze twee dagen lang niets meer dan een paar glazen wijn aan tafel had gedronken, nadat ze zich achtenveertig uur absoluut voorbeeldig had gedragen (afgezien van de rel die ze had geschopt over de citroentaart en de heftige uitbarsting achter haar gesloten kamerdeur), voelde ze zich opeens zo godvergeten moederziel alleen dat ze de la had opengetrokken, de fles eruit had gehaald om te proberen haar humeur met een paar slokken op peil te brengen. En toen nog een paar slokken. En nog een paar. Enzovoort.

Toen ze die maandagochtend wakker werd en zag dat ze de lege fles zomaar op de grond naast het bed had laten vallen omdat ze te beneveld was om hem weg te gooien, schaamde ze zich zo dat ze niet in de spiegel durfde te kijken. De gedachte dat ze de whisky niet eens in een glas had geschonken, dat ze als een straatmadelief uit de fles had gedronken, was zelfs nog ondraaglijker dan de kloppende pijn in haar hoofd. Een allesoverheersend gevoel van walging voor zichzelf had haar de rest van de dag vergezeld, had voorkomen dat ze zelfs bij het eten een glas wijn dronk, had haar geholpen om gisteravond zonder een druppel in te slapen.

Op straat voor haar moeders huis keert ze automatisch haar rug naar het dorp, weg van het dorp met al zijn verzoekingen, en begint ze de helling op te lopen, tot bij het voetpad dat tegen de eerstvolgende heuvel op kronkelt. Bob rent opgewonden voor haar uit, snuffelt aan de struiken en duwt zijn neus in gaten die door kleinere dieren zijn gegraven. Ze vordert heel wat langzamer dan de hond. De helling is steiler dan ze zich herinnert en de natte grond bedrieglijk glad. Zelfs met haar stevige wandelschoenen gaat ze een paar keer bijna onderuit. Wat ze nu nog tekortkomt, is op haar gezicht te vallen, recht in de modder. Het zou een tamelijk letterlijke weergave zijn van haar gemoedstoestand.

Ze trekt de capuchon van het jack zo ver mogelijk naar voren om de ergste regen uit haar gezicht te houden en loopt vastberaden door. Op deze smalle weg moet ze vandaag zien te blijven, houdt ze zichzelf voor. Op deze weg die haar steeds verder van de brede straten van het dorp voert.

Vanmiddag had ze een glas wijn bij het eten aangedurfd.

Daar was niets verkeerd aan, dat deed ze thuis bijna elke dag. Maar nu smacht ze alweer naar iets sterkers. Whisky. Wodka. Rum. *Medicijn tegen de pijn.* Iets brandends, de hele weg van haar mond tot in haar maag, een vlam van een verterende zelfstraf.

Ze blijft even staan, buiten adem, en kijkt uit over het dorp achter haar dat nu heel wat kleiner lijkt dan een paar minuten geleden vanaf haar moeders veranda. De witte kerktoren, het weerkaatsende glazen dak van de Vliegende Hollander, de eucalyptusbomen op het tentoonstellingsterrein wazig in de regen. Ze móét hier zien weg te komen, denkt ze, weg uit dit godvergeten dorp dat haar naar drank en wanhopige gedachten drijft. Weg uit haar moeders Victoriaanse huis met de krakende vloeren. Weg van haar moeders sterfbed.

Maar ze weet dat ze toch niet zal gaan voor haar moeder niet meer op dat bed ligt.

'Ik weet het zeker,' mompelt Adèle terwijl San zich over haar heen buigt om beter te horen wat ze zegt. Of te begrijpen wat ze zegt. San hóórt haar moeders woorden, maar de betekenis ervan blijft duister, zoals wanneer je luistert naar iemand die een vreemde taal spreekt. Af en toe herken je een woord, zelfs een zin, maar er is geen verbinding tussen de woorden. 'Kan me niet meer herinneren.'

Misschien is het wel een onbekende taal. Ergens tussen de taal van de levenden en de taal van de doden zit deze tussentaal. De taal van de stervenden.

'Al die vragen... ik weet niet... ik vraag me af...'

Sterftaal? Het moet de morfine zijn die deze sluier van verwarring over haar moeders verstand laat zakken. Die haar donkere ogen in de wazige blik van een verslaafde verandert. Slechts nu en dan heeft ze een helder ogenblik. Een licht dat aan gaat en na nauwelijks een minuut weer uit gaat.

'Kun je me helpen, Bella?' vraagt haar moeder met gesloten ogen.

'Bella is hier nu niet. Ik ben het, mama. San.'

'San,' zucht haar moeder en doet haar ogen open. 'Wat was er ook weer?'

San zit in de fauteuil naast het bed en streelt machteloos haar moeders hand. Het dienblad met de kippensoep heeft ze weggeschoven. Het is duidelijk dat ze vanavond niet eens drie lepels voedsel in haar moeders mond zal krijgen.

'Wat ik je wilde vragen,' fluistert haar moeder en fronst gefrustreerd haar wenkbrauwen. 'Hoe oud ben je?'

Is dát wat haar moeder wil weten?

'Ik word volgende maand tweeënveertig, mama.'

'Nee, dat bedoel ik niet...' Haar moeder kijkt haar smekend aan. 'Stel me een vraag.'

'Welke?'

'*Wat je maar wilt.*'

Wat ze ontzettend graag zou willen vragen, is of haar moeder bang is om dood te gaan. Nee, niet óf, denkt San, iedereen is toch zeker bang voor de dood. Ze zou graag willen weten hóé bang haar moeder is. Een klein beetje maar? Of ondraaglijk veel? Maar ze durft het niet te vragen. Ze is te bang om zelfs maar over de dood te praten. Dit is háár angst.

'Kijk naar mij,' zegt San tegen haar moeder.

Adèle keert haar gezicht naar haar dochter, trekt haar ogen wijder open als iemand die problemen heeft met focussen.

'Waarom?'

'Dat is wat ik je wilde vragen,' zegt San. 'Dat je naar me kijkt, mam. Zeg me eens, wat je ziet.'

'Toen je klein was, lachte je zo gemakkelijk,' herinnert haar moeder zich met een trieste glimlach. 'Veel gemakkelijker dan Bella... Bella was zo'n nors klein meisje... altijd bezig...'

'Ik wil nu niet over Bella praten!'

Ze ziet hoe haar moeder schrikt van haar scherpe stem.

'Het spijt me, mama,' fluistert ze. 'Ik bedoel niet dat...'

Nu lijkt haar moeder nog meer in de war. Het heldere ogenblik is helemaal verdwenen van de schrik.

'Praat met me, mama,' smeekt San. 'Praat maar waarover je wilt. Alsjeblieft.'

'De vraag die ik wilde stellen...' zegt Adèle met een diepe rimpel van concentratie tussen haar ogen.

'Vraag maar, mama.'

'Herinner je je nog... de laatste keer... dat je bij mij in bed hebt geslapen?'

San zoekt in haar geheugen. Ze moet een jaar of tien, twaalf zijn geweest.

'Je zat al... al op de universiteit. Het huis was vol mensen.'

Natuurlijk! Ze was in het weekend naar huis gekomen, haar nare tante Vera en haar gezin waren er, en ook nog andere gasten, een man en een vrouw die onverwacht waren komen opdagen. Als ze had geweten van al die logés, was ze liever in Stellenbosch gebleven. Ze moest haar bed aan iemand afstaan. De enig overblijvende slaapplaats was in haar moeders koninklijk grote tweepersoonsbed. Dit bed waarin haar moeder nu nog slaapt.

'Dat weet ik nog heel goed,' zegt San.

Wat ze zich vooral herinnert, is dat ze midden in de nacht wakker werd, niet helemaal zeker waar ze was, met een van haar voeten lekker knus gewikkeld tussen de voeten van iemand anders. Toen ze besefte dat ze bij haar moeder sliep, trok ze haar voet verlegen terug. Ze was bijna twintig, dacht ze, ze kon zich toch niet als een klein meisje tegen haar moeders warme lichaam aan vlijen. Ze was naar de rand van het bed gerold en had lang in de donkere kamer voor zich uit liggen staren.

'Ik schrok wakker,' zegt haar moeder, 'toen je je been opeens terugtrok. Alsof je je schaamde... om mij aan te raken. Ik wilde... ik wilde je zeggen... dat het niet nodig was je te schamen. Onze lichamen kenden elkaar immers al jaren. Dat was wat ik wilde zeggen. Al zou je me niet gehoord hebben.'

De inspanning om die paar laatste zinnen uit te spreken, had haar moeder helemaal buiten adem gebracht.

'Ik zou je gehoord hebben, mama,' zegt San. 'Ik was wakker.'

'Ik weet niet... waarom ik niet... gewoon mijn armen om je heen heb geslagen. Dat wilde ik zo graag.'

'Dat wilde ik ook zo graag,' zegt San. 'Ik weet ook niet waarom ik het niet heb gedaan.'

Adèle glimlacht, schudt langzaam haar hoofd, doet haar ogen weer dicht.

Wat ze nu moet doen, denkt San terwijl ze de dorre huid van haar moeders hand blijft masseren, is dicht tegen haar aan gaan liggen op het bed. Als vergoeding voor die keer, meer dan twintig jaar geleden, toen ze het niet had gedaan.

Maar wéér is er iets wat haar ervan weerhoudt. Schaamte? Haar aangeboren zelfbeheersing? Haar eeuwige voorzichtigheid? Ze is er eenvoudigweg niet toe in staat.

Ze pakt haar moeders hand en drukt er een kus op. Adèle toont geen enkele reactie. Misschien is ze weer in slaap gevallen. Met haar lippen haar moeders hand aanraken, realiseert San zich, is ver van genoeg. Maar verder kan zij niet gaan.

Woensdag

Gisteravond was het helemaal mis in mijn hoofd. Vanochtend zie ik goddank weer alles helder. Deze ochtend kan de pijn me niet eens zoveel schelen, ik ben er bijna dankbaar voor, een bewijs dat ik er nog ben. Ik voel, dus ik bén?

Ik heb altijd gedacht: ik lées, dus ik bén. Nu wordt het steeds moeilijker om te lezen, de medicijnen nemen happen uit mijn hersenen, tornen aan mijn concentratie tot alles in rafels uiteenvalt, en er alleen nog van die korte eindjes draad over blijven. Ik kan een paar zinnen achtereen begrijpen, dan val ik in een van die gaten, en wordt alles weer donker. Het enige wat overblijft, is wat ik voel. Pijn, misselijkheid, vermoeidheid.

Waar heb je pijn, oma? wilde Josua dit weekend weten. Overal, mijn kind. Nee, dat heb ik niet gezegd, dan zouden die glanzende bruine ogen van hem me bezorgd hebben aangekeken. *Het is niet zo erg, Josua. Als ik mijn pillen inneem, kan ik de pijn de baas blijven.* Tot dan toe was dat min of meer waar. Nu wordt de werking van de medicijnen bijna erger dan de pijn. Ik kan de gaten in mijn verstand niet meer verdragen.

Op dit moment heb ik afschuwelijke krampen in mijn buik. Misschien hongerpijn. Of obstipatie? Het spijsverteringsstelsel werkt niet meer. En ik ben de beheersing over mijn blaas helemaal kwijt.

Ik leef van vernedering naar vernedering.

En toch.

Mijn hart blijft hopen op een beetje genade. Nog een paar dagen gratie. Een paar uur helderheid.

Al kan ik niet meer lezen, ik kan me nog dingen herinneren. Me nog dingen afvragen. En ik kan luisteren naar de muziek die door mijn kamer stroomt. Mozart, heeft Bella vanochtend gekozen. Strijkkwartetten.

Ik ben nog steeds benieuwd naar die film van mijn leven die ik aan het eind zou moeten zien. Ik vraag me af hoeveel scènes er zullen zijn. Wie er allemaal in zal spelen.

Als ik mijn ogen dichtdoe om zo ver mogelijk terug te denken, word ik overvallen door beelden die niets met elkaar te maken hebben. Geen sprake van een verhaallijn. Mijn moeder die zich bukt voor een kolenfornuis om vers brood uit de oven te halen. Duveldoorntjes onder mijn eeltige hielen terwijl ik op blote voeten door het veld draaf. Regen op groene korenvelden. Een lekkende vulpen en blauwe vingers. De vergeelde bladeren van de boeken in papa's studeerkamer. Niet dat mijn vader ooit studeerde. Hij was een boer die van boeken hield. Niet echt geslaagd als boer. Zeker te veel gelezen. Dromerige ogen zoals dominee Crous, maar zonder die bril met jampotglazen. Mama was de praktische in huis, altijd aan het bakken en brouwen, kleren verstellen of in de moestuin werken. Ik heb mijn vaders leeslust geërfd, niet mijn moeders praktische handen. Helaas.

Dat zijn mijn herinneringen van mijn kinderjaren op de boerderij. Niet echt een spannend draaiboek. En de eenzaamheid, natuurlijk, die zal me bijblijven tot mijn laatste snik. Als ik broers en zusjes van mijn leeftijd had gehad, had ik misschien geen vriendjes hoeven te zoeken tussen de bladeren van de boeken. Maar ik was het spreekwoordelijke nakomertje. Het ongelukje tijdens mijn moeders overgangsperiode. Als je mij vraagt wat de kleur van mijn ouders haren was, zal ik antwoorden: grijs. Een andere kleur heb ik nooit gekend. Mijn moeder was op middelbare leeftijd toen ik werd geboren, mijn vader bijna bejaard. Mijn drie broers waren al het huis uit toen ik naar school ging.

Twee broers zijn allang dood. Met de derde heb ik nooit

goed kunnen opschieten. Met zijn vrouw, Vera, nog minder.

Vioolmuziek heeft me altijd ontroerd, meer dan welke soort muziek ook. Ik begrijp heel goed dat Bella voor een violist is gevallen. Tja. Dat is nu ook voorbij. Ik moet niet vergeten haar te vragen welk kwartet dit is.

Niet dat het nog wat uitmaakt. Wat moet ik in dit stadium met zo'n brokje kennis?

Mijn laatste schooljaren woonde ik in het internaat van de school. Altijd een beetje apart van de andere kinderen, de vrolijke meisjes met hun lachende stemmen, de rumoerige jongens vol gespeelde bravoure, ik ergens in een hoekje met mijn neus in een boekje. Misschien heb ik me daarom altijd zo beschermend tegenover Bella opgesteld. Ze was geen boekenwurm, nooit echt veel gelezen, maar ze was van kleins af aan anders dan de anderen. In haar herkende ik mijn eigen eenzaamheid.

Terwijl San zich schijnbaar moeiteloos aanpaste, meestal het middelpunt was van een groep giechelende meisjes, later ook een paar tienerjongens die om haar heen wentelden als manen om een planeet. San ging altijd alles gemakkelijk af, schooltaken, spelletjes, vriendschappen. Of misschien werkte ze vreselijk hard om het allemaal als vanzelfsprekend te doen voorkomen.

Kun je je kinderen ooit echt kennen?

Van mijn studententijd herinner ik me vooral Jaap. Hoe knap ik hem vond. Van mijn huishoudkundestudie absoluut niets. Ik wilde nooit huishoudlerares worden! Mama meende dat studeren voor meisjes geldverspilling was. Het enige wat een meisje hoefde te leren, was hoe ze een man en kinderen moest verzorgen. Ik heb haar ervan weten te overtuigen dat een studie huishoudkunde mij zou leren om uitstekend voor mijn toekomstige man en kinderen te zorgen.

Nou ja. Ik heb een paar praktische wenken gekregen. Maar zelfs zo'n studie kon mij niet in een voorbeeldige huisvrouw veranderen. Ik zou de vloeren altijd vuil laten liggen als ik de kans kreeg met mijn kinderen in een prentenboek te kijken. De afwas laten ophopen terwijl ik de krant uitspelde.

Jaap bromde soms over het slordige huis en het aangebrande eten. Maar meestal accepteerde hij mij zoals ik was. En ik was maar al te dankbaar zo'n geduldige, zachtaardige man te hebben. En hij was nog knap ook. Op het moment dat hij overleed, was zijn donkerblonde haar wel een beetje dun geworden, en zijn buik was lang niet meer zo plat als voorheen, maar ik vond hem nog steeds even aantrekkelijk als op onze trouwdag. Misschien is het maar goed dat ik hem niet oud heb zien worden.

Alsmaar dezelfde muziek. Dezelfde cd die weer en weer speelt. Terwijl Balzac tegen mijn benen ligt te spinnen. Bella zei dat ze in bad ging, en dan weer bij me kwam zitten. Ik probeer haar nu niet meer tegen te houden. Vorige week dacht ik nog dat ze zo voortdurend bij me zat omdat ze me wilde troosten. Nu lijkt het alsof zij degene is die troost nodig heeft. Met die verdwaalde uitdrukking in haar ogen.

Wat nog meer? In de film van mijn leven. De tienerjaren van mijn dochters? Nee, geen enkele moeder wil zich haar dochters herinneren in hun tienertijd, dan zijn ze absoluut onmogelijk. Maar daarna wordt het weer beter. Dat zeg ik tegen San, iedere keer dat ze erover klaagt dat Ada zo egoïstisch is de laatste tijd. Probeer de tienerjaren van je dochter te overleven, San, dan word je misschien beloond met een onverwachte vriendschap.

Het is een van de blijvende vreugden van mijn leven geworden. Mijn vriendschap met mijn volwassen dochters. Al woont de jongste ver weg, al zie ik haar zo zelden.

Al zag ik haar zo zelden.

Het is tijd om in de verleden tijd te denken.

Het is tijd om weer een slokje van mijn nieuwe dope te nemen. Zo'n onschuldig flesje, doorschijnend glas, klein genoeg om in de palm van mijn hand te passen, wit etiket op zijn platte buikje geplakt. *Zo nodig een theelepel.* Geschreven in de kriebelige letters van mijn huisarts. *Zo nodig.* Weer een mooi eufemisme in het medisch jargon. Deze verslavende vloeistof wordt natuurlijk alleen tegen het einde voorgeschreven, hoe lang het einde ook mag duren, wanneer een verslaving niet belangrijk meer is. *Morpheus. Zoon van Slaap.* Is Slaap dan niet de onschuldige zuster van de dood? Dan is Morpheus wellicht het neefje van de dood.

Als de pijn ondraaglijk begint te worden, kunnen die gaten in mijn verstand me niets meer schelen. Dan verwelkom ik de duisternis, de diepte, het zalige wegzinken in een zwarte zee. Veilig in Morpheus' armen. Ik ben wel altijd een beetje bang dat ik niet meer kan opstijgen. Maar ik vermoed dat zelfs deze angst binnenkort zal verdwijnen.

Dat ik eenvoudigweg te moe zal worden om weer naar de oppervlakte te spartelen.

Ik luister met vochtige ogen naar het strijkkwartet. Ver achter de muziek hoor ik hoe Dollie het kleed in de zitkamer zuigt. Toen ze hier vanochtend binnenkwam, waren haar ogen rood van het huilen. Ik heb gedaan alsof ik het niet zag. San zag er ook behuild uit toen ze me een glas melk kwam brengen. We moeten echt niet allemaal gaan huilen!

Alsjeblieft, wil ik hun zeggen, probeer nog heel even dapper te zijn. Ik beloof jullie dat het niet lang meer zal duren.

Donderdag

'Dus vanavond is de Grote Avond,' zegt Adèle met een flauwe glimlach.

Bella laat het boek zakken dat ze zit voor te lezen en kijkt een beetje kregelig naar haar moeder. Adèles ademhaling lijkt nog wat vlakker dan gewoonlijk. Alsof ze de kracht niet meer heeft om de lucht tot in haar longen te zuigen.

'Voorzover ik weet, is het een heel gewone avond vanavond.'

'Ga je dan niet met die Karel uit?'

'Het is echt niets buitengewoons, mam. We gaan een hapje eten in het restaurant van het pension. Ik zou willen dat je ophoudt het als een eindexamenparty of een verlovingsfeest te beschouwen.'

'Wat doe je aan?' vraagt Adèle alsof ze de bezwaren van haar dochter niet heeft gehoord.

Het is geen eindexamenfeest. Maar misschien toch een soort wraak voor dat feest dat ze nooit heeft gehad, denkt Bella. Twintig jaar geleden heeft Karel Viljoen er haar niet voor gevraagd. Hij verkoos een voorbeeldige blonde barbiepop. Nu lijkt het wel of diezelfde Karel Viljoen uiteindelijk toch bij zinnen is gekomen.

Intussen is de gewezen barbiepop aan de kant gezet. Ze is nu een moeder van middelbare leeftijd, waarschijnlijk dik en slonzig, en heeft tijdens dat proces haar man verloren. Bella slaagt er niet in medelijden met haar te hebben. Marileen was een van die schijnheilige kutmeiden die zich nauwelijks verwaardigden met meisjes als Bella te práten. Alsof losse zeden een besmettelijke ziekte is.

Ja, denkt Bella, misschien toch een vorm van wraak.

'Ik heb al wat aan,' zegt ze tegen haar moeder.

'Er zit een gat op de knie van je spijkerbroek,' zucht Adèle. 'Misschien is dat mode in Parijs, maar hier in Vergenoeg is het een teken van armoede.'

'Ik draag die broek niet omdat het mode is, mama. Ik draag hem omdat ik arm ben.'

Haar moeder denkt dat ze een grapje maakt. Haar moeder denkt dat ze een bekende zangeres is die genoeg geld verdient om ruim te kunnen leven in een stad als Parijs. En misschien is het maar beter zo, denkt Bella, het is beter om haar moeder op haar sterfbed niet met de werkelijkheid te confronteren.

'Heb je geen jurk meegebracht?' wil Adèle weten, een smekende blik in haar ogen.

Ze hééft een jurk meegebracht. Op het laatste moment, vlak voordat ze haar tas dicht knipte, bedacht ze dat ze beslist iets mee moest nemen om bij haar moeders begrafenisplechtigheid te dragen. De gemeente zou het haar nooit vergeven als ze met een afgewassen spijkerbroek de kerk instapte. In haar jeugd had ze er een pervers plezier uit geput om de kleinzielige inwoners van Vergenoeg te shockeren, maar dat spelletje was ze allang moe. Ze had een jurk uit haar kast gepakt, het obligate kleine zwarte jurkje dat overal gedragen kan worden, en boven in haar tas gepropt. Voor haar moeders uitvaart.

Nu vraagt ze zich af of het kleine zwarte jurkje niet té klein is, te kort voor een kerkdienst, te strak voor een begrafenis, te uitdagend voor de dood.

Misschien is het meer geschikt voor vanavond.

'Het is echt veel te koud voor een jurk,' zegt ze.

Vreemd dat haar moeder nog niets over de rouwdienst heeft gezegd. Geen speciale verzoeken voor een stuk muziek dat gespeeld moet worden, een gedicht dat voorgelezen moet worden. Komt het omdat ze nog niet klaar is om erover te praten? Of omdat ze bang is dat haar dochters er nog niet klaar voor zijn?

'Wil je dat ik verder lees, mama?' vraagt ze als ze ziet dat Adèle haar ogen alweer dichtdoet.

Adèle zegt niets, knikt alleen.

'Weet je het zeker, mam? Zal ik niet liever iets anders voorlezen? Iets wat je kunt begrijpen?'

'Ik begrijp *Madame Bovary*.'

'Niet in het Frans, mama.'

'Ik wil het in het Frans horen,' zegt Adèle. 'Ik versta het beter met mijn hart dan met mijn verstand. Mijn verstand is toch al te dof geworden om nog iets te begrijpen.'

'Als je dan zo graag wilt,' zucht Bella en pakt de gehavende pocket weer op.

Twintig jaar geleden, toen ze de roman in een tweedehands boekwinkel kocht omdat ze hem voor haar cursus Frans op de universiteit moest lezen, zag de omslag er al tamelijk versleten uit. Ze had grote moeite gehad met het Frans en ze vraagt zich af waarom haar moeder zo gek is op het verhaal. Zelfs nu ze al tien jaar in Frankrijk woont, heeft ze nog steeds wat moeite met de taal. Haar uitspraak is uitstekend – dankzij haar muzikale gehoor pikt ze de klanken van een vreemde taal met groot gemak op – maar de fijnere nuances van de betekenis ontsnappen haar dikwijls. Niet belangrijk, troost ze zichzelf, haar moeder wil toch alleen de klanken horen. Haar moeder wil horen hoe een van haar favoriete romans in de oorspronkelijk taal klinkt. Zo heeft Adèle haar vreemde verzoek aan haar dochter uitgelegd.

'De hele roman?' had Bella geschrokken gevraagd. 'Van begin tot eind?'

'De eerste paar hoofdstukken kunnen we wel laten zitten,' had Adèle voorgesteld. 'Maar niet het fragment waarin Emma naar het deftige bal gaat. Dat heb ik altijd zo'n mooi stuk gevonden.'

'Het is een dik boek, mama. We zullen geen...'

'Laten we maar kijken hoe ver we komen,' had Adèle gezegd.

Zo te zien zullen ze niet erg ver komen, denkt Bella als ze

weer begint te lezen. Haar moeder valt bijna iedere keer na nauwelijks een hoofdstuk in slaap.

En Bella vraagt zich iedere keer af waaróm haar moeder zo gek is op het verhaal van een plattelandse verleidster met meer ijdelheid dan verstand.

'San, denk je niet dat we haar het een en ander moeten vragen over haar begrafenisdienst?' zegt Bella als ze een tijdje later de keuken binnenkomt.

San, die sandwiches aan het maken is voor hun lunch, krijgt weer die verschrikte blik in haar babyogen. 'Hoe bedoel je?'

'Wat ze wil. Of wat ze niet wil. Je weet immers hoe ze is. Ze heeft van die uitgesproken voor- en afkeuren. Er zijn bepaalde bijbelverzen die ze niet kan úítstaan. En bepaalde bloemen. Aan sommige mensen heeft ze een bloedhekel, maar ja, die kunnen we de kerk niet uitjagen...'

'Ze houdt niet van orgelmuziek,' zegt San terwijl ze de restjes van de kip van de vorige avond op een paar sneden brood schikt. 'Ik ben bang dat we daar niet veel aan kunnen doen. Het orgel hoort bij de kerk.'

'Als ze niet van orgelmuziek houdt, kunnen we die tijdens de dienst toch weglaten? We kunnen iemand vragen viool te spelen. Of wat dacht je van een saxofoon?'

'Een saxofóón? In de NG-*kerk* in Vergenoeg?'

'Waarom niet? Ze heeft altijd gezegd dat we *When The Saints Come Marching In* moeten spelen op haar begrafenis.'

'Dat was een grapje, Bella! Kun je je voorstellen hoe de gemeente dáárop zal reageren?'

'Fuck de gemeente,' zegt Bella driftig. 'Laat mama eens één keer in haar leven doen wat ze wil.'

'Mama zal er niet bij zijn, Bella.' San staat met haar rug naar Bella gekeerd, haar stem klinkt dof. 'Mama is dan dood.'

Bella laat zich bij de keukentafel op een stoel zakken en steekt een sigaret op. 'Dat maakt niets uit. Zij blijft de regisseur van deze voorstelling.'

'Het is geen voorstelling, Bella! Het gaat om een begrafenis!'

San slaat haar hand voor haar mond als ze hoort hoe hard haar geïrriteerde uitroep door het stille huis klinkt.

'Ze slaapt,' stelt Bella haar gerust. 'Iemand moet patent nemen op *Madame Bovary*. Zelfs een lijder aan slapeloosheid zoals ik begint na een paar bladzijden al te gapen.'

San werkt een tijdje in stilte door aan de sandwiches.

'Ik heb me ook al afgevraagd... hoe mama het geregeld wil hebben. Maar ik denk dat we moeten wachten tot ze het onderwerp zelf aanroert.'

'Hoe lang kunnen we nog wachten, San?'

'Is het werkelijk zo belangrijk om altijd over alles te práten, Bella?'

'Ja,' zegt Bella en zuigt heftig aan haar sigaret. 'Ik zou bijvoorbeeld graag willen helpen met het dragen van de kist. Ik zou graag willen weten hoe ze daarover denkt.'

'Maar dat is... dat kan toch niet...' stamelt San. 'Dat doen mánnen toch altijd!'

'Een versleten traditie, San. Vrouwen doen tegenwoordig alles wat mannen doen. Waarom zouden ze niet kunnen helpen met het dragen van de kist?'

'We hebben het over de begrafenis van onze moeder, Bella.' San schudt verslagen haar hoofd, haar stem nog nauwelijks een fluistering. 'Het is geen gelegenheid voor een feministische manifestatie.'

'Fuck het feminisme,' zegt Bella. 'Ik kan dan tenminste iets met mijn handen doen. Naast het afvegen van mijn tranen.'

Het zal haar helpen overeind te blijven. Om niet in te storten van verdriet. En als ze het dode gewicht van die kist kan voelen, zal het haar misschien ook helpen om te aanvaarden dat haar moeder dood is.

'In Frankrijk is het niet de gewoonte dat de familie de kist draagt,' legt ze haar zuster uit, die haar nog steeds niet-begrijpend aanstaart. 'Dat doen de begrafenisondernemers. Maar ik denk toch dat het gepaster zou zijn als de familie het doet. Het is een laatste eerbewijs, vind je niet? Iemand letterlijk drágen. Ze heeft mij gedragen toen ik klein was. Nu is het mijn beurt om haar te dragen.'

San knippert met haar ogen en legt de sneeën brood op elkaar.

'Ik weet het niet, Bella,' zucht ze. 'Je komt je hele leven al in opstand tegen tradities, regels en regelingen. Weet je zeker dat je eigenlijk niet bezig bent er een punt van te maken? Zoals toen met het eindexamenfeest?'

Tot Bella's verbazing vindt ze het eten in het pensionrestaurant heerlijk. De Wiener schnitzel smelt in haar mond, de salade bestaat uit een interessante samenstelling van knisperige blaadjes en verse kruiden versierd met oranje kappertjes – niet het schaaltje bleekgroene ijsbergsla dat ze had verwacht – en de rode wijn rolt zwaar en geurig over haar tong. Wat haar nog meer verbaast, is dat ze zelfs geniet van Karels gezelschap.

Hij vertelt haar over zijn leven op de boerderij, zijn ruime huis met het rieten dak, zijn twee trouwe collies, zijn gemengde-landbouwbedrijf. Vooral druiven, een paar rijen olijfbomen, abrikozen en andere vruchten. Ze krijgt de indruk dat de boerderij bijna zo groot is als een klein Europees koninkrijkje. Zoals Monaco, gist ze, of misschien een landje als Andorra?

Ze zijn de enige gasten in de eetkamer. Vlak naast hen knettert een vuur in een grote haard, op de tafel tussen hen in flakkert een kaars in een kandelaar van gegoten ijzer, ergens op de achtergrond speelt klassieke muziek. Vivaldi. Ze had een helder verlicht vertrek met papieren servetten en flessen tomatenketchup op de tafels verwacht. Een soort plattelandscafetaria met een radio waaruit popmuziek klinkt. Beslist niet de romantische sfeer waarin ze zich nu bevindt. Omdat ze zich enigszins schuldig voelt, drinkt ze sneller dan gewoonlijk. Voordat ze haar vlees op heeft, bestelt Karel al een tweede fles wijn.

Wanneer hij over zijn drie dochters en zijn twee ex-vrouwen begint te praten, buigt ze zich belangstellend naar hem toe.

'Hoe ziet Marileen er tegenwoordig uit?' vraagt ze.

'Ze is nog altijd een mooie vrouw,' zegt hij. 'Altijd gekleed en opgemaakt als een modeplaatje.'

Ze is dus niet dik en slonzig geworden. Zoiets als San. Maar natúúrlijk, dringt het tot Bella door terwijl ze teleurgesteld in de flakkerende kaarsvlam staart, Marileen heeft haar altijd al aan haar zus doen denken. Gelukkig was San nooit zo schijnheilig, en San had bovendien meer persoonlijkheid dan Marileen ooit zou hebben, maar in die tijd leken ze allebei op blonde poppen die in dezelfde fabriek waren gemaakt. Misschien had ze daarom zo de pest gehad aan Marileen. Aan San kon ze de pest niet hebben, ondanks alles hield ze van haar, maar niets had haar belet om Sans voorbeeldige evenknie te minachten.

'Een van de redenen waarom ons huwelijk op een catastrofe is uitgelopen,' zegt Karel met een scheve glimlach. 'Ik dacht dat ik een vrouw trouwde die bereid was haar handen uit de mouwen te steken om te helpen op de boerderij. Zij dacht dat ze een rijke boer trouwde die haar als een prinses zou behandelen. Ze wilde modieuze kleren en een hele schare bedienden om rond te commanderen. En seks vond ze eigenlijk maar niks,' voegt hij er als terloops aan toe. 'Elke keer dat ik haar wilde kussen, begon ze te klagen dat haar lippenstift zou verdwijnen.'

'Klinkt inderdaad als een catastrofe.'

'Een totale,' zegt hij grinnikend als een verlegen schooljongen.

De tiener Karel Kat was gek op seks. Of in elke geval op de seksuele handelingen die hij en Bella Bok in het donker bedreven. Nooit volledige seks. Vreemd, nu ze eraan terugdenkt. Ze was beslist geen maagd meer, haar goede naam was allang aan flarden, ze had niets te verliezen, maar met Karel Kat was ze niet bereid om 'de hele weg' te gaan. Misschien toch haar eigenaardige manier om onderscheid te maken tussen iemand die iets voor haar betekende – voor wie ze een soort respect had? – en alle anderen voor wie ze zo weinig voelde dat ze seks gebruikte om macht over hen te krijgen.

'En je tweede huwelijk? Waarom is dat mislukt?'

'We waren te verschillend. Zij was hopeloos veel te jong voor mij, ze was in de stad opgegroeid, ze was op een leeftijd waarop ze 's nachts nog in disco's wilde dollen. Ze háátte het leven op de boerderij.'

'Dat kan ik me voorstellen.'

'Het feit dat ze niet wit was, heeft de dingen nog moeilijker voor haar gemaakt. Je kunt je wel indenken hoe de tongen in het district daarover tekeergingen.'

'Niet wit?' herhaalt ze met een dwaas lachje.

'Een kleurlingenmeisje. Gloria. Razend knap, hoor. Ik val immers altijd voor een mooie vrouw.'

'Dat moet wel iets teweeg hebben gebracht. In dit district. Tussen deze mensen.'

'Het was kort na de verkiezingen in 1994. De mensen waren nog niet gewend aan gemengde huwelijken. Vooral hier niet.'

'Ik vraag me af of ze er ooit aan zullen wennen.' Ze kan de minachting niet uit haar stem weren. 'Eigenlijk is er nog niets veranderd, hè.'

'Ach, weet je, de dingen veranderen echt. Langzaam maar zeker. We zijn hier in de provincie, Bella.'

'Hoe houd je het hier uit, Karel?'

Hij haalt zijn schouders op en schenkt haar wijnglas weer vol. Dit is het type eetgelegenheid waar je met rust wordt gelaten om je eigen tempo te volgen, waar niet de hele tijd een overijverige ober rond de tafel hangt en alles afluistert wat je zegt. Misschien een reden te meer waarom dit gesprek vanavond zo vlot op gang is gekomen. Ze hebben eigenlijk niet het gevoel dat ze in een restaurant eten, het kon net zo goed Karels eetkamer op de boerderij zijn. Onwillekeurig vraagt ze zich af hoe die eetkamer eruitziet. En het huis met het rieten dak dat hij deelt met zijn honden. En het hele uitgestrekte bedrijf. En toch wil ze het ook niet echt weten. In dit stadium van haar leven geeft ze de voorkeur aan de opwinding van de fantasie boven de onvermijdelijke ontnuchtering van de werkelijkheid.

'Ik hoor hier thuis,' antwoordt hij in gedachten. 'We hebben immers allemaal een plek waar we thuis horen. Het hoeft niet per se de plek te zijn waar we van houden.'

'Ik heb nog nooit het gevoel gehad dat ik ergens thuis hoor,' bekent ze. 'Ik heb wel altijd geweten waar ik níét thuis hoor.'

Ze wist van jongs af aan dat Vergenoeg niet haar thuishaven was. Ze had gedacht dat het in Kaapstad of Johannesburg anders zou zijn, maar ook in die steden kon ze haar draai niet vinden. En nu, na meer dan tien jaar in Parijs, wist ze dat ze zich daar nóóit thuis zou voelen.

Wat bleef er nog over?

'Je hebt je plekje nog niet gevonden, Bella Bok,' troost Karel haar over zijn wijnglas heen.

'Hoe lang heeft het tweede huwelijk geduurd?' vraagt ze om het gesprek in een veiliger richting te sturen.

'Nog geen twee jaar. Leila, ons kind, was nog een baby, nauwelijks een jaar oud. Misschien maar beter dat ze me niet echt goed heeft leren kennen. Mijn twee andere dochters waren al groter toen Marileen en ik uit elkaar gingen. Ze hebben het heel moeilijk gehad.' Hij frunnikt aan zijn snor, zijn stem met het gruis erin voor het eerst die avond dun en onzeker. 'Ik ook.'

'Tja.' Bella lacht troostend, besluit de toon luchtig te houden. 'Ik hoop voor je eigen bestwil dat je nu genezen bent van het huwelijk.'

'Ik heb me voorgenomen het nog één keer te proberen voor ik de handdoek in de ring gooi,' zegt hij met een plotseling ondeugende uitdrukking op zijn gezicht. 'Hoe vind je dat, Bella Bok? Zie jij kans boerenvrouw te worden?'

'Is dit een huwelijksaanzoek?' vraagt ze met een lach die absoluut niet overtuigend klinkt.

'Nee,' zucht hij. 'Gewoon een wensdroom.'

Bella voelt hoe haar verradersmond begint te beven. Ze is bijna veertig jaar, en niemand heeft haar ooit, in alle ernst, ten huwelijk gevraagd. Het bleef altijd en alleen bij van die spottende schimpscheuten, van die zogenaamd grappige voorstellen. *Hoe vind je dat, Bella Bok?* Niet dat ze wíl trouwen – ze wil absoluut helemaal niet trouwen! – maar toch zou ze graag, één keer maar, gevraagd willen worden. Fatsoenlijk gevraagd willen worden. Om te voelen hoe dat voelt.

Wanneer Karel voor het huis stopt en met haar meeloopt tot bij de voordeur, is ze zo nerveus als een schoolmeisje dat voor het eerst door een jongen wordt thuisgebracht. Hoe luidt de etiquette bij deze gelegenheden? Hoe neem je afscheid van iemand met wie je twintig jaar geleden hartstochtelijk gevrijd hebt? Toen ze hem de laatste keer zoende, had ze haar tong ongeveer halverwege zijn keel geduwd. Wat nu beslist niet aan de orde is. Aan de andere kant, zo'n platonisch vluchtig kusje zou wel wat al te schijnheilig zijn. Misschien moest ze het op de Franse manier doen, de rituele kus op beide wangen waarmee haar Franse vrienden elkaar dagelijks begroeten. Informeel zonder familiair te zijn.

'Dank je, Bella,' zegt hij bij de voordeur. 'Het was echt heerlijk om weer eens met je te praten.'

'Ik ben degene die moet bedanken.'

'Nee, helemaal niet. Je hebt de hele avond zitten luisteren terwijl ik over mezelf praatte.' Hij blijft aan zijn snor frunniken en staart naar zijn voeten. Geen spoor van de gebruikelijke joviale bravoure. Hij is waarschijnlijk zenuwachtiger dan ik, bedenkt ze met een plotseling opkomende vertedering. 'Je hebt geen moment de kans gekregen over jóúw leven te vertellen. Dat toch beslist tien keer opwindender moet zijn dan het mijne.'

'Dat weet ik nog niet zo zeker,' zegt ze. En dan voor ze beseft wat ze doet, gaat ze op haar tenen staan en drukt ze een kus op zijn voorhoofd. Zoals een moeder die haar ondeugende zoon wil troosten, denkt ze misnoegd. 'Als je er echt belang in stelt, zal ik je de volgende keer over mijn leven in Parijs vertellen. Je zult gauw ontdekken dat mijn verhaal niets is om over naar huis te schrijven.'

Hij kijkt haar verrast aan, legt zijn handen op haar schouders en buigt zich naar haar toe om haar vol op de mond te zoenen. Geen brutale tongzoen, maar ook niet helemaal wat je een platonisch vluchtig kusje kunt noemen. Iets ertussenin. Zijn lippen zijn zachter dan ze zich herinnert, zijn omhelzing zelfverzekerder.

'Afgesproken,' zegt hij. 'Tot de volgende keer.'

Bob volgt hem kwispelend, snuffelend aan zijn benen terwijl hij terugloopt naar zijn rode pick-up. Bella beseft dat ze zijn gespierde billen weer staat te bewonderen. Met een zucht draait ze zich om en duwt de voordeur stevig achter zich dicht.

Als ze bij haar moeder naar binnen gluurt, ziet ze dat het zwakke nachtlampje nog aan is. Haar moeder ligt op haar zij, haar gezicht naar de deur, haar ogen open. Precies zoals ze altijd op haar dochters lag te wachten, lang geleden, wanneer ze 's avonds uitgingen. Soms ging Bella dan op haar bed zitten om nog even te praten. Soms was ze te dronken, te stoned, walgde ze te zeer van haar eigen gedrag, dan riep ze alleen welterusten vanuit de gang en vluchtte ze snel naar haar kamer. Vanavond gaat ze verbaasd naar binnen. Haar moeder ligt zo stil, dat ze zich even afvraagt...

'Als je hier zo met open ogen ligt, mama,' vraagt ze bezorgd, 'komt dat dan doordat de pijn je wakker houdt?'

'Ik wilde weten hoe je het gehad hebt vanavond.'

'Ik dacht dat je allang sliep.'

'Ik heb mijn slaapmutsje nog niet ingenomen. Was het leuk?'

Haar moeder wil zo graag haar verslag van de avond horen, dringt het tot Bella door, dat ze haar gewone dosis morfine niet heeft ingenomen. Ze lijdt nog liever pijn. Verslagen zakt Bella op de rand van het bed en streelt haar moeders benen onder de lappendeken.

'Hij heeft me ten huwelijk gevraagd,' zegt ze schertsend.

'En?' vraagt Adèle met glanzende ogen.

'Je denkt toch niet echt, mama, dat ik zijn aanzoek serieus neem?'

'Nee, dat niet. Maar het is toch fijn om gevraagd te worden, vind je niet?'

'Klinkt alsof je weet waar je het over hebt,' zegt Bella, nog steeds schertsend. 'Hoeveel keer ben jij gevraagd?'

'Drie keer.'

'Drie keer? Heb je het die arme papa drie keer laten vragen?'

'Nee, hij heeft het maar een keer gevraagd. Ik heb meteen ja gezegd. Bang dat hij het niet nog eens zou vragen.'

'En de andere twee keren?' vraagt Bella verbaasd.

'Dat was dat Franse mannetje hier in het dorp. Dat op Chirac lijkt.'

'Wanneer was dát?'

'Zo'n jaar of twee geleden. Toen ik nog haar had.'

'Waarom heeft niemand me dat verteld?'

'Omdat niemand het weet.'

'Niet eens San?'

'We waren heel discreet. Met al die roddeltantes hier in het dorp, kun je niet anders. En het was nooit een serieuze aangelegenheid...'

'Het moet echt wel serieus genoeg geweest zijn als hij je twee keer gevraagd heeft met hem te trouwen!'

'Niet van mijn kant.' Het lijkt of Adèle zich verkneukelt bij haar dochters opvallende verbazing. 'Ik was eigenlijk alleen nieuwsgierig. Vroeg me af of het waar was wat er over Franse mannen gezegd wordt.'

'Wat bedoel je, mama?'

'Dat ze zo goed zijn in bed.'

Bella kijkt haar moeder recht aan, onzeker of zij de juiste bedoeling van haar woorden wel goed begrijpt.

'Of misschien was ik op een andere manier nieuwsgierig,' zegt Adèle alsof ze in zichzelf praat. 'Misschien wilde ik als Emma Bovary voor een spiegel staan en zeggen: *I have a lover.* Hoe zeg je dat ook weer in het Frans?'

'*J'ai un amant.*' Bella's gezicht is verstard in een soort geschokte grijnslach.

'Maar toen hij me voor de tweede keer vroeg, besefte ik dat het te serieus begon te worden. Uiteindelijk kostte het me tamelijk veel moeite van hem af te komen.'

'Waarschijnlijk heb je die arme man zijn hart gebroken!'

'Ach nee.' Er verschijnt een diepe frons in Adèles voorhoofd; ze schuift een beetje omhoog tegen de kussens om het flesje met de morfine op het nachtkastje te kunnen pakken. 'Hij schijnt het tegenwoordig bij Pat te proberen. Je weet wel, de verpleegster.'

'Nou, bij haar zal hij niet veel bereiken,' mompelt Bella.

'Waarschijnlijk niet,' lacht Adèle proestend en zakt buiten adem terug in de kussens.

'Wacht, ik zal je helpen.' Bella giet het medicijn op een theelepel en brengt die voorzichtig naar haar moeders mond. Adèle slikt, likt haar droge lippen af, zucht dankbaar. *J'ai un amant.* Bella schudt verwonderd haar hoofd. *Mijn moeder heeft een minnaar. Gehad.* 'En hoe denkt je nu over Franse mannen? Nu je deze menselijke soort op de proef hebt gesteld?'

'Hoe kun je me dat nu vragen, Bella Bok? Jij bent immers de ervaringsdeskundige op dit gebied.'

Nee, denkt Bella, terwijl ze naar haar moeders trieste glimlach kijkt, bij haar is het zo lang geleden dat ze met een Franse man in bed lag, dat ze niet veel over het onderwerp kan zeggen. Om de waarheid te zeggen, het is al zo lang geleden dat ze met welke man dan ook in bed lag dat zelfs een boer met een hangbuik verleidelijk begint te worden.

Vrijdag

'Wees gewaarschuwd,' zegt San tegen haar zuster die als een slaapwandelaar bij het aanrecht nietsziend naar het pruttelende koffiezetapparaat staat te staren. 'De dominee is bij mama en ik heb hem gevraagd...'

'Wil je dat ik me ga omkleden?' valt Bella haar in de rede.

'Nee, dat is oké, je hebt dat schunnige T-shirt tenminste niet aan. Ik wilde alleen zeggen dat ik hem gevraagd heb een kop thee te komen drinken in de keuken.'

'Wil je dat ik wegga?'

'Nee, Bella, ik wil juist dat je blijft. Ik denk dat we eens met hem moeten praten. Ik vermoed dat mama hem dingen vertelt die ze niet tegen ons zegt.'

'Heel waarschijnlijk,' zegt Bella en loopt naar het koffiezetapparaat dat is opgehouden met pruttelen. 'Wat stel je voor? Een middeleeuwse martelsessie? Vertel ons wat ze jou vertelt, dominee, of we gieten de thee over je hoofd uit?'

'Kom op, Bella, doe niet zo stom.' San klakt boos met haar tong en wrijft over haar voorhoofd. Alweer met hoofdpijn wakker geworden. Hoewel die deze keer niets met alcohol te maken heeft. Ze heeft de hele nacht liggen tobben over alles waarover ze met haar moeder moet praten. Ergens in de vroege ochtenduren kwam toen het idee bij haar op om liever met de dominee te praten. 'Ik wil alleen van hem horen... of ze hem soms...'

'Ik neem aan dat dominees een soort ethische code hebben, San. Zoals priesters. Om de biecht en belijdenissen geheim te houden.'

'Ik wil niet weten wat mama beléden heeft.'

'Ik zou het wel graag willen weten,' zegt Bella terwijl ze de grootste beker in het huis vol koffie schenkt. 'Ze heeft me gisteravond iets verteld wat me nu nog moeite kost het te geloven. Ik vraag me af wat er nog meer is dat ik niet weet.'

'Ik wil niet alles weten,' zegt San haastig. 'Er zijn dingen die ik liever niet wil weten. Ik dacht alleen... misschien kunnen we de dominee als tussenpersoon gebruiken. Hém vragen om met haar te praten. Over de begrafenisdienst bijvoorbeeld.'

Bella's gezicht zit verstopt achter de koffiebeker, alleen haar slaperige ogen komen boven de rand uit, met daarin een uitdrukking die voor haar zuster absoluut onpeilbaar is.

'Is dat niet een beetje laf?' vraagt Bella.

Natuurlijk is het laf, denkt San. Door en door labbekakkerig. En wat dan nog?

'Niet echt,' zegt San. 'Misschien is het gemakkelijker voor háár.'

'Alles is al geregeld,' vertelt dominee Crous hun een halfuur later. Hij neemt een slok thee en glimlacht hen geruststellend toe. 'Niets om je zorgen over te maken.'

'Alles geregeld?' San voelt hoe het kopje in haar hand begint te beven. 'Hoe bedoelt u, dominee?'

'We hebben besloten dat er maar één gezang zal worden gezongen. Zonder orgelbegeleiding. Degenen die kunnen zingen, zullen wat harder moeten zingen dan gewoonlijk,' voegt hij eraan toe en hij kijkt Bella veelbetekenend aan.

'Ik haat gezangen,' mort Bella. 'Vooral sinds ze de melodieën hebben veranderd.'

'De meesten van ons horen liever de ouderwetse melodieën.'

'En verder?' vraagt San, haar stem nu even beverig als haar hand. 'En de rest van de ceremonie?'

'Ze wil dat Marietje *Amazing Grace* zingt. En daarna...'

'Wie voor de duivel is Marietje?' valt Bella hem in de rede.

'Het meisje dat in de bibliotheek helpt. Het nichtje van Dollie Plaatjies. Ze heeft een heel bijzondere stem.'

'Heeft iemand het haar al gevraagd?' vraagt Bella bruusk. 'Is ze wel bereid te zingen op een begrafenis?'

'Ze zingt op alle begrafenissen van de bruinmensen. Ik meen dat Dollie al met haar gesproken heeft.'

'Over mijn moeders begrafenis?' San is totaal verslagen.

Dominee Crous knikt en drinkt rustig van zijn thee.

'En dan, na de dienst, vlak voor de kist naar buiten wordt gedragen, wil ze dat er een cd wordt gedraaid. Iets als een strijkkwartet, zei ze, Bella mag kiezen. Geen requiem. Geen begrafenismuziek. Ze zei dat jij wel wist wat je moest kiezen, Bella.'

Met haar hand voor haar mond zit Bella de dominee verwezen aan te staren.

'Ze wil geen toespraken. Ze zei dat als er iets over haar gezegd moet worden, San wel zal weten wat. Je hoeft zelf niet te spreken,' voegt hij eraan toe als hij Sans verschrikte gezicht ziet. 'Je kunt iets opschrijven en het aan iemand anders geven om voor te lezen.'

'Wannéér heeft ze dit allemaal gezegd?' wil San weten. 'Wannéér hebben jullie daarover gesproken?'

'O, maanden geleden al.' Hij pakt een biscuittje uit het schaaltje dat San op tafel heeft gezet, neemt in gedachten een hap. 'Ze weet immers al lang dat ze stervend is.'

'Die indruk heeft ze óns niet gegeven! Tot nu toe heeft ze ons verzekerd dat deze ziekte haar er niet onder zou krijgen, nu nog niet, ze zou nog jaren leven!'

'Dat was plan A, San,' zegt Bella met doffe stem. 'Voor het geval plan A niet zou werken, zal ze ook plan B wel klaar hebben liggen. Je weet toch dat ze altijd al een freak was op het gebied van planning.'

'O ja, ze zei ook dat ze geen bloemen wil. Als iemand bloemen wil kopen, kan dat geld beter aan de bibliotheek worden besteed.' Dominee Crous duwt een vinger onder zijn bril en strijkt haastig over zijn ogen. 'Alleen een boeket aronskelken op de kist. Ze zei dat je ze gerust in het veld kunt gaan plukken,

San. Nou ja, ik moet nu gaan. Is er nog iets wat jullie willen weten?'

'Ja.' San staart naar haar nagels, die lang niet zo goed verzorgd zijn als anders. De lichtroze nagellak begint hier en daar af te bladderen. 'Is ze bang, dominee?'

'Ik heb nog nooit iemand ontmoet die tegen het eind níét bang is,' zegt dominee Crous. 'Maar de een kan het beter verbergen dan de ander.'

'Zelfs de gelovigste?'

'Soms zijn de gelovigen banger dan de ongelovigen.' Hij veegt een koekkruimel van zijn grijze pull-over. Wrijft over zijn dunne haar alsof hij op zijn hoofd ook een paar kruimels verwacht. 'Het blijft een onbekend... gebied dat aangedurfd moet worden.'

'Mijn moeder is niet ongelovig,' zegt San hoopvol.

'Ze is ook niet vreselijk gelovig,' vindt Bella. 'Ik vermoed dat ze ontzettend hard in het hele hemelverhaal probeert te geloven. Alleen voor het geval dat het waar is.'

'Jullie moeder heeft haar hart op de juiste plaats,' zegt dominee Crous met overtuiging en staat snel op. 'Als er een hemel is, komt zij erin.'

Als, denkt San terwijl Bella de dominee uitlaat. *Wat een reusachtige klotekans.*

Laat in de middag leert zuster Pat hen, op haar zakelijke manier, hoe ze het bed moeten verschonen terwijl de patiënte erin blijft liggen. *De patiënte*, denkt San terwijl ze het bedwelmde, half slapende, bijna bewusteloze zware lichaam van haar moeder voorzichtig omrolt, zodat Bella het vuile laken aan haar kant van het bed kan weghalen en het schone laken over de helft van het matras kan uitvouwen. Daarna wordt de patiënte voorzichtig teruggerold naar het gedeelte van de matras dat al met het schone laken is bedekt zodat ze het vuile weg kunnen halen. Dat stinkt altijd naar oude urine. De patiënte draagt nu constant luiers, maar soms lekken die door.

Als deze taak erop zit, laat San zich met trillende benen in de fauteuil naast het bed zakken.

'Ik zal wel een tijdje bij haar blijven,' zegt ze, onzeker of ze wel tot bij de deur van de kamer kan lopen. 'Ik zal zo meteen wat te eten voor haar gaan maken...'

Vanuit haar ooghoeken ziet ze dat er een bezorgde blik wordt gewisseld tussen Bella en de zuster.

'Ik denk niet dat ze vanavond zal eten,' zegt Pat en legt haar hand troostend op Sans schouder. Vreemd, hoe zacht zo'n gebronsde buitenluchthand kan aanvoelen, denkt San. 'Ik kom morgen weer kijken.'

Ze luistert naar de wegstervende voetstappen van haar zus en de verpleegster in de gang en vraagt zich af wat er hier in huis aan het gebeuren is. Het lijkt wel of Bella opeens de verantwoordelijke oudste zuster is geworden, degene die elke crisis kalm te lijf gaat en bezoekers beleefd naar de voordeur brengt – vanochtend na het bezoek van de dominee heeft ze zelfs de kopjes omgewassen! – terwijl zij, San, voor ieders ogen in elkaar begint te storten. Als ze de kracht had gehad om op te staan, was ze naar de drankwinkel gelopen. Maar zelfs de gedachte aan de brandende gouden genade van een fles whisky kan haar levenloze lichaam niet tot actie brengen. Ze blijft gewoon zitten, te moe om haar hand op te tillen, te moe om haar moeders hand vast te houden, tot haar hoofd voorover knakt en haar ogen dichtvallen.

Voor het eerst in jaren denkt ze terug aan de avond na haar vaders begrafenis. De hitte, de plakkerige nylonkousen tegen haar kuiten, de zweetvlekken onder haar armen, het strakke ongemak van haar witte begrafenisjurk, het voortdurend brandende gevoel van tranen in haar ogen. De verlatenheid die in golven over haar heen spoelde terwijl ze samen met haar moeder en haar zus bij de keukentafel zat, haar vaders plek leeg, vanavond, morgenavond, overmorgenavond...

Voor eeuwig en altijd, denkt ze. Eeuwig en altijd zal ze hem missen.

Ze is achttien, heeft pas eindexamen gedaan, is ervan overtuigd dat ze goede punten zal krijgen, klaar om het volgende jaar rechten te gaan studeren in Stellenbosch. Tja, tot een paar dagen geleden was dat het plan. Om advocaat te worden zoals haar vader. Om te zorgen dat haar vader trots op haar was. Misschien ook om op die manier te proberen hem van haar moeder en zuster af te troggelen. Vooral van haar moeder. Met haar zus kon hij nooit zo goed opschieten. Om er zeker van te zijn dat er tenminste één onderwerp is waarover hij vanaf dat moment alleen met háár zal praten.

Die laatste reden heeft ze pas vanavond aan zichzelf bekend.

Opeens is ze er niet meer zeker van of ze rechten wil studeren. De toekomst waarover ze droomde, de briljante carrière die tot voor enkele dagen nog als het spreekwoordelijke gouden kalf aan het eind van de horizon op haar stond te wachten, was voor haar verdwaasde ogen verdampt.

Toch zou ze naar de universiteit gaan, zou ze rechten studeren en het uitstekend doen in alle vakken, zoals ze haar vader had beloofd. Maar haar hart zou nooit werkelijk bij de studie zijn. Haar hart schonk ze zo gauw mogelijk weg aan een medestudent met een betrouwbare kin, een jongeman wiens stille zelfvertrouwen haar aan haar vader deed denken, een toekomstige advocaat met wie ze zo gauw mogelijk na haar afstuderen trouwde.

Dat weet ze vanavond natuurlijk nog niet. Het enige wat ze weet is dat haar vader is omgekomen bij een auto-ongeluk, en dat niemand anders, zelfs haar moeder niet – en toch zeker haar zuster niet! – zich ook maar enigszins zo verpletterd voelt als zij.

Met een soort wrevel slaat ze de twee anderen gade terwijl ze in stilte op de boterhammen kauwen die de vrouwen van de gemeente vanmiddag hebben klaargemaakt voor de begrafenisgasten. Haar moeder staart verwezen voor zich uit, verwezen en verslagen en waarschijnlijk bedwelmd door de kalmeringspillen, maar toch is ze in staat om te eten. Om haar mond open te doen, te kauwen, te slikken, haar mond open te doen voor de volgende hap. San kan de boterham niet eens naar haar mond brengen. Voor het eerst in haar leven is haar eetlust totaal verdwenen.

Een jaar of drie later werd ze smoorverliefd op Johannes, waardoor haar eetlust drastisch werd afgezwakt. Maar nooit zou hij helemaal verdwijnen, zoals na haar vaders dood. Ze zou altijd zware heupen houden, brede billen, stevige bovenbenen. Ze zou haar zuster altijd benijden om haar ballerinalichaam.

Bella eet vanavond ook tamelijk traag, maar dat is gewoon Bella's manier van eten. Meer plicht dan plezier. De gewone verveelde uitdrukking op haar zestienjarige gezicht. Geen spoor van geschoktheid of bedroefdheid over haar vaders dood.

Het gebrek aan gevoel grieft San zo dat ze opspringt en snikkend naar haar kamer rent. Haar moeder en zuster kauwen in volmaakte stilte door.

Heel wat later die zwoele zomernacht wordt ze wakker van keiharde muziek uit Bella's kamer. Dreunende rock. Pink Floyd? Haar eerste reactie is verontwaardiging. Verontwaardigde woede. Hoe durft haar zus de nacht na haar vaders begrafenis deze muziek door het huis te laten galmen? Zelfs al heeft ze niet echt verdriet om de dood van een vader met wie ze het nooit kon vinden – voorzover San weet voelt zij zich vooral opgelucht! – kan ze toch zeker wel één keer in haar leven aan andere mensen denken. Aan haar moeder bijvoorbeeld, die daar op het lege tweepersoonsbed ligt te treuren? *En ik dan?* Dat denkt San als ze opstaat en naar Bella's kamer marcheert.

Als ze zonder kloppen bij haar binnen stormt, treft ze Bella dansend aan, met haar rug naar de deur, de muziek zo hard dat ze de deur niet eens hoorde opengaan. Maar vlak voordat San naar haar begint te schreeuwen, merkt ze dat haar zuster niet als gewoonlijk danst. *Ze danst als een barbaar.* Dat denkt San, stom van de schok, terwijl ze naar haar zusters primitieve bewegingen kijkt. Voeten die verwoed op de vloer stampen, armen die spastisch door de lucht zwaaien, een bovenlichaam dat schokt als bij een epileptische aanval. Alsof ze in bezwijming verkeert. Ze tolt verschillende keren in het rond zonder haar zuster te zien.

'Bella!' roept San uiteindelijk, meer geschrokken dan verontwaardigd. 'Wat is er met jou aan de hand?'

Als Bella dan toch opkijkt, zijn haar pupillen zo groot dat haar ogen zwart lijken. Zwart en dood, zonder enig licht, als twee uitgebrande kaarsen. Op dit moment is San nog te hopeloos naïef om het effect van hasj of een andere drug te herkennen. Het enige wat ze ziet zijn de diepe groeven die de tranen op haar zusters wangen hebben gekerfd. Alsof ze al urenlang huilt, denkt San verslagen. Huilt en danst.

Misschien, denkt San een kwart eeuw later terwijl ze in de fauteuil naast het bed van haar stervende moeder in slaap valt, was haar vaders dood voor haar zuster net zo erg als voor haar. Alleen gaven ze op een verschillende manier uitdrukking aan hun verdriet.

Als ze wakker schrikt, ligt haar moeder naar haar te kijken, haar donkere ogen helderder dan ze deze dag zijn geweest, het vage begin van een glimlach om haar mond.

'De dominee zegt dat iedereen bang is,' fluistert San, haar verstand nog te slaperig om haar tong te beheersen. 'Ben je erg bang, mama?'

'Soms,' antwoordt haar moeder. 'Vooral 's nachts vlak voor ik in slaap val. Andere keren weer helemaal niet. Soms kijk ik er zelfs naar uit.'

Het is donker in de kamer, alleen het nachtlampje brandt zoals gewoonlijk. San heeft er geen notie van hoe lang ze geslapen heeft, hoe laat het is. Het lijkt of de onderzoekende blik van haar moeder haar vastpint, haar tegenhoudt om haar pols op te tillen en op haar horloge te kijken, alsof zo'n alledaags gebaar dit zeldzaam voorkomende moment van eerlijkheid zou bederven. *Naar wát, mama? Waar kijk je bijna naar uit?* Dat zou ze graag willen vragen, maar intussen is haar verstand wakker geworden en heeft de gebruikelijke wachtpost voor haar mond geplaatst. De woorden kunnen haar niet ontsnappen.

'Je moet niet huilen, San Pan,' zegt Adèle smekend. 'Als jij huilt, ga ik ook huilen. Ik heb nog maar weinig tijd over. Die wil ik niet verknoeien met tranen.'

'Ik weet het.' San knikt en snuft en veegt wanhopig over haar vochtige wangen. 'Sorry, mam, ik had me voorgenomen niet te huilen waar jij bij bent. Het is alleen...'

Woordeloos grijpt ze haar moeders hand.

'Er komt nog veel tijd om te huilen,' zegt Adèle.

Dat is zo'n ondraaglijke gedachte dat de tranen opnieuw beginnen te stromen. Het weten dat haar nog weken, maanden, járen van huilen te wachten staan. Van 's nachts met natte wangen wakker schrikken; van 's ochtends onder de douche staan snikken; van op klaarlichte dag, totaal onverwacht, in tranen uitbarsten. Zo ging het na haar vaders dood. Na bijna een kwart eeuw treurt ze nog steeds om hem. En nu moet ze ook om haar moeder beginnen te treuren.

Ze zal niet genoeg tranen hebben, denkt ze wanhopig. Haar klieren zullen opdrogen, haar huid zal verdorren als de bodem van een lege vijver, haar lichaam zal verbrokkelen als een broos herfstblad. Ze zal letterlijk uiteenvallen.

Zaterdag

'Waar is San?' vraagt Adèle, haar stem opeens ongerust, als Bella haar de volgende middag begint te verschonen.

'Alles oké, mam,' zegt Bella. 'Ik kan het toch ook.'

'Waar is San?' vraagt Adèle weer met een angstige uitdrukking in haar ogen.

'Mama,' zucht Bella terwijl ze de luier, zwaar en stinkend, onder haar moeders achterwerk uit trekt.

Ze vindt het steeds moeilijker worden om naar haar moeders lichaam te kijken. Naar de vele blauwe plekken en de huid die als een uitgerekte trui om het skelet begint te hangen. Ze lijkt almaar minder op de mollige, lachende vrouw uit Bella's jeugd.

'Nee, ik wil haar iets vragen,' zegt Adèle, buiten adem. 'Ze moet iets voor me gaan halen.'

'Ze is gaan wandelen.' Bella duwt de schone luier haastig tussen haar moeders benen. Als het kale geslacht maar eenmaal is bedekt, is het niet zo erg meer. Dan kan ze haar taak rustiger voltooien, de beschermstrookjes van de plakstrips trekken, de panden voorzichtig op elkaar hechten. 'Ik heb haar gezegd dat ze een flink eind moet gaan wandelen. Ik denk dat ze wat ontspanning nodig heeft.'

Teleurstelling, die als een windvlaag over Adèles gezicht strijkt.

'Wat wil je hebben, mama?' vraagt Bella. 'Ik kan het toch voor je halen?'

'Het zal wel belachelijk zijn. Ik heb van een fototje gedroomd. Een foto van ons drieën, toen jullie nog klein waren, op het Bloubergstrand...'

'Ik herinner me die foto,' zegt Bella met een glimlach.

'Ik wil hem zien.' Adèle grijpt naar haar droge lippen, alsof ze haar woorden wil tegenhouden, verlegen bij zo'n sentimenteel verzoek. 'Er staat een schoenendoos in Sans kamer. Een heel stel oude foto's die ik altijd nog eens in een album heb willen plakken.'

'Ik zal hem gaan zoeken,' zegt Bella, al op weg naar de deur.

'In een van de laden van de commode,' roept haar moeder haar ademloos na.

Sans kamer is zo netjes dat Bella een ogenblik verbaasd bij de deur blijft staan. Het koperen bed is zorgvuldig opgemaakt, de deken met de roze en rode roosjes gladgestreken, nergens een door een mensenlichaam achtergelaten kuil. Niets te zien van Sans tas, niets van een kledingstuk ergens in de kamer. Het lijkt wel een hotelkamer die pas verlaten en schoongemaakt is. Het enige spoor van de gast die hier heeft geslapen, is het stapeltje boeken dat op het nachtkastje is achtergebleven.

Bella denkt aan haar eigen kamer ernaast terwijl ze naar het nachtkastje loopt en het bovenste boek oppakt. Haar onopgemaakte bed dat eruitziet alsof iemand het de hele nacht als trampoline heeft gebruikt, de vloer bezaaid met vuile kleren van de vorige dag, haar tas gapend open op het andere bed met de rest van haar kleren er in gekreukte bundels in gepropt. Ze is gewend uit een tas te leven. Ze leeft al jaren uit tassen en koffers. Ze voelt zich gevangen als haar kleren in een kast hangen, tenzij ze er zeker van is dat ze wekenlang op dezelfde plaats blijft. Toen ze hier bijna twee weken geleden aankwam, wist ze niet hoe lang ze zou blijven. Deze verontschuldigingen schieten door haar hoofd terwijl ze de titels van haar zusters boeken leest.

On Death and Dying. Palliative Care – A Practical Guide. A Window in Your Heart – Losing a Loved One.

Geen wonder dat de kringen onder Sans ogen elke ochtend

donkerder worden. Als ze dít leest om 's avonds in slaap te komen, is het een godswonder dat ze überhaupt kan slapen. Bella keert zich snel naar de commode, somber door haar zusters leesstof, haar obsessieve netheid, eigenlijk om haar hele geaardheid. Ze schuift de bovenste lade open, maar die is helemaal leeg, de middelste la...

Wat hebben we hier?

Bella staart roerloos naar de halfvolle fles whisky in de la. Iemand moet hem vergeten hebben, denkt ze, hóópt ze, een of andere logé die op een of ander moment in deze kamer heeft geslapen. Maar wie verstopt er in 's hemelsnaam een fles in een commode? Want de fles ís verstopt, dat weet ze zeker, het is ongeveer het enige wat ze zeker weet terwijl ze in een soort doffe wanhoop naar een verklaring zoekt. De voor de hand liggende oplossing, de enig logische conclusie die ze kan trekken, is de allerlaatste mogelijkheid waaraan ze wil denken.

Dat kan San toch niet zijn!

En toch, op het moment dat deze gedachte vorm heeft gekregen, is die als een van de computerpuzzels die opeens opgelost worden. Klik, klik, klik. Ze hóórt bijna hoe de delen in elkaar schuiven.

Sans belachelijke schuldgevoel elke keer dat ze overdag een glas wijn inschenkt. De manier waarop ze Bella soms bijna smeekt met haar mee te drinken. Het feit, dat Bella zonder enig verwijt heeft opgemerkt, dat San altijd meer dan één glas wijn bij het eten drinkt. De flessen, die 's avonds als Bella naar bed gaat, nog halfvol zijn, maar de ochtend daarna zijn verdwenen. De volgende dag maakt San altijd een nieuwe fles open. Bella dacht dat San de overblijvende wijn misschien aan Dollie gaf, of aan een van Dollies familieleden, misschien aan het schele oompje Piet die soms onkruid komt wieden in de tuin, of dat ze hem mogelijk zelfs door de gootsteen wegspoelde. Bella dacht...

Eigenlijk heeft ze zich nooit echt afgevraagd wat er met de wijn gebeurde.

Geschrokken duwt Bella de la dicht, schuift de onderste open, vindt de schoenendoos waarover haar moeder het had. Haar handen beven zo dat ze niet in staat is om door de tientallen foto's te zoeken naar die ene die haar moeder bedoelt. Ze klemt de doos onder haar arm en loopt bijna versuft naar haar moeders kamer.

Ze gaat op het bed zitten, haar hart bonst nog steeds tot in haar keel, en bekijkt samen met haar moeder de oeroude zwartwitkiekjes. De meeste van Bella en San als baby, Bella en San als kleuter, Bella en San als schoolmeisjes in smakeloze uniformpjes en met bizarre kerkhoeden op. Een paar oudere foto's van voordat zij geboren zijn, van Adèle en Jaap als student, lachwekkende groepen jonge mensen die verlegen poseren, de mannen keurig in het pak of in gestreepte colberts, de meisjes in lange avondjurken met stijf gespoten kapsels en zwaar aangezette wimpers of 'vlotter' in tweedelige pakjes waardoor ze eruitzien als opgeprikte mevrouwen. Een paar foto's die nog ouder zijn, van overleden ooms en tantes, opa's en oma's, onbekende familieleden die er in Bella's ogen meestal een beetje achterlijk uitzien.

Bij sommige foto's glimlacht haar moeder ontroerd, maar ze kijkt er nooit langer dan een of twee seconden naar. Alsof ze bang is dat haar aandacht afgeleid zal worden van die ene foto die ze vandaag wil zien. Gelukkig vindt ze hem voordat ze de hele stapel moet doorzoeken.

'Ha,' zegt ze met een tevreden zucht en staart lang, minutenlang, zwijgend naar het plaatje in haar hand.

Bella vraagt zich af waarom dit fototje zo belangrijk voor haar is. Het tafereeltje maakt een gelukkige indruk, een donkerharige vrouw die breed glimlacht met twee lachende meisjes op haar schoot, op een strand dat er verlaten uitziet, er zijn in elk geval geen andere mensen zichtbaar op de foto, alleen de zee en de Tafelberg op de achtergrond. Maar de meeste andere kiekjes bieden ook gelukkige, zorgeloze toneeltjes. Bella buigt zich voorover om het plaatje beter te bekijken. De twee meisjes dragen hetzelfde badpakje met een roesje op de heupen, bijna als een kort rokje, maar het is niet duidelijk of de vrouw ook een badpak aanheeft. Haar lichaam wordt verborgen door de twee kinderen op haar schoot; het enige wat zichtbaar is van haar, behalve haar glimlachende gezicht, is een stukje schouder en een mollige arm die over de schouder van het kleinere, donkerdere meisje hangt. De bovenste helft van de foto toont alleen lucht, een open en heldere hemel, met een paar wollige wolken laag boven de berg. Onder op de foto is het zand omgewoeld, alsof de meisjes er hebben gespeeld, en helemaal onderaan, merkt Bella voor het eerst op, is de schaduw zichtbaar van een hoofd en een hals. Papa, ziet ze nu, papa die de foto maakt.

'Kijk eens, hoe gelukkig jullie eruitzien,' mijmert Adèle. 'Kijk eens hoe ondeugend je lacht, Bella.'

Het donkere meisje lacht met haar hoofd achterover, haar ogen dichtgeknepen en haar mond wijdopen, een overdreven, een gemaakte lach. Niet erg overtuigend, denkt Bella. Het blonde zusje glimlacht bedeesd, haar ogen op de onzichtbare fotograaf gericht, bewondering in haar blik, onmiskenbaar gretig te behagen. Bijna veertig jaar geleden, denkt Bella, en het is al duidelijk wie het líéve zusje is.

'Mama, denk je dat San...' begint ze, maar ze komt niet verder.

Mama, denk je dat San een drankprobleem heeft?

Ze kan haar moeder toch niet nú met zoiets lastigvallen?

'Wat is er met San?' vraagt Adèle met haar ogen nog steeds op de foto.

'Nee, niks,' mompelt Bella. 'Ik vraag me alleen het een en ander af. Of ze gelukkig is bijvoorbeeld.'

'Ik ook,' zegt Adèle met een droevige zucht. 'Dat vraag ik me ook af.'

Een paar uur later, wanneer San zuster Pat helpt Adèle te wassen en te verschonen, vlucht Bella naar buiten. Haar moeder heeft de hele dag al een 'levendiger' indruk gemaakt dan de vorige dag, goddank, want gisteren had haar bijna bewusteloze toestand kennelijk ook San in een soort bewusteloosheid gedompeld. Gisteren zat San als een levende dode naast haar moeders bed, ze had niet eens avondeten klaargemaakt, noch voor haar moeder, noch voor haarzelf en haar zuster. Noodgedwongen had Bella tegen negenen een boterham met kaas voor zichzelf gemaakt. Ze had San er ook een aangeboden, maar San wilde niet eten. Niet eens een kopje thee drinken.

Vandaag staan Adèles ogen weer helder, met haar verstand is ze ook weer bij de tijd, en San is weer haar normale behulpzame zelf geworden. Met glanzende ogen en blozende wangen was ze teruggekeerd van een twee uur lange wandeling. Kennelijk de heuvel opgeklommen, zoals Bella had voorgesteld. En Bella is diep dankbaar dat haar zuster haar rol weer heeft overgenomen, want zijzelf wil nu liever weer van het podium af. Voor het eerst sinds ze bijna twee weken geleden hier is aangekomen, voelt ze de behoefte het huis te ontvluchten, door het dorp te gaan wandelen, buiten te zijn. Afstand te nemen. Na te denken.

Over de fles die ze in Sans la heeft gevonden, over de betekenis daarvan, over wat zij er aan kan dóén.

Ze laat Bob in de tuin achter, hoort nauwelijks hoe gefrustreerd hij achter de omheining staat te blaffen terwijl ze snel wegloopt. Ze wil alleen zijn, ongestoord na kunnen denken, ze wil niet gehinderd worden door een snuffelende hond. Automatisch kiest ze dezelfde route die ze vorige week samen met haar zuster heeft gelopen. Maar deze keer raakt haar maag niet in de knoop als ze de Schoolstraat inslaat. Ze is zo gevangen in haar gedachten dat ze het gehate gebouw van haar jeugdjaren niet eens zíét. Ze loopt snel, hoofd gebogen, haar ogen op haar zwarte stoffige laarzen gericht.

Ze hóéft natuurlijk niet per se iets te doen. De verleidelijkste optie is om niets te zeggen, gewoon doorgaan alsof ze van niets weet. Want wat wéét ze nu eigenlijk? Ze draagt een wolk van akelige vermoedens in haar hoofd mee, een mist die haar ogen versluiert, haar het zicht belemmert, misschien zelfs haar oordeel aantast. Maar ze wéét strikt genomen niets. Over haar zusters drinkgewoonten. Over haar zusters leven.

Ze weet geen ene mallemoer van haar zuster. Daar komt het op neer. Daarom heeft de ontdekking van de fles haar waarschijnlijk zo van streek gemaakt.

En wie is zij nu eigenlijk dat ze haar ogenschijnlijk voorbeeldige oudere zuster van advies kan dienen? Binnenkort vliegt ze terug naar Parijs, naar haar armoedige bediendeappartementje en haar obscure bestaan als derderangs zangeres in een afschuwelijke nachtclub, om de scherven van haar eigen verziekte leven te gaan oprapen. Als San háár leven ook aan het verzieken is, dan, nou ja, misschien zit het dan in de familie.

Ze durft geen preek af te steken tegen haar zuster, denkt ze terwijl ze blindelings langs de kerk loopt. Dat zou zoiets zijn als zwemles geven terwijl je zelf aan het verdrinken bent.

En toch. Zij ként de hel van de verslaving. Als ervaringsdeskundige. De gedachte alleen al dat haar lieve, goede, fatsóénlijke zuster ook door die hel zou moeten, vervult haar met afgrijzen. Tijdens haar wildste jaren in Johannesburg had ze elke ochtend een handvol pillen, een vette joint en alle ander beschikbare verboden middelen gebruikt om in staat te zijn zich aan te kleden. Alleen al om de dag aan te durven. 's Avonds voor haar optreden moest ze coke snuiven om haar podiumangst te overwinnen. En hoe meer drugs ze gebruikte, hoe banger ze werd, niet alleen voor het podium, maar ook voor mensen, auto's, gebouwen, voor alles en iedereen. Zelfs seks maakte haar bang. In de jaren tachtig was seks zonder drugs voor haar net zo angstwekkend ondenkbaar als seks zonder condoom in de jaren negentig voor veel mensen zou worden.

Misschien ironisch, denkt ze terwijl ze de weg langs de slijter kiest naar de volgende straat, maar alcohol was min of meer het enige verslaving vormende genotmiddel waarvan zij níét afhankelijk werd. En nu zit San ermee. Om er zeker van te zijn dat de zusters Bothma de hele troep achter hun naam kunnen schrijven.

Als ze in Johannesburg was blijven wonen, was ze nu zeker al een dakloze junk geweest die op straat moest slapen. Haar vlucht naar Parijs was een wanhopige poging om haar leven op een tamelijk letterlijke manier opnieuw te beginnen. Zo was dat. Een vlucht. Een overhaast, ondoordacht vertrek, zogenaamd achter een vent aan, maar eigenlijk alleen om weg te komen van alles wat haar in Johannesburg had bedreigd. Op dat moment was ze al van de meeste verslavende middelen afgeraakt, maar ze was doodsbang dat ze er weer aan zou toegeven. Een nieuwe omgeving, meende ze, zou haar dwingen nieuwe vrienden te maken, nieuwe gewoonten aan te kweken. Het muziekbedrijf is totaal vervuild door drugs, wereldwijd, dat weet ze intussen. Maar toch was Parijs een nieuw begin voor haar.

Voor wat de verdovende middelen betreft, heel zeker. Tegenwoordig zijn sigaretten en koffie haar enige permanente verslavingen. Maar met haar carrière is ze blijkbaar in een gat gevallen. In een zwart obscuur gat. Alleen in Zuid-Afrika weten de mensen nog wie ze is. Daar wordt ze soms op straat nog herkend, Bella Bothma, de vroegere actrice, bekende zangeres. En haar liefdeleven, tja, dat gat is zelfs nog dieper...

Maar ze lééft nog, denkt ze voor het niet in de omgeving passende Provençaalse huisje van het Franse mannetje. Het ziet er daar net zo verlaten uit als vorige week. Ze blijft een ogenblik naar de gesloten paarsblauwe luiken kijken. Het eerste gebouw dat ze bewust ziet vanaf het moment dat ze het tuinhek van haar moeder heeft dicht geklikt. Na wat haar moeder haar laatst heeft verteld, is ze tamelijk nieuwsgierig naar die gewezen legioensoldaat.

Ze leeft, denkt Bella als ze verder loopt, ze is niet gestorven aan een overdosis. En misschien geeft haar ongure verleden haar juist het recht om met haar zuster te praten. *Verziek jezelf niet, San. Ik ben de verzieker in deze familie. Jij behoort de verantwoordelijke te blijven. Laten we de rol uit onze jeugd gewoon door blijven spelen.* Dat is eigenlijk het enige wat ze tegen haar zuster zou willen zeggen.

En dat is al meer dan waar ze toe in staat is.

Als het tijd is voor het avondeten is Bella zo van streek door de verwarrende vragen en tegenstrijdige antwoorden die al urenlang door haar hoofd malen dat ze nog minder eet dan gewoonlijk. Ze rookt de ene sigaret na de andere terwijl ze probeert haar zus ongemerkt gade te slaan. San kauwt op haar pasta, neemt af en toe een slok van haar rode wijn, zegt eigenlijk niets. Zit wat zakkerig op haar stoel, alsof ze er geleidelijk aan vanaf glijdt, als een lappenpop. Een prachtige blonde lappenpop.

Zo ziet ze er elke avond hier in Vergenoeg uit. Dodelijk vermoeid nadat ze zich de hele dag heeft ingespannen om een volmaakte dochter en een voorbeeldige oudere zus te zijn. En dan gaat ze naar bed met een stapel boeken over stervenden en de dood. Geen wonder dat ze behoefte heeft aan een glas te veel!

'Je rookt te veel,' waarschuwt San als Bella een sigaret uitdrukt en meteen een volgende uit het pakje haalt.

En jij drinkt te veel.

Bella zegt niets. Trekt alleen haar wenkbrauwen op en steekt de volgende sigaret aan.

'Mama ligt te sterven aan kanker,' zucht San. 'Is dat niet voldoende voor jou om ermee te stoppen?'

'Mama is ermee gestopt,' zegt Bella. 'En ze heeft toch kanker gekregen. Kennelijk een van de weinige soorten die geen donder met roken te maken hebben.'

'Ik kan het niet aan mijn moeder te zien doodgaan. Ik wil jou niet ook zien sterven, Bella.'

'Doe je ogen dicht,' zegt Bella achter een wolk rook.

'Ik meen het,' zegt San verontwaardigd. 'Jij bent het enige familielid dat ik nog heb!'

'Dat is niet waar. Jíj bent het enige familielid dat ík nog heb. Jij hebt voor jezelf een nieuwe familie geschapen, San. Je hebt voor een lief klein kerngezinnetje om je heen gezorgd. Jij zult niet alleen achterblijven.'

De woorden komen er cynischer uit dan Bella bedoelt. San gluurt naar haar, grijpt haar wijnglas, neemt een haastige slok.

'Jij had ook "een lief klein kerngezinnetje" kunnen hebben, Bella. We maken tenslotte allemaal ons eigen bed op.'

'Ik heb niet de indruk dat jij lekker slaapt in jouw bed,' zegt Bella.

'Hoe bedoel je?'

'Ben je gelukkig, San?'

'Ik ben niet óngelukkig.' San ontwijkt haar zusters blik, staart naar haar vingers om het wijnglas. Ze heeft haar nagels opnieuw gelakt, merkt Bella, een lichtere tint roze dan voorheen. 'Ik bedoel, op het ogenblik ben ik een wrak, maar dat zal wel onvermijdelijk zijn in deze omstandigheden. Het zal beter gaan als... als ik weer thuis ben.'

'Als mama dood is.'

'Dat zeg ik niet!'

'Dat bedoel je wel. En het klinkt als een slappe verontschuldiging voor een probleem dat veel dieper zit. Of verstop je alleen hier in Vergenoeg flessen in je slaapkamer?'

Sans wangen worden vlammend rood, maar haar gezicht blijft kalm, haar stem eveneens.

'Wat bedoel je?'

'Mama vroeg vanmiddag of ik een doos oude kiekjes wilde halen in jouw kamer. Uit een van de laden van de commode.'

San staat doelgericht op, brengt haar bord naar de gootsteen, krabt de restjes in de afvalbak. Praat verder met haar rug naar Bella gekeerd.

'Het is niet wat je denkt.'

Zwakke claus, denkt Bella. Stukje dialoog uit een tweederangs toneelstuk. Dit wordt waarschijnlijk bedoeld met een *keukenmeidendrama.*

'Ik weet niet wát ik moet denken, San. Zeg me wat ik moet denken.'

'Thuis... nou ja, het is niet zo dat ik helemaal niet drink, maar... thuis kan ik beter met de dingen omgaan. Hier is alles uit de hand gelopen.'

'Dus thuis drink je niet stiekem.'

'Kijk...' San spoelt het bord zorgvuldig af onder de kraan. Vermoedelijk nog een tactiek om haar zusters ogen te ontwijken. 'Niet zoals hier. Ik heb nog nooit eerder een fles verstopt in mijn slaapkamer!'

'San, ik heb je de eerste dag op het vliegveld al gezegd dat ik het kan begrijpen als je om zeven uur 's ochtends behoefte hebt aan een glas wijn. Na alles wat je hebt moeten doormaken. Het is bezorgdheid. Mij kan het niets schelen. Wat ik niet begrijp is waarom je het wilt verbergen. Voor wíé je het wilt verbergen.'

'Voor mezelf, waarschijnlijk,' zegt San als ze zich omdraait en weer bij de tafel komt zitten.

'Oké. Maar nu is het spelletje uit. We weten allebei wat het resultaat is. Dus waarom haal je die fles niet? Laten we hem samen leegdrinken!'

'Jij bent geen drinker, Bella,' protesteert San nog.

'Nee, ik heb genoeg andere ondeugden, niet? Maar soms heb ik een of andere vorm van verdoving nodig en alcohol is jammer genoeg het enige wat hier in huis beschikbaar is. Kijk, ik kan natuurlijk wat van mama's morfine achteroverdrukken, maar zó wanhopig ben ik nu ook weer niet. Ik denk alleen dat het moment daar is om genoeg te drinken zodat ik jou een paar dingen kan vertellen die ik je allang had moeten vertellen.'

'Waar heb je het over?'

'Haal die fles.'

'Bella,' zegt San smekend.

'Oké, als je weigert om je privé-voorraadje met mij te delen, ga ik een van de flessen in de zitkamer halen,' zegt Bella en gaat op weg naar de deur. 'Wat doen we trouwens met al die flessen als mama er niet meer is?'

San mompelt iets achter haar rug, maar ze is al in de gang. In de zitkamer haalt ze uit de drankkast een fles whisky en een fles cognac, allebei nog driekwart vol, en twee van haar moeders beste glazen. Mondgeblazen glas, zo zwaar als lood, met een blauwachtig schijnsel. Ze brengt de flessen en de glazen naar de keuken, waar San met verschrikte ogen op haar zit te wachten.

'Waar beginnen we mee? KWV of J&B?'

'Bella, ik weet niet wat je van plan bent, maar ik denk niet dat het een goed idee is...'

'Ik denk dat dit het beste idee is dat ik heb gehad sinds ik hier ben aangekomen,' zegt Bella terwijl ze een dubbele whisky in beide glazen schenkt. Ze zet een glas voor haar zuster neer en heft het andere in een stemmige heildronk. '*Santé*.'

Ze gooit haar hoofd achterover en slikt de alcohol in één teug door. Hij beneemt haar de adem en doet haar ogen tranen.

'Je ziet wel dat het niet mijn lievelingsdrug is, hè,' zegt ze en gaat lachend zitten. 'Jouw beurt.'

San staart naar het glas voor haar alsof het een wild dier is dat haar gaat bespringen. Bella haalt haar schouders op en schenkt voor zichzelf nog een dubbele in.

'Ik had het je allang willen vertellen,' zegt ze als ze het glas voor de tweede keer heft. 'Ik woon niet meer samen met Claude. Het is helemaal uit tussen ons.'

San grijpt fronsend naar haar slaap, alsof ze door een plotselinge hoofdpijn wordt overvallen, en staart met een blik vol verlangen naar het glas voor haar.

'Sinds wanneer is het uit?'

'Sinds lang geleden al. Maanden geleden.'

'Waarom heb je er niets over gezegd?'

'Ik zei toch dat ik drank nodig heb om bepaalde dingen te vertellen.'

'Bofkont,' zegt San met een laconieke glimlach en neemt een voorzichtige slok whisky. 'Sommigen van ons hebben al drank nodig om te kunnen doorgaan met ademhalen. Was het heel erg?'

'Het is nog steeds erg.' Bella drinkt op een bezadigder manier van het tweede glas, neemt niet meer dan een slok of twee voor ze verdergaat. 'Ik was naïef genoeg om te geloven dat het deze keer blijvend was. Ik wilde samen met hem oud worden. Ik wilde zelfs een kind van hem hebben! En ik heb nog nooit ofte nimmer zulke serieuze gevoelens voor iemand gehad dat ik een kind wilde.'

'En is er niemand anders in zijn plaats?'

'Ik begin me af te vragen of er nog ooit iemand zal zijn.'

'Je hebt nooit echt lang om een man getreurd, Bella,' probeert San te troosten, haar vingers intussen helemaal ontspannen om het glas gevouwen.

'Deze man was anders. Ik ben ouder geworden. Alles is veranderd.' Ze haalt diep adem, drinkt nog een slokje, vraagt zich af waarom het na zoveel maanden nog steeds zo moeilijk is om erover te praten. 'Ik was zwanger. Ik wilde het kind hebben. Hij niet. Uiteindelijk heb ik me laten aborteren. In een poging hem te houden. Idioot, vind je niet? Toen ik terugkwam uit de kliniek, ontdekte ik dat hij met iemand anders in bed had gelegen. Een van de violisten in zijn orkest, een meisje dat jong genoeg was om mijn dochter te zijn. Niets "ernstigs". Hij zal wel in shock zijn geweest. Maar van toen af aan ging het steeds sneller bergaf. Drie maanden later heeft hij me zijn appartement uitgeschopt.'

'Wat een hufter,' zegt San driftig en drinkt haar glas leeg.

'Ik wou dat ik dat ook kon zeggen. Dat zou alles gemakkelijker maken. Maar hij is geen hufter, San, alleen een opgefokte moderne man die niet met verplichtingen kan omgaan. Hij was goed voor me.'

'Zo klinkt het niet!'

'Ik ben geen gemakkelijk mens om mee samen te leven. Dat weet jij maar al te goed.' Ze ziet hoe San de fles naar zich toe trekt om hun glazen bij te vullen. 'Die laatste paar maanden was ik totaal onmogelijk. Ik denk dat hij geen andere keus had. Als hij me er niet had uitgeschopt, zou ik hem zover gedreven hebben dat hij me te lijf ging.'

Ze vertelt haar zuster liever niet dat ze dat dieptepunt inderdaad hadden bereikt. Dat hij haar met zijn vioolkoffer had aangevallen. Het klinkt als een Franse klucht. Een klucht behoort grappig te zijn. Wat tussen haar en Claude was voorgevallen, was allesbehalve grappig.

'Ik vind het erg voor je, Bella. Ik wou dat je het me eerder had verteld.'

Bella staart een paar tellen stil voor zich uit, drinkt in gedachten van haar whisky.

'Soms, 's nachts, als ik niet kan slapen, vraag ik me af waarom ik de baby niet gehouden heb. Ik moest kiezen tussen een man en een kind – en ik was idioot genoeg om voor de man te kiezen. Nu ben ik ze sowieso allebei kwijt.'

'Als je een kind wil...'

'Ik wil geen kind,' protesteert ze. 'Ik wilde een kind van Claude!'

'Oké, je wilt geen kind,' sust San. 'Je hebt geen kind nodig, Bella. Ik heb mijn kinderen nodig omdat ik niets anders heb dat me in gang houdt. Behalve alcohol,' zegt ze met een spottende glimlach en brengt het glas weer naar haar lippen. 'Jij hebt een opwindend leven, je hebt een carrière, je hebt naam, jij bent iemand...'

'Ach, shit, San.' Bella wuift met haar hand voor haar gezicht en schudt geërgerd haar hoofd. Ze is blijkbaar wat licht in het hoofd. Ze zal de remmen in werking moeten zetten. Er zijn nog een paar dingen die uitgesproken moeten worden. 'Jij kunt ook een carrière opbouwen. Je ligt in het bed dat je zelf hebt opgemaakt. Zoals je net zei. Je hebt een graad in de rechten, cum laude, je was een van de beste studenten van je jaar!'

'Twintig jaar geleden,' zucht San in haar glas.

'*So what?* Je kunt het weer oppakken. Je bent slim genoeg om...'

'Ik ben nooit erg slim geweest,' zegt San ongeduldig. 'Ik heb alleen vreselijk hard gewerkt. En zelfs al had ik de beste hersenen van de hele wereld, dan nog zou daar op dit moment niet veel van overgebleven zijn. Na twintig jaar kinderen verzorgen, eten koken en... kutbloemen schikken!'

Ze spuugt de laatste twee woorden met zoveel minachting uit dat Bella begint te lachen.

'Kijk, je kinderen beginnen groot te worden. Ada is al bijna het huis uit. Je zult een bezigheid moeten zoeken voor de dag dat ze allemaal weg zijn. Iets anders dan bloemschikken.'

'Geen advocatencarrière. Ik denk niet dat ik ooit oprechte belangstelling heb gehad voor het recht. Het was meer een manier om papa te behagen.'

'Nu zijn we er,' grinnikt Bella. 'Oké, vergeet dat vak, laten we ander werk voor je zoeken. Wat had je altijd graag willen doen?'

'Ik wilde dat ik het wist.'

'Wat kún je?'

'Bloemschikken,' giechelt San.

'Ben je al een beetje zat?'

'Jij niet dan?'

'Ik weet het niet. Denk je?'

'Ik weet het niet! Denk jij dat je het bent?' San barst in lachen uit. 'Als ik naar dit stukje dialoog luister, krijg ik de indruk dat we allebei al te veel hebben gedronken.'

'Dat is goed nieuws. Dan kunnen we nu terug naar mijn favoriete verslaving,' zegt Bella en steekt een sigaret op. 'Wil je naar bed?'

'Nee,' zegt San terwijl ze een geeuw onderdrukt. 'Niet voordat we werk voor me hebben gevonden.'

Lang na middernacht, nadat San de whisky in haar eentje had opgedronken en Bella de fles cognac begon aan te spreken, komen ze tot de conclusie dat San een koffiecafé moet beginnen. Ze is toch al altijd bezig met eten klaar te maken en mensen te bedienen, meent Bella, ze kan net zo goed betaald worden voor haar werk. San staat onmiddellijk in vuur en vlam bij dit idee. Haar man zal haar geld lenen om te starten, zegt ze, waarom was ze daar niet allang opgekomen?

Bella vermoedt dat het vurige enthousiasme tegelijk met de alcohol in haar bloed zal verdampen. Over een paar uur, als ze met een kater wakker wordt, zal ze zich waarschijnlijk niet eens herinneren waarover ze vanavond hebben gesproken.

'En dan kan ik misschien weg uit Parijs,' zegt Bella gapend, 'om in jouw koffiecafé te komen werken.'

'Nee,' zegt San, 'jij zou werkelijk geen cent waard zijn. Je bent hopeloos in de keuken en je hebt een hekel aan bedienen.'

'Ik kan zingen.' Bella steekt een laatste sigaret op. Het wordt nu echt tijd om te gaan slapen. Haar hoofd tolt van de drank en haar ogen branden van vermoeidheid. Maar ze heeft nog steeds niet gezegd wat ze eigenlijk wilde zeggen. 'Misschien kan ik voor je klanten zingen.'

'Waarom zou je dat doen?' lacht San.

'Om uit Parijs weg te komen.'

'Alleen omdat je geen vent meer hebt? Kom op, Bella. In Kaapstad zijn minder mannen dan in Parijs.'

'Het gaat niet om mannen,' zucht Bella. 'Misschien ben ik het gewoon spuugzat om te blijven faken.'

'Hoezo?'

'Ach, weet je, elke keer dat ik naar Zuid-Afrika kom, word ik behandeld als een ster. Het meisje van hiernaast dat het in het buitenland heeft "gemaakt". Zo zijn er maar weinig. Van dat soort. Charlize Theron en haar club. Ik hoor daar niet bij, San, ik ben daar een totaal onbekende. Ik zing in een armoedige nachtclub voor dronken toeristen die bekende Franse chansons willen horen. Ze noemen het variété, maar het is het soort show dat de variété een slechte naam heeft bezorgd. Ik imiteer Piaf, ik spreek met een gefaket Frans accent, ik heb zelfs gefaket haar op mijn hoofd! Ik moet zo'n klotepruik dragen. Om toch vooral glamour uit te stralen. De toeristen komen niet voor iemand die eruitziet als de Sinead O'Connor van de gewone man, ze willen glamour girls die op de achtergrond croonen. Ik ben zo'n verdomde crooner geworden. Met een pruik. En in Zuid-Afrika vinden ze me het absolute einde.'

San staart haar een paar tellen sprakeloos aan.

'Ach wat, Bella, het maakt echt niets uit wat je in Parijs doet,' probeert ze te troosten, haar stem dun als van een klein meisje. 'Je bent nog steeds de lokale heldin.'

'Het maakt wél wat uit, San.' Bella buigt zich indringend naar haar toe. 'Ik heb alles verpest. Mijn zogenaamde beroep, mijn liefdesleven, elke relatie die ik ooit heb gehad. Ik wil dat je het wéét. Ik wil niet dat jij je leven ook verpest. *Ik ben de mislukkeling in dit gezin.* Vergeet dat niet.'

Opeens is Bella zo uitgeput dat ze haar ogen geen moment langer open kan houden.

'Dit gezin bestaat uit drie leden.' Sans stem heeft weer body gekregen, is ouder geworden, hoort Bella terwijl ze met dichte ogen naar haar luistert. 'Mama denkt niet dat jij mislukt bent. Ik denk niet dat jij mislukt bent. Dat is twee van de drie. Ik zou zeggen dat de algemene opinie in dit krimpende gezin is dat je nogal bewonderenswaardig bent.'

'*Bewonderenswaardig.*' Bella voelt haar mond scheef trekken, misschien is het ironie, misschien een emotie die ze liever niet wil tonen. 'Nou nou.'

'Je zult nog van die stoel vallen als je nu niet gaat slapen.' San pakt haar zuster bij de arm, trekt haar overeind, leidt haar als een blinde de keuken uit. 'Je kunt wel zien dat je niet gewend bent te drinken.'

'Je kunt wel zien dat jij het wel bent,' mompelt Bella. 'Moeten we mama niet welterusten wensen?'

Ze blijven een ogenblik voor Adèles kamerdeur staan luisteren of ze iets horen. San duwt de deur zachtjes open. Adèle ligt zoals gewoonlijk op haar rug, haar ogen gesloten, haar gezicht rustig in het zwakke licht van het nachtlampje.

'Het lijkt me niet dat ze pijn heeft,' fluistert Bella.

'We kunnen haar maar beter laten slapen. En wij gaan naar bed. Morgen is er weer een dag.'

'Het is al morgen,' fluistert Bella als San de deur weer dichttrekt. 'Vandaag is er weer een dag.'

Zondag

Is dit sterven? Voelt het zo?

De vrouw met de twee kinderen op het lege strand, een lichte bries in hun haar, de weidse lucht achter hen, boven hen, om hen heen. Het zwart-witte kiekje heeft leven gekregen, kleur gekregen, het maakt de zee achter hen glanzend blauw, de berg nog dieper paarsblauw, de lucht ijler, bedeesder blauw. De badpakjes van de meisjes zijn eender van model, hebben dezelfde lachwekkende roesjes om de heupen, hetzelfde bloempatroontje op het materiaal, maar dat van San is blauw, dat van Bella groen.

Ik dacht dat ik het was vergeten!

Ik kleedde San graag in blauw, om haar blauwe ogen te accentueren, en Bella in groen, om de groene spikkels in haar irissen boven de andere kleuren uit te lichten.

De ogen van mijn kinderen. 's Avonds straalden ze als sterren, overdag gloeiden ze als de zon. Zo heb ik mijn weg door het leven gevonden. De ogen van mijn dochters waren mijn gidsen. Het enige licht dat ik ooit werkelijk nodig heb gehad.

Nu wordt alles donker. En tegelijkertijd ook lichter dan ooit. Het hele tafereeltje platgeslagen met een bijna verblindende helderheid. Ik voel de warme, vochtige, zanderige kinderlichamen tegen mijn borst, het gewicht van twee paar billen op mijn benen, Sans dikke witte dijen, Bella's magere scherpe knieën, ik ruik de zee in hun haren, ik hoor die hoge, hese, licht hysterische manier waarop ze soms beginnen te giechelen. Ik kijk naar de zon achter het hoofd van mijn man, mijn man die zijn gezicht verstopt achter een camera, de zon als een wit vuur om zijn hoofd. De haren van mijn man zijn in vlammen opgegaan, zijn gezicht wordt weggeschroeid, zijn lange schaduw verdwijnt in het zand. Alle schaduwen verdwijnen, alles is wit licht, kun je geloven dat licht zo wonderbaarlijk kan zijn?

Ik kijk naar mijn lichaam op het koninklijk brede bed, het bed dat ik bijna twintig jaar met mijn man heb gedeeld, het bed waarin ik nog steeds, na meer dan twintig jaar alleen, een vermoeden heb van mijn mans lichaam, een suggestie van zijn geur opsnuif, de warmte van zijn voeten voel. Het is mijn lichaam dat daar in een zwakke lichtkring ligt, alleen mijn lichaam, niets meer, niets minder. Ik ben het niet meer. Ik ben ergens anders, waar weet ik nog niet, omhelsd door helder licht. Het is een wat oudere vrouw die daar ligt, haar geruïneerde lichaam roerloos, haar gezicht rustig.

Ik zie mijn dochters in de deur van de kamer staan. Ze kijken samen naar de vrouw op het bed.

'Het lijkt me niet dat ze pijn heeft,' fluistert Bella.

Nee, Bella, geen pijn. Geen paniek. Geen angst. Geen vragen. Zelfs de behoefte aan antwoorden is verdwenen.

Het enige wat is overgebleven, is een gevoel van voldoening.

Dan is dít wat je voelt als je doodgaat!

'We kunnen haar maar beter laten slapen,' fluistert San.

Nacht, San. Nacht, Bella. Jullie ogen hebben mij door het leven geleid. Nu heb ik die ogen niet meer nodig.

Nu heb ik niets meer nodig.

Genoegdoening.

Genoeg.

Genoeg is genoeg

Te weinig, te laat

San wordt wakker met een kloppende hoofdpijn, wat ze had verwacht, maar ook met een vreemd gevoel van opluchting, wat ze niet had verwacht. Ze kan zich niet elk woord herinneren dat afgelopen nacht is gezegd, hier en daar zitten gaten in haar geheugen, maar de algemene strekking weet ze nog heel goed. De vertrouwelijke sfeer rond de keukentafel.

Het is waarschijnlijk het intiemste gesprek dat zij en haar zuster ooit hebben gevoerd.

Het is nog schemerdonker in het vertrek, het oerwoud van rozen op de muren slechts vaag zichtbaar, de hemel zij dank. Nog niet eens zeven uur, ziet ze op haar horloge dat ze vannacht niet zoals gewoonlijk heeft afgedaan en op het nachtkastje heeft gelegd. Ze heeft ook niet zoals gewoonlijk een stukje uit een van de boeken op het kastje gelezen. Ze was absoluut te dronken om over de dood te lezen. Ze had haar ogen dichtgedaan, één arm van het bed af laten hangen om de vloer vast te houden in een poging het deinende bed tot bedaren te brengen, en had haar lichaam overgegeven aan een diepe, droomloze slaap.

Ze ligt een tijdje roerloos te wachten op de gewone aanval van berouw en schuld, ongeveer zoals iemand die in een kelder op een luchtaanval wacht, maar tot haar verbazing blijft die weg. Alles blijft rustig, het vreemde gevoel van voldoening wijkt niet. *Alles onder controle aan het emotionele front.* Ondanks het gehamer in haar hoofd.

Ze snuffelt in gedachten aan een haarsliert die over haar

wang is gevallen. Een en al rooklucht. Haar zusters stinkende sigaretten. Maar zelfs dát ergert haar niet deze ochtend. Ze zal gaan douchen, besluit ze, haar haren behoorlijk wassen, haar hele lichaam schrobben, al haar zonden onder het dampende water afspoelen. *Was mij en witter dan sneeuw zal ik zijn.* Waar komt dát nu opeens vandaan? Daarna zal ze een kop zoete thee drinken in de stilte van de keuken. Alleen zij en haar gedachten. Zo begint ze thuis ook graag haar dag, in haar eentje, voor haar gezin wakker wordt en elk plezier in plicht verandert.

Geen haast, zegt ze tegen zichzelf terwijl ze haar armen hoog boven haar hoofd strekt en haar benen met tegenzin onder de warme deken uitsteekt. Het is zondag. Bella zal zelfs nog later dan gewoonlijk opstaan, Dollie komt vandaag niet poetsen, de dominee zal niet op bezoek komen. De dominee moet zijn preek voorbereiden, bidden of mediteren of wat dominees doen voor hun wekelijkse optreden. En de verpleegster wordt pas laat in de middag verwacht.

Witter dan sneeuw, neuriet ze onder de douche, geamuseerd om het vergeten kinderkerstliedje dat zo onverwacht in haar geheugen is opgedoken. Ze doet zeep aan haar handen en laat ze behaaglijk langzaam over haar lichaam glijden, draalt zelfs langer dan gewoonlijk bij haar borsten, haar vingers teder en verwennend, tot haar tepels hard worden, haar hele onderlichaam gelukzalig loom. Vroeger douchten zij en Johannes vaak samen, betastten ze elkaars lichaam met ingezeepte handen, fokten ze elkaar zo op dat ze daar onder het dampende water seks hadden. Andere keren strompelden ze hitsig naar de slaapkamer, vielen in een brandende omhelzing op het bed en blusten ze het vuur in elkaars lichaam. Tegenwoordig... Nou ja. *En wiiiitter dan sneeeuw zal ik zijijijn.*

Zelfs de herinnering aan haar eens zo actieve seksleven, de gedachte dat er nog slechts een paar vonkjes van die vurige passie zijn overgebleven, kunnen haar onverklaarbare goede bui niet bederven. Op het moment dat ze de keuken binnenkomt, met schone kleren aan en haar haren nog nat, beginnen de twee hoofdpijntabletten al te werken. Of misschien zou de pijn zonder pillen zelfs zijn bedaard. Ze vraagt zich af, voor het eerst die ochtend, of haar rituele volgende-ochtend-hoofdpijn niet door haar rituele volgende-ochtend-schuldgevoelens worden opgewarmd.

De twee flessen, de lege glazen en de overvolle asbak die op de tafel zijn achtergebleven, geven haar toch een scherpe steek van berouw. Maar die is zo vluchtig dat ze hem onmiddellijk verwerpt als pure gewoonte. Feit is dat ze vanochtend geen spijt heeft dat ze zich de afgelopen nacht te buiten is gegaan. Misschien omdat ze het niet stiekem had gedaan, misschien omdat het bevrijdend voor haar was om eens in alle eerlijkheid met haar zuster te praten, misschien omdat het duidelijk werd dat Bella de fles nog harder nodig had dan zij om te zeggen wat ze wilde zeggen.

Ze zet de lege whiskyfles op de grond naast de afvalbak en de halfvolle cognacfles – nadat ze hem een ogenblik verlangend vasthoudt – opzij in een hoek op een van de keukenkasten. Een beetje verstopt achter een gestreepte meelbus, ziet ze als ze een stap achteruit doet. Het is kennelijk een gewoonte geworden om flessen te verstoppen.

Ze vult de ketel, zet de kookplaat aan, en besluit om eerst even bij haar moeder te gaan kijken terwijl ze wacht tot het water kookt.

Haar moeder slaapt nog, zoals ze had verwacht. Precies dezelfde houding als vannacht, merkt ze op als ze voorzichtig dichterbij komt, haar gezicht zo rustig als... Ze buigt zich over het bed, een plotseling ijskoud gevoel om haar hart, om haar moeders voorhoofd te kussen. Een seconde voor haar lippen haar moeders huid aanraken, wéét ze het. De koude kus stuurt een verlammende schok door haar lichaam, alsof ze een stroomdraad heeft aangeraakt. Verlamd tot in haar tenen, zo voelt ze zich als ze in de fauteuil naast het bed zakt, verlamd tot in haar hersenen.

Haar moeders huid is zo koud als alleen de dood kan zijn.

Geen ademhaling, ziet ze terwijl vlammende vragen in haar verstarde verstand oplaaien. *Wanneer? Hoe lang geleden? Wat nú?*

'Mama?' fluistert ze. 'Mama!'

De schorre schrik in haar stem doet haar ogen branden van tranen. Ze voelt een golf hysterie in haar keel opstoten, een spastische samentrekking van haar gezichtsspieren, ze voelt zich alsof ze alle aanspraak op kalmte voor altijd gaat verliezen. Met enorme wilskracht krijgt ze weer controle over haar gezicht, slikt ze de emotie door, knippert met haar ogen om de tranen tegen te houden.

Ze moet Bella wakker maken. Ze moet zuster Pat bellen. Pat zal wel weten wat er verder moet gebeuren, wie gebeld moet worden, de dokter, de begrafenisondernemer, wie nog meer? Ze moet naar huis bellen, Johannes vragen familie en vrienden in te lichten, wat nog meer?

Wat nú?

Ergens in haar onderbewustzijn, als een deeltje van een droom dat de volgende ochtend met moeite opgeroepen kan worden, is zij zich bewust van het fluiten van de kokende ketel in de keuken. Maar ze kan er nu niet naar luisteren. Ze moet nu afscheid nemen van haar moeder.

Haar verstand is uitgeschakeld. Haar lichaam neemt het over. Als in een droom komt ze overeind uit de stoel en gaat op het bed liggen. Ze vlijt zich heel dicht tegen haar moeder aan, slaat een beschermende arm om haar moeders lichaam en streelt met haar andere hand haar hoofd, het donzige grijze haar en het koude gezicht, alsof ze hoopt dat ze het weer warm kan wrijven. Ze is zich niet bewust van de tranen die over haar wangen stromen. Ze is zich nergens van bewust, behalve van een vage spijt dat ze niet in staat was zo dicht tegen haar moeder aan te liggen toen ze nog warm was.

Zo vindt Bella hen – die uiteindelijk wakker was geworden door het schrille fluiten van de ketel – ongeveer een halfuur later. San ligt met haar rug naar de deur, haar moeders lichaam verborgen achter het hare, zodat Bella noch haar zusters gezicht noch dat van haar moeder kan zien als ze de kamer binnenkomt. En toch weet Bella onmiddellijk, nog voordat ze dichterbij komt, dat haar moeder is gestorven.

Anders zou deze intieme omhelzing niet mogelijk zijn geweest.

Te veel, te vroeg

Op de donkere veranda steekt Bella een sigaret op terwijl Bob zacht jankend om haar benen draait. Wat is er aan de hand met die hond, vraagt ze zich verdwaasd af. Wéét hij dat zijn baasje dood is?

De ijzige wind die de hele dag heeft gewaaid, dooft een paar keer het vlammetje van haar aansteker voordat ze haar sigaret aangestoken krijgt. Verbeten inhaleert ze de rook en kijkt hoe het kooltje gloeit in het donker. Haar handen voelen levenloos aan in de kou. Eigenlijk is haar hele lichaam al urenlang levenloos. Alleen haar traanklieren werken onophoudelijk. Ze kan gewoon niet ophouden met huilen. Ze is naar buiten gevlucht in de vage hoop dat de kou haar tot in haar zinnen zal schokken, maar terwijl ze nu staat te luisteren hoe de wind om de hoeken van het huis huilt, stromen de tranen nog steeds onhoudbaar over haar wangen.

De wind huilt, de hond jankt, het is alsof alles hier op dit erf met haar mee treurt. Alleen haar zuster heeft de hele dag nog geen traan gelaten. San kijkt ontredderd, soms glinsteren haar ogen zelfs van opgeslagen verdriet, maar ze laat waarachtig niet toe dat er ook maar een druppel uit sijpelt.

Hoe krijgt ze dat verdomme voor elkaar?

Zelfs Dollie Plaatjies verscheen vanmiddag met rode ogen en gezwollen oogleden in de keuken – haar vingers friemelend voor haar buik alsof ze een denkbeeldige vaatdoek uitwrong – om te vragen of ze met iets kon helpen. Bella was verstomd, niet voor het eerst in haar leven, over de snelheid waarmee de oerwoudtrom in zo'n dorpje werkt. Het nieuws van Adèle Bothma's dood was binnen enkele uren vanuit het grote huis op de helling uitgewaaierd en had Dollies bescheiden huisje in de buitenste wijken bij het tentoonstellingsterrein bereikt.

De hele dag kwamen mensen, meestal vrouwen van alle leeftijden, aan de voordeur kloppen om hun medeleven te betuigen, schalen eten of bloemen te brengen, hulp aan te bieden. Bella herinnerde zich sommige gezichten vaag van twintig jaar geleden toen ze hier nog woonde, maar de meeste waren haar onbekend.

'Shit, wie zijn al deze mensen?' had ze op een bepaald moment aan San gevraagd. 'Waarom kwamen ze niet op bezoek toen mama nog leefde?'

Aasvogels, dacht ze wrevelig, aasvogels die aangelokt worden door de dood.

'Mama was eigenlijk niet iemand voor veel bezoek,' had San gezegd. 'Ik denk dat ze de mensen in het dorp dat door de jaren heen heeft laten merken.'

Bella had altijd vermoed dat de andere vrouwen het teruggetrokken leven van haar moeder als een vorm van hoogmoed hadden beschouwd. En misschien was het ook wel een soort intellectuele hoogmoed. Niet een van de vrouwen in dit plattelandsdorpje kon Adèle Bothma ooit zo fascineren als Flauberts Madame Bovary in háár plattelandsdorpje. En toch, toen Bella vandaag de strakke gezichten van de bezoeksters bestudeerde, moest ze toegeven dat het waarschijnlijk geen leedvermaak was dat hen hierheen had gelokt. De meesten kwamen niet eens binnen, ze wisselden op de veranda een paar woorden met San terwijl Bella hen achterdochtig gadesloeg vanuit de gang, en ze duwden een bord met een of ander gerecht of een bos verse bloemen uit de tuin in Sans handen voordat ze weer vertrokken. Adèle Bothma's leven had blijkbaar toch iets voor hen betekend, haar dood had hen op een of andere manier geraakt. Sommigen spraken hun waardering uit voor het bibliotheekje dat zij als vrouw-alleen had opgezet of voor de leeskring die ze had opgericht, anderen voor de regelmatige versiering van de feestzaal, de taarten die ze bakte voor de kerkbazaars, de tombolatafels en de moeite die ze deed voor het inzamelen van fondsen die ze had georganiseerd, de lees- en schrijflessen voor volwassenen die ze had gegeven in de bruine buurt.

'Lees- en schrijflessen?' had Bella gezegd terwijl de tranen, nog steeds, over haar wangen stroomden. 'Waarom weet ik daar niets van?'

'Ik wist het ook niet,' zei San. 'Ik herinner me dat ze er op een keer over begon... maar toen gebeurde er iets... een van de kinderen riep me... Misschien heeft ze toen gedacht dat ik er geen belangstelling voor had.'

Toen Dollie Plaatjies onverwacht in de keuken verscheen, toch één geliefd gezicht tussen al die onbekende bezoekers, viel Bella haar snikkend om de hals. Het lange magere lichaam voelde heel anders aan dan haar moeders bolle rondingen. En toch wist Bella, terwijl ze zich aan de knokige schouders vastklampte, dat deze vrouw de naaste plaatsvervangster voor haar moeder was.

Maar zelfs Dollies komst had de beheerste kalmte van San niet verstoord.

Bella trapt de peuk uit op de vloer van de veranda en slaat haar armen om haar bibberende lijf. Ze is er nog niet aan toe om naar binnen te gaan, de stilte in het huis aan te durven, alleen met haar zus in de keuken te eten. Ze eten elke avond alleen – behalve toen Sans gezin vorig weekend kwam logeren – maar vanavond zullen ze ondraaglijk alleen zijn.

Vertroostend aait ze de hond over zijn kop en ze realiseert zich dat ze de twee katten al urenlang niet heeft gezien. Misschien was de stilte in het huis ook voor hen onverdraaglijk geworden. Ze moet zichzelf eenvoudig tot de orde roepen, besluit ze terwijl ze nog een sigaret opsteekt, haar rug naar de wind gekeerd en haar hand gekromd om het vlammetje. Haar onophoudelijke tranenstroom is nu zo onnatuurlijk als haar zusters niet te verstoren kalmte.

Nadat San vanochtend van haar moeders doodsbed was opgestaan, nadat ze zich uit die laatste omhelzing had losgemaakt, had ze alle praktische zaken geregeld. Eerst zuster Pat gebeld, daarna haar gezin in Kaapstad, daarna de dominee om te vragen wanneer de rouwdienst gehouden kon worden. Toen de begrafenisondernemer uit Villiersville aankwam, had San hem en zijn medewerker te woord gestaan terwijl Bella op haar bed lag te huilen, de zware gordijnen dichtgeschoven om het daglicht te weren. San had zachtjes op de deur geklopt om te vragen of ze afscheid wilde nemen van haar moeder.

'Ze nemen haar nu mee, Bella. Wil je voor het laatst naar haar komen kijken?'

Sans gezicht was niet duidelijk zichtbaar in de schemerige kamer, maar haar stem klonk flink. Zo fucking flink dat Bella wel kon gillen.

'Nee,' had Bella gezegd. 'Ik heb al afscheid genomen.'

Een leugen om zichzelf te beschermen. Ze had geen afscheid genomen, ze zou haar hele leven lang geen eind kunnen maken aan het afscheid nemen, maar ze was niet in staat te zien hoe haar moeder hier werd weggedragen. Arme San moest zelfs dát in haar eentje doen.

'Wil je komen helpen haar kleren uit te kiezen?'

Bella had haar zuster verward aangestaard.

'Voor in de kist,' zei San. 'Ze zou toch zeker niet in haar nachthemd in de kist willen liggen, of wel soms?'

En stel dat we een ongeluk krijgen? Hoe denk je dat ik eruit zal zien als ik in mijn nachthemd langs de kant van de weg lig?

'Wat vind jij van die rode jurk die ze zondag aan had?'

'Is die niet een beetje... róód voor iemand die dood is?' wilde San weten.

Bella begon te giechelen. Zonder ook maar even te stoppen met huilen.

'Het is verschrikkelijk rood. Ik denk dat ze hem juist daarom zo graag draagt. Droeg.'

'Maar denk je dat ze deze zou hebben gekozen...'

'Voor haar laatste uitstapje? Ik weet het zeker,' zei Bella.

Eigenlijk was ze helemaal nergens zeker van. Ze wilde alleen dat San de kamer uit ging zodat ze ongestoord verder kon treuren.

Bella's vingers zijn zo bevroren dat ze te laat ontdekt dat de gloeiende peuk haar huid verschroeit. Wanneer de pijn uiteindelijk tot haar doordringt, houdt ze het eindje sigaret nog even langer vast, tot haar hele gezicht ervan vertrekt. Deze keer heeft ze tenminste een excuus voor haar tranen.

In de keuken heeft San al een paar schalen die in de loop van de dag door de buren zijn gebracht, op tafel gezet en voor hen allebei een glas wijn ingeschonken.

'Ik heb echt geen honger,' zegt Bella.

'Ik ook niet,' zegt San. 'Maar we zitten nu eenmaal met al dit eten...'

'Kunnen we het morgen niet aan Dollie geven?'

'Eet, Bella,' beveelt San. 'Je kunt niet met een lege maag gaan slapen. Morgen wordt het nog moeilijker dan vandaag.'

Onmogelijk, denkt Bella terwijl ze gelaten gaat zitten. Onmogelijk dat iets moeilijker kan zijn dan de dag die ze pas heeft overleefd. Ze neemt een slok wijn en staart mistroostig naar het eten op tafel. Vleespasteitjes, worstenbroodjes, dikke plakken gerookte ham en glanzende kippenboutjes, sneden brood belegd met geschraapte biltong. Het Zuid-Afrikaanse land blijft toch een vleesparadijs. Maar zelfs de biltong kan haar vanavond niet verleiden.

'Doet jou dit niet denken aan mama's picknickmand van vroeger?' vraagt ze en neemt met tegenzin een hap van een half hardgekookt ei. Het geel heeft al een onappetijtelijk blauw schijnsel gekregen, maar het is het enige vleesloze gerecht op tafel. En haar moeders eieren waren ook altijd een beetje blauw gekookt. 'Als we langer dan twee uur in de auto moesten zitten, nam ze die mand mee.'

'Ik wou dat ik proviand voor háár had kunnen inpakken,'

zegt San. 'Voor waar ze vannacht ook naartoe gaat.'

'Wanneer komen Johannes en de kinderen?' vraagt Bella, opeens bang dat haar zusters bovennatuurlijke kalmte hier voor haar ogen in scherven uiteen zal spatten.

'Morgenavond pas. We willen de kinderen niet langer dan een dag uit school houden. Dan kunnen ze dinsdagmiddag de rouwdienst bijwonen en dezelfde avond weer naar huis rijden. Wanneer ben jij van plan terug te vliegen?'

'Ik heb nog geen plannen,' zegt Bella en propt een tweede eihelft in haar mond. 'Hangt ervan af hoe lang het zal duren om de dingen... hier af te handelen. Zeker maar een paar dagen?'

'Om mama's spullen uit te zoeken en zo? Ja, aan een paar dagen hebben we wel genoeg,' zegt San terwijl ze plichtsgetrouw aan een kippenboutje kluift. 'Ik weet alleen niet hoe wij tweeën het alleen hier in huis moeten uithouden. Ik wist wel dat het heel anders zou zijn als mama er niet meer was. Maar ik had niet deze vreselijke... léégte verwacht.'

'Mam was de ziel van dit huis,' zegt Bella. 'Nu is het nog maar een lege dop.'

Ze wil waarachtig alwéér gaan huilen.

'Hmm. En toch. Op een bepaalde manier lijkt het alsof ze er nog steeds is,' mijmert San. 'We zullen gewoon moeten wennen aan het idee dat we haar niet meer kunnen zien.'

Ze eten een tijdje in stilte.

Dan zegt San, haar stem opeens beladen met emotie: 'Ik weet niet hoe ik het over mijn hart zal kunnen krijgen deze plek te verkopen!'

'We hoeven hem toch niet te verkopen?'

San knippert verbaasd met haar ogen.

'Ik had niet gedacht dat jij dít zou zeggen.'

'Ik ook niet,' zegt Bella met een wrange glimlach.

'Ik heb altijd gedacht dat je het stof van Vergenoeg niet snel genoeg van je voeten zou kunnen schudden.'

'Ik ook. Maar nu ik de kans krijg...'

'Stel dat we dit huis houden...' San buigt zich gretig over de tafel. 'Johannes en ik hebben het er al over gehad. We zijn eraan gewend geraakt de weekends hier door te brengen. We denken dat de kinderen de invloed van het buitenleven nodig hebben. Maar mama heeft het huis aan ons allebei nagelaten. Ik heb aangenomen dat jij het zou willen verkopen. Ik weet dat jij het geld harder nodig hebt dan ik.'

'Ik heb het geld inderdaad nodig,' zucht Bella. 'Maar ik heb ook geen zin om zoals die vent in de bijbel mijn erfenis te verkopen voor een bord erwtensoep.'

'Ik denk dat het linzensoep was.'

'Nou ja. Feit is dat al verkopen we dit huis, ik met de helft van de opbrengst in Parijs nauwelijks een bord soep kan bekostigen. Je weet hoe goedkoop de huizen hier op het platteland zijn. En hoe duur alles is in Parijs.'

'Maar het is natuurlijk niet eerlijk dat ik het huis regelmatig gebruik terwijl jij hier maar eens per jaar komt.'

'Ach...'

'Zou het niet beter zijn dat ik jouw helft van je overneem? Ik bedoel, onder die voorwaarde natuurlijk, dat jij hier nog steeds kunt komen logeren als je naar Zuid-Afrika komt?'

'Ik weet het niet, San.' Bella voelt de wanhoop aan haar mondhoeken trekken. 'Ik ben nogal gesteld op de gedachte ergens op aarde een stukje eigendom te bezitten. Als ik het echt spuugzat word in Parijs, heb ik tenminste een onderdak op een andere plek.'

'Maar je kunt in Vergenoeg toch niet in je levensonderhoud voorzien?'

'Wie zal het zeggen? Als ik nu eens met een rijke boer trouw?' Bella ziet hoe een glimlach langzaam op haar zusters gezicht verschijnt. 'Grapje, hoor,' voegt ze er haastig aan toe. 'Wat zou ik in godsnaam op een boerderij moeten doen? Voor de kippen zingen?'

Sans ogen blijven triest. Maar voor het eerst vandaag is haar mond niet meer zo pijnlijk verknepen. Bijna ontspannen.

Voordat Bella naar bed gaat – alleen om haar lamlendige lichaam neer te leggen, niet omdat ze verwacht vannacht te kunnen slapen – kijkt ze zoals al die andere avonden in haar moeders kamer. Deels uit gewoonte, deels doelbewust. Ze wéét immers dat haar moeder niet meer achter die deur ligt die ze zo voorzichtig openduwt. Ze weet dat ze een lege kamer aan zal treffen. En toch moet ze kijken.

Is zien geloven?

En toch, als ze naar het lege bed kijkt, is het alsof iets in haar als een lap stof in tweeën scheurt. Niet haar hart. Een hart is zo'n klein orgaan, denkt ze, dat neemt eigenlijk zo weinig ruimte in. Deze scheur loopt door haar hele lichaam.

Is het daarom dat bijbelse figuren eeuwig en altijd hun kleren verscheuren van smart? Toen ze klein was, kon ze zo'n bizar gedrag niet begrijpen. Hun gezin ging nooit knarsetandend te keer of strooide as op het hoofd of verscheurde hun kleren als er iemand doodging. Nu zou ze willen, voor het eerst, dat ze lid was van zo'n klerenverscheurend gezin.

Haar moeder zou het amusant vinden dat haar goddeloze jongste dochter vanavond zo bezig is met de bijbel. Van linzensoep tot gescheurde kleren. Misschien is het de befaamde plattelandse invloed waaraan San haar stadskroost zo graag wil blootstellen.

Het bed is al verschoond, keurig opgemaakt, niet het kleinste kreukje in de lappendeken. Geen spoor meer van het lichaam dat hier zo lang heeft gelegen. Dollies werk. San had Dollie proberen tegen te houden, het was immers zondag, ze hoefde vandaag niet te komen schoonmaken. Laat haar, had Bella gezegd. Ze zag dat deze taak Dollie goed deed. Het was háár manier van afscheid nemen.

Zoals San vanochtend afscheid had genomen door zich tegen haar overleden moeder aan te vlijen.

Alleen zij, Bella, had nog geen afscheid genomen. Zij had er geen benul van hoe ze dat moest doen.

Ze keek om zich heen door een waas van tranen die zich

weer in haar ogen hadden opgehoopt. Ze liet haar vingers glijden over het versleten exemplaar van *Madame Bovary* op het nachtkastje. *Laten we maar zien hoe ver we komen.* Ze waren niet echt ver gekomen met het Franse voorlezen. Niet eens halverwege het verhaal. Als Bella het boek oppakt, valt het kiekje eruit dat haar moeder gisterochtend zo dringend moest bekijken, het vrolijke strandtafereeltje van bijna veertig jaar geleden. Gisterochtend, denkt Bella verbijsterd. Het lijkt ook wel veertig jaar geleden.

Ze zakt in de fauteuil naast het bed en begint door het boek te bladeren. Als ze de plaats vindt waar ze de laatste keer is opgehouden met lezen, ziet ze haar moeder weer voor zich liggen. De vreugdevolle verwondering in haar ogen terwijl ze ziet hoe Bella's lippen de vreemde woorden vormen. De vrede op haar ingevallen gezicht wanneer ze met gesloten ogen naar de onverstaanbare taal luistert. Bella gaat door met lezen, niet hardop, ze wéét immers dat haar moeder haar niet meer kan horen, maar toch niet helemaal alleen voor zichzelf. Ze fluistert de woorden voor het lege bed, de verlaten kamer, het hele stille huis.

Na ongeveer een halfuur houdt ze op met fluisteren, bijna zonder dat ze het merkt, maar ze houdt niet op met lezen. Vanavond vindt ze het verhaal niet slaapverwekkend. Na een uur of wat neemt ze het boek mee naar de keuken, waar ze rokend bij de tafel verder leest. Haar zuster is allang naar bed, het huis om haar heen is zo stil als het graf, maar ze heeft geen behoefte de radio aan te zetten of naar een cd te luisteren. Zo heeft haar moeder meer dan twintig jaar zitten lezen, dringt het op een bepaald moment tot haar onderbewustzijn door, moederziel alleen in een grafstil huis.

Als ze ergens in de vroege ochtenduren de laatste pagina bereikt, branden haar ogen om het treurige lot van Emma Bovary en haar arme dochter. Pas dan beseft ze dat ze zonder tranen tot het eind heeft doorgelezen. Dat ze zo verdiept is geraakt in haar moeders favoriete roman dat ze een paar uur lang is vergeten om om haar moeder te huilen.

Rouw is niet rauw

Het klinkt misschien idioot, maar ik voel de behoefte naar mijn dode oma te gaan kijken. Ik bedoel om te gaan kijken hoe ze er nu uitziet. Misschien omdat ik nog nooit een dood mens van dichtbij heb gezien. Nee, dat is het niet alleen, ik weet zeker dat het dat niet alleen is. Maar ik weet net zo zeker dat mijn moeder zal denken dat het weer een van mijn idiote streken is. Zo zegt ze dat, iedere keer als ik iets wil doen wat ze niet begrijpt. *Ada's streken.*

We zijn in mijn vaders auto op weg naar Vergenoeg om mijn oma te gaan begraven. Ik zit voorin naast mijn vader en kijk naar het donker om ons heen, nergens een lichtje te zien, niet eens een ster in de bewolkte lucht. Het is nog vroeg in de avond, maar het is al zo donker als de nacht. Marius en Josua zitten achterin, allebei met koptelefoons op, niet echt bezig met hun dode oma. Nee, nu ben ik niet eerlijk, ze waren vreselijk verdrietig toen mijn moeder gisterochtend belde. Ze kunnen alleen niet heel erg lang verdrietig om iets blijven. Ik ben zeventien en als je zeventien bent kun je eindeloos lijden. Maar niet om de dood van een oma.

Ik bedoel, het ene deel van mijn hersenen wil de hele tijd huilen omdat ik haar nu nooit meer zal zien, maar het andere deel is nog steeds opgewonden over alles wat er zaterdagavond is gebeurd, over het feest, over Thomas, over alles. Ik was de hele nacht zo high dat ik geen oog heb dicht gedaan. En toen hoorde ik de volgende ochtend dat mijn oma juist in die nacht is gestorven. Wat een tegenstelling.

Nu kan ik morgen niet naar school (waar ik Thomas zou hebben gezien) omdat ik bij mijn oma's begrafenis moet zijn. Geen begrafenis, ik blijf me vergissen, ze noemen het een rouwdienst. Mijn oma heeft altijd gezegd dat ze gecremeerd wilde worden. Wat ook nogal idioot is volgens mijn vrienden. Hun oma's zijn bijna allemaal op de ouderwetse manier begraven. De oma's die dood zijn, bedoel ik. Sommigen van de levende oma's doen alsof je ze maar beter ook kunt begraven. Ze zitten de hele dag als potplanten op de veranda voor zich uit te staren. Hebben nergens meer belangstelling voor.

Misschien moet ik dankbaar zijn dat mijn oma niet oud genoeg is geworden om in een potplant te veranderen. Maar op dit moment vind ik het echt absoluut onrechtvaardig. Dat de potplantenoma's voor eeuwig en altijd doorgaan met leven terwijl de mijne hopeloos te vroeg is gestorven.

'Papa?' zeg ik voorzichtig, want het lijkt alsof hij diep in gedachten is, misschien zit hij ook aan oma te denken. Hoewel het meer voor de hand ligt dat hij aan zijn werk denkt. Zelfs als hij 's ochtends gaat joggen, denkt hij aan zijn werk. Hij oefent dan de lange pleidooien die hij later in de rechtbank houdt waarbij het lijkt alsof hij ieder woord ter plekke uit zijn duim zuigt. Mijn moeder denkt dat ik drama zal gaan studeren omdat ik in Bella's voetsporen wil treden. Ze beseft kennelijk niet dat de echte acteur in ons gezin elke nacht naast haar in bed ligt. 'Denk je dat ik naar oma kan gaan kijken? In het mortuarium?'

Hij kijkt me snel even aan in de donkere auto.

'Waarom?' vraagt hij op zijn bedaarde manier.

Waarom niet? wil ik antwoorden. Maar ik weet dat het zo niet werkt. Mijn vader heeft me van kleins af aan geleerd dat ik alles mag vragen – en alles mag weigeren – op voorwaarde dat ik een goede reden kan geven. *Overtuig me.* Dat is het motto van zijn leven. Jammer genoeg werkt het op school absoluut niet. De leraren willen geen redenen horen, ze willen gewoon gehoorzaamd worden. Soms wilde ik wel dat mijn vader mij zoals andere vaders had geleerd om ja te zeggen en mijn mond te houden.

'Nou, kijk. Het is voor mij een manier om afscheid te nemen. Als ik kan zíén dat ze dood is, zal ik kunnen gelóven dat ze dood is. Dan kan ik het ook accepteren en doorgaan met mijn leven.'

'Zo eenvoudig is het niet, Ada,' waarschuwt hij. 'Je zult toch niet aan het rouwproces kunnen ontkomen. Maar ik begrijp wat je bedoelt. Misschien wordt het rouwen daardoor een beetje gemakkelijker.'

'Dus jij denkt dat het goed is?'

'Ik weet het niet zeker. Het kan een schok zijn. Om voor het eerst een lijk te zien. Vooral van iemand die je na staat. Ik weet niet zeker of je er rijp genoeg voor bent.'

'Papa,' zucht ik. 'Hou toch eens op me als een peer te beschouwen.'

Het is een oud grapje tussen ons. Hij zeurt altijd over rijpheid. Vroeg rijp, vroeg rot, dát soort dingen. Soms denk ik dat hij me eeuwig groen wil houden. Misschien vinden vaders het heel vervelend hun dochters rijp te zien worden.

'Laten we afwachten hoe je moeder erover denkt.'

'Als jij zegt dat het goed is, zal zij het ook zeggen.'

Zij is niet het type vrouw dat tegen haar man in gaat. *Niet waar de kinderen bij zijn, Johannes.*

'Toch zullen we het er samen over moeten hebben.'

Ik weet dat het geen biet helpt om nu door te gaan met zaniken, daarom bewaar ik mijn troefkaart voor later. Als mijn moeder dwarsligt, probeer ik Bella aan mijn kant te krijgen. Bella begrijpt het vast wel. Bella is cool.

Laat op de avond sta ik een stickie te roken op de donkere veranda om te voorkomen dat ik de hele nacht aan mijn oma lig te denken. De diepe stilte in het huis maakt me knettergek. Iedereen is al naar bed, alleen Bella is nog in de badkamer. Ik slaap weer in haar kamer, zoals laatst. Idioot om te denken dat het nauwelijks tien dagen geleden is. Alles voelt totaal anders. Oma's kamer is leeg, mijn broertjes of ik hadden natuurlijk dáár kunnen slapen, maar ik ben toch blij dat niemand het heeft voorgesteld.

En niet alleen het huis is veranderd, ik zelf ook. Tien dagen geleden had ik ook nog geen avond met Thomas doorgebracht. Nog niet met hem gedanst, nog niet met hem gezoend, nog niet die vlinders in mijn buik gevoeld iedere keer dat ik aan hem denk. Ik neem aan dat ik verliefd ben. Tja, eigenlijk ben ik allang op hem verliefd, op zo'n verlegen schoolmeisjesmanier, maar nu heb ik de indruk dat hij hetzelfde voelt voor mij. Wat al het verschil van de wereld uitmaakt. Ik ben absoluut niet meer verlegen als ik naar hem kijk, ik heb het gevoel dat ik kan vliegen, kan toveren, bergen kan verzetten!

Ik denk dat ik het met hem ga doen. Ik moet het toch ooit doen, ik bedoel, ontdekken waar het nou eigenlijk om gaat, de meesten van mijn vriendinnen zijn mij allang voorbij. Het is geen preutsheid die mij tegen heeft gehouden, het is alleen... dat ik graag wil dat het zin heeft. Of misschien is dat nu juist wat tegenwoordig preuts is. Om een of andere diepere betekenis in seks te zoeken. Maar ik vind het hartstikke beroerd om te horen hoe sommige meisjes er op school over praten. Alsof seks een videospelletje is waarbij je zo hoog mogelijk moet scoren.

Met Thomas zal ik niet het gevoel hebben dat het een videospelletje is.

Ik schrik me een ongeluk want de voordeur gaat onverwachts open. Een lange schaduw valt over de flauwe lichtcirkel die opeens op de verandavloer verschijnt. Als mijn moeder me toch betrapt met een joint – op mijn oma's veranda! – vliegt ze in de gordijnen. Maar ik zie dat het Bella is, met een van oma's ouwe-vrouwenvestjes over haar slaapkleren, en ik besef dat het te laat is om iets te verbergen. Ze heeft de peuk al in het donker zien gloeien.

'Blij te zien dat ik niet meer de enige roker ben in de familie,' zegt ze terwijl ze dichterbij komt en haar pakje Camel onder het belachelijke jasje uithaalt. Ik sta als een imbeciel te grinniken. Dan snuift ze een paar keer in de lucht en kijkt me scherp aan. 'Hoewel ik het deze dagen bij doodgewone nicotine houd.'

'Vind je het erg?' Het klinkt absoluut niet zo cool als ik graag had willen zijn.

'Maakt het iets uit of ik het erg vind? Je doet het toch. Dus kun je het net zo goed doen waar ik bij ben.' Ze zuigt haar sigaret in de brand en gluurt tersluiks naar mij. Nu de voordeur weer dicht is, is het zo donker dat ik haar gezichtsuitdrukking niet kan zien. 'Pas alsjeblieft op voor het heftigere spul. Ik weet dat ik nu op een verkrampt oud wijf lijk, maar uiteindelijk bén ik je tante. En ik spreek uit ervaring.'

'Mijn moeder zegt dat je vroeger... in de drugsscene rommelde.'

'*Rommelen* is niet het goeie woord,' zegt Bella. 'Een kamer is rommelig. Een bed kan rommelig zijn. Ik was niet meer dan brandhout, Ada, gewoon ópgebrand was ik.'

'Misschien dat mijn moeder daarom zo paranoïde is. Ik durf het niet te wagen haar te vertellen dat ik af en toen een stickie rook. Ze sleept me onmiddellijk naar een therapeut. Stopt me in een kliniek voor junks.'

'Misschien is zij degene die in een kliniek thuishoort,' zegt Bella alsof ze in zichzelf praat.

'Hoe bedoel je?'

'Nee, ik bedoel een kliniek voor paranoïde moeders.'

We roken een tijdje in stilte, ik het laatste eindje van mijn stickie, zij haar Camel.

'Denk je echt dat je morgenochtend met mij naar Villiersville durft te rijden?'

'Denk je echt dat je met mij in de auto wil stappen?' vraagt Bella. 'Ik zal het je beslist niet kwalijk nemen als je terugkrabbelt na alles wat je moeder vanavond heeft gezegd.'

'Als ik me moest storen aan alles wat mijn moeder zegt...' zeg ik en kijk Bella veelbetekenend aan.

We hadden mijn verzoek om naar oma te gaan kijken aan tafel besproken, nadat mijn broertjes naar bed waren gestuurd, en mijn moeder had er tot mijn verbazing eigenlijk geen bezwaar tegen gehad. Of misschien was dat ook niet zo verbazingwekkend. Ze zag er de hele avond uit alsof ze stoned was. Alsof niets echt tot haar doordrong. Ik heb het nu niet over haar normale zelfbeheersing, die kennen we allemaal, ik bedoel dat ze er vanavond helemaal niet bij was. Absoluut afwezig. Niemand thuis. Maar zij kon me niet naar het mortuarium in Villiersville rijden, zei ze, er moest hier thuis nog te veel gedaan worden. Mijn vader ook niet, voegde ze eraan toe, hij moest haar helpen met alle dingen die hier gedaan moesten worden. Toen bood Bella aan me te brengen. Zelfs voor ik het kon vragen. En toen leek het alsof mijn moeder zich voor het eerst vanavond ergerde.

'Wanneer heb je voor het laatst gereden, Bella?' wilde ze weten.

'Ik heb een rijbewijs, San.'

'Dat bewijst niets,' zei mijn moeder. 'In Parijs heb je geen auto en je...'

'In Parijs heb ik geen auto nodig.'

'... en je hebt nog niet achter het stuur gezeten sinds je in Kaapstad bent aangekomen. Wanneer hééb je voor het laatst gereden?'

'Shit, San, het is net als met fietsen!' riep Bella ongeduldig uit. 'Ik ben echt niet vergeten hoe je een stuur vast moet houden en moet schakelen. En de weg naar Villiersville is nu niet wat ik een snelweg zou willen noemen. Het is er zo stil dat ik Ada zou kunnen vragen te rijden!'

Mijn moeder verslikte zich in haar wijn van verontwaardiging.

'Grapje,' zei Bella zonder te lachen. 'Ik ga in ieder geval morgenochtend naar Villiersville. Niet in de Volvo of de Mercedes, maak je niet druk, ik neem mama's auto. Ada mag meerijden als ze wil.'

'Wat ga je in Villiersville doen?' vraag ik Bella op de donkere veranda.

'Hetzelfde als jij,' antwoordt ze. 'Afscheid nemen.'

Ik neem de laatste trek van mijn stickie, trap het uit onder mijn schoen en berg het op in een van de zakken van mijn broek. Maak een aantekening in mijn hoofd dat ik het moet weggooien voor mijn broek in de was gaat.

'Heb je nog geen afscheid genomen?'

'Ik had gedacht van wel,' zegt ze. 'Maar ze is nog niet eens twee dagen weg en ik verlang al zo verschrikkelijk naar haar...'

Onverwachts slaat ze haar armen om mijn schouders en drukt me tegen zich aan.

'Soms wilde ik dat jij mijn moeder was geweest,' zeg ik.

'Ik had het gehaat om jouw moeder te zijn,' merkt ze droog op. 'Elke keer dat we samen ergens heen gingen, zou jij alle blikken naar je toe hebben getrokken.'

'En als jij mijn moeder was geweest, had ik je waarschijnlijk niet super gevonden.'

'Als ik je moeder was,' zei ze heel ernstig, 'had je elke dag van je leven gewenst dat mijn zuster San jouw moeder was geweest.'

En dan kruip ik op het laatste moment in mijn schulp. Na al mijn mooie praatjes over afscheid, aanvaarding en doorgaan met mijn leven. Bij het mortuarium besluit ik dat ik oma liever niet wil zien, dat ik liever in de auto op Bella wacht.

Het is de hele sfeer van die plek die mij te pakken heeft, de stoffige plastic rouwkransen in de etalage, het kale kantoortje van de begrafenisondernemer, de begrafenisondernemer zelf. Overgewicht, vet in zijn haar en onbetrouwbare ogen. Hij draagt een donker pak en kijkt zedig, zoals begrafenisondernemers nu eenmaal moeten doen, maar hij doet me onmiddellijk aan een brutale verkoper denken. Ik ga ervan uit dat een verkoper een verkoper blijft, of hij nu auto's of kisten verkwanselt. Hij leidt ons naar een 'kijkkamer', waar de lijken worden uitgestald. Natuurlijk niet allemaal tegelijk, een voor een, voor de naasten die willen komen kijken. En opeens word ik kotsmisselijk van het hele gedoe. Mijn maag begint te draaien en mijn keel trekt dicht van paniek.

Maar Bella pakt mijn hand, precies op het moment dat ik de moed verlies, en trekt me mee, de rouwkamer in. En nu staan we hier, in een vertrek dat iemands zitkamer kon zijn – beige kamerbrede vloerbedekking, gekleurde gordijnen, een paar fauteuils en drie bijzonder lelijke landschappen aan de muren – en kijken we naar mijn oma die in een kist op een tafel ligt. De begrafenisondernemer staat in de gang voor de deur, als een suppoost in een museum, iemand die moet voorkomen dat we de collectie beschadigen. Ik vraag me af of hij bang is dat we het lijk zullen grijpen en hard weglopen. Ik vermoed dat hij ook wel eens met idioten te maken krijgt, mensen die waanzinnig worden van verdriet, dat soort gevallen.

De eerste paar tellen klopt mijn hart zo wild dat ik me verbeeld dat zowel Bella als de man op de gang het kan horen. Kom, laten we flink zijn, het is nu eenmaal een schok om voor het eerst in je leven een dode van dichtbij te zien. Maar dan gebeurt er iets vreemds. Het lijkt of oma's gezicht zo'n onbeschrijflijke rust uitstraalt dat ik niet anders kan dan er iets van te voelen. Nee, geen rust, iets meer dan rust, verder dan rust, over alle emoties heen. Het is niet alsof ze dood is, het is alsof ze slaapt, behalve dan dat ik mij niet kan voorstellen dat ze voordien, zelfs in haar slaap, zo totaal – wat is het woord? ongeïnteresseerd? – ja, ik kan me niet voorstellen dat ze er ooit tijdens haar leven zo zonder enige belangstelling voor de omgeving heeft uitgezien.

Dat is het eerste wat me treft. Het tweede is hoe mooi ze is geworden. Ik weet dat het stom klinkt, misschien is ze altijd een mooie vrouw geweest, misschien heb ik nooit echt naar haar gekeken. Maar de laatste maanden had ze geen make-up meer op, alleen soms een streepje rode lippenstift dat haar ingevallen gezicht nog meer ingevallen maakte, en blijkbaar heeft iemand haar nu opgemaakt, heel bescheiden, niet meer dan een beetje kleur op de lippen en de wangen, iets met haar wenkbrauwen en haar wimpers gedaan, en zo ziet ze er veel mooier uit dan ik me haar herinner. Jonger ook. Of in elk geval leeftijdloos. Een aantrekkelijke vrouw, zo tussen de veertig en de zeventig, in een opvallende rode jurk. Dat is wat ik zie.

'Mag ik haar aanraken?' fluister ik.

Bella geeft geen antwoord. Ze staat naast me met blinde ogen, een licht opengezakte mond, tranen die over haar wangen stromen. Helemaal verloren.

Ik buk me om oma snel op haar voorhoofd te kussen, half bang dat die man me zal tegenhouden. De huid onder mijn lippen voelt aan als de binnenkant van een koelkastdeur. Dat maakt dat het uiteindelijk tot me doordringt dat ze dood is. Zien is niet altijd geloven, besef ik. *Voelen is geloven.* Nu huil ik met Bella mee.

Bella steekt haar hand uit en raakt met haar wijsvinger oma's voorhoofd aan, heel zachtjes, een aanraking die bijna geen aanraking is, en trekt haar vinger langzaam over haar moeders profiel, over die ene rimpel tussen haar wenkbrauwen, de hoge neus die Bella van haar heeft geërfd, de bovenlip, de onderlip, de brede mond die Bella en haar zuster en ook ik waarschijnlijk hebben geërfd, het gleufje tussen de onderlip en de stevige ronde kin, tot aan de onderkant van de kin waar de hals begint.

Dan draaien we ons om en lopen snel weg.

Ik vraag me af wat ik me later van oma's begrafenis zal herinneren. Wat er overblijft van al deze indrukken, emoties, onbekende gezichten en treurige geluiden. *Rouwdienst.* 'Rauwe dienst?' had Josua gezegd nadat mijn moeder zondagochtend had gebeld. 'Wat is dát?' Rouwen is treuren, had mijn vader uitgelegd, het is rouw met ou, niet met au zoals in rauw vlees. Dat vraag ik me nu wel af. Ik voel me vanmiddag rauw, een bloederig stuk vlees. Ik heb nooit geweten dat ik zoveel van mijn oma hield!

De kist staat al voor in de kerk als wij onze plaatsen innemen. Tamelijk eenvoudig voor een doodskist, hoewel deze er in mijn ogen nog altijd glimmender en deftiger uitziet dan oma wilde. Zeker mijn moeder die bang is dat de mensen zullen denken dat ze geen goede dochter is als de kist er zo opvallend goedkoop uitziet. Geen kransen, alleen de bos aronskelken die mama en mijn broertjes vanochtend in het veld zijn gaan plukken. De hele dienst door houd ik mijn ogen op die aronskelken gericht. Omdat ik niet naar de kist wil kijken, omdat ik niet wil denken aan wie er in die kist ligt opgesloten en wat er na de dienst mee gaat gebeuren, omdat ik naar geen enkel familielid kan kijken zonder te gaan huilen, omdat ik niet eens naar de dominee kan kijken zonder dat de tranen in mijn ogen schieten.

Hij leest een stukje uit de bijbel, iets over liefde, het enige woord dat ik hoor, de rest zijn zinloze klanken. Een aarzelend gezang, een langdurig gebed – ik houd mijn ogen open, staar nog steeds naar de aronskelken – een meisje met een ongelooflijke stem dat *Amazing Grace* zingt. Zuiver en rein als regen druppelen de klanken door de kerk. Niet Bella's soort stem. Ik ben gek op Bella's stem, maar die past beter bij een café dan in een kerk. Snuffende mensen, iemand snikt. Allemaal losse indrukken. Een vrouw die ik van geen kant ken, zeker iemand uit het dorp, die een gedicht voorleest dat mijn moeder heeft uitgekozen. Iets over lege schoenen en de sterren. Vreselijk treurig. Mijn vader die naast de preekstoel gaat staan om de mensen te bedanken. Rustig en bedaard, alsof hij een van zijn pleidooien houdt. Dan pakt Bella mijn hand en samen met haar loop ik naar de aronskelken.

De begrafenisondernemer en zijn medewerkers hebben ervoor gezorgd dat de kist in de kerk kwam, maar de naaste familieleden van de overledene zullen hem eruit dragen. Toen ik gisteravond hoorde dat Bella een van de dragers zou zijn, heb ik onmiddellijk gezegd dat ik wilde helpen. Mijn vader vond het prima, ik kon de plaats innemen van een of andere neef die oma nauwelijks had gekend, beslist niet iemand die je een ‘naaste’ kon noemen. Maar nu voel ik me weer zoals vanochtend toen ik de rouwkamer moest aandurven. Alsof het echt niet zo’n geweldig idee was. Mijn knieën beven zo dat ik nauwelijks een stap kan verzetten, om niet te spreken van het helpen dragen van mijn oma’s dode gewicht.

Maar Bella houdt mijn hand vast, zoals vanochtend, waardoor ik me een beetje dapperder voel. Er is besloten dat wij tweeën in het midden zullen lopen, zeker bang dat we niet sterk genoeg zijn, met mijn vader en oma’s nog levende broer (de man van die akelige tante Vera) voor ons, en achter ons de zoon van tante Vera die op Sylvester Stallone lijkt en oompje Piet, een verschrompeld familielid van Dollie Plaatjies dat jarenlang in oma’s tuin heeft gewerkt. Oma schijnt gezegd te hebben dat de tuinman een van de dragers moet zijn.

Ik vermoed dat de mensen in de kerk het een nogal potsierlijke processie vinden, en dat niet alleen omdat ze er niet aan gewend zijn dat vrouwen, schoolmeisjes of een tuinman de kist helpen dragen. Papa is bijna twee keer zo lang als oompje Piet, en de armen van die kloon van Stallone zijn dikker dan Bella’s of mijn benen. En dan heb je nog Bella’s haar, of de afwezigheid van haar, dat vast ook een aantal wenkbrauwen in beweging brengt. Als dat korte zwarte jurkje er niet was geweest, zou het er van achteren uitzien of ik de enige vrouwelijke drager ben. Ik kan me niet herinneren haar ooit eerder in een jurk te hebben gezien.

Het handvat voelt koud aan in mijn bezwete handen. Ongeveer als oma’s huid vanochtend tegen mijn lippen. Het is niet echt een zware vracht, niet zo zwaar als ik had verwacht, zeker omdat Stallone schuin achter mij sterk genoeg is om hem in zijn eentje te dragen. Ik houd mijn ogen recht op mijn vaders rug gericht terwijl we naar buiten lopen. Ik ben me vaag bewust van vioolmuziek, een cello, een strijkkwartet? Buiten schijnt de winterzon op de lange zwarte lijkwagen, zo glanzend gepoetst dat de wolken erin weerkaatst worden. We laten de kist op een soort trolley zakken die tegen de open achterdeuren van de lijkwagen staat. Van hier af neemt de begrafenisondernemer het weer over.

Doei, oma, is het enige wat bij me opkomt. Ik denk liever niet aan het vuur.

Intussen komen ook de andere mensen uit de kerk. We staan in een groep bij de ingang, alle naaste familieleden, zodat de mensen hun deelneming kunnen betuigen. Tante Vera snikt dramatisch. Schijnheilige trut, mompelt Bella, en ik zie mijn moeder instemmend knikken. Mama verstopt haar ogen achter een donkere bril. Haar ogen, haar verdriet en al haar andere emoties. Bella heeft geen zonnebril op, ze probeert niets te verbergen, ze staat daar met diepe groeven van verdriet om haar mond. Het kan haar geen moer schelen hoe ze eruitziet of wat de mensen van haar denken.

Een eindeloze rij vreemde mensen mompelt nietszeggende woorden, ze geven ons een hand, zoenen ons op onze wangen. Ik heb me niet gerealiseerd dat er zoveel mensen in de kerk waren. Dollie Plaatjies' uitgebreide familie moet wel ongeveer drie banken hebben bezet. Een hele schare onbekende mensen voor wie mijn oma blijkbaar iets heeft betekend.

Tussen al die mensen zijn er maar twee gezichten die me opvallen, die ik me zal herinneren, ook al door Bella's reactie. Zij en mijn moeder knikken als verdwaasd naar al die mensen, maar als een kaarsrechte oudere man met een scherpe neus met haar begint te praten, lijkt het alsof er een lamp wordt ontstoken achter haar doffe ogen. Als ik hoor dat ze Frans spreken, weet ik dat dit de man moet zijn met wie mama oma soms plaagde.

'*...admirateur de votre mère,*' vang ik op met mijn simpele schoolfrans. '*C'était une femme formidable.*'

'*Oui,*' zegt Bella. '*Elle était formidable. Elle m'a parlé de...*'

Dan trekt mijn moeder aan mijn arm om me aan iemand voor te stellen, zo'n vrouw met een stijf grijs kapsel die lijkt op alle andere stijve grijze kapsels om ons heen, en ik mis de rest van het Franse gesprek. Als ik me weer omkeer naar Bella, loopt de man al weg, zijn schouders zo mogelijk nog rechter dan een paar ogenblikken geleden. En Bella ziet er voor het eerst vandaag uit alsof ze iets gehoord heeft dat haar doet glimlachen. Maar voor ik het haar kan vragen, word ik alweer aan iemand anders voorgesteld. Weer een mevrouw met een stijf grijs kapsel. Ik vermoed dat ze allemaal naar dezelfde kapper gaan.

De tweede verrassing, meer een schok, komt even later. Een lange man, brede schouders, brede handen, brede voeten, met een opschepperige snor en haren die zo perfect als een pruik naar achteren zwiepen, zegt iets tegen Bella en drukt haar tegen zich aan. Ze doet haar ogen dicht en blijft tegen zijn borst staan, zeker bijna een minuut lang, terwijl ze geen van beiden iets zeggen. Misschien een ex-vriendje, denk ik, maar dat verklaart nog niet waarom ze zo lang in zijn armen blijft staan. En hij is helemaal niet het soort dat Bella zoekt. Ik bedoel, ik wéét natuurlijk niet wat Bella's smaak is, ik weet alleen dat het geen mannen zijn als plattelandse rugbyspelers met een pruik!

'Wie is dát?' fluister ik tegen mijn moeder, mijn stem nogal benauwd.

Er verschijnt een schaduw van een glimlach op haar verdrietige gezicht, ook de eerste keer vandaag, en ze zegt: 'Ze hebben samen op school gezeten.'

Nou, dat moet eeuwen geleden zijn, niet soms? En het is geen verklaring.

'Kom vanavond wat drinken,' fluistert Bella tegen hem. 'Laat. Ik moet eerst bij mijn familie zijn.'

'Weet je het zeker?' Hij klinkt enigszins geschrokken.

'Absoluut zeker,' zegt Bella. 'Na een uur of twee in het gezelschap van mijn enge tante Vera zal ik een stevig glas kunnen gebruiken.'

'Ik kom,' belooft hij.

Dat zal ik me herinneren van mijn oma's rouwdienst. De koude handvatten van de kist. De weerkaatsing van de wolken in de glanzende lijkwagen. *Amazing Grace. Liefde. Lege schoe-*

nen. Mijn broertjes die een steeds kwaaier gezicht trekken omdat ze bang zijn dat ze als mietjes beschouwd zullen worden als ze gaan huilen. Een Franse man met kaarsrechte schouders. En Bella die voor de tweede keer vandaag de indruk wekt iets gehoord te hebben dat haar gelukkig maakt.

Ik wou dat ik het had geweten (1)

Ze kan haar oren niet geloven. Maar de bonkende, steunende geluiden uit de kamer naast de hare – de kamer waar haar moeder drie nachten geleden de laatste adem heeft uitgeblazen! – kunnen maar één ding betekenen. Niet dat ze onbehoorlijk hard klinken. Als ze had geslapen, zou ze er waarschijnlijk niet eens wakker van zijn geworden. *Als ze had geslapen.*

Punt is, denkt San, terwijl een langzame woede in haar opwelt, dat ze niet slaapt. Ze kan niet slapen omdat ze te verdrietig is om haar moeders dood. En nu moet ze hier in het donker – in deze met rozen bezaaide kamer die ze de afgelopen twee weken hoe langer hoe meer als een overdadig versierde gevangenis is gaan beschouwen – naar zoiets liggen luisteren.

Het is als grafschennis.

Je moet niet zo melodramatisch doen, maant ze zichzelf. Het is haar moeders graf niet dat in het gedrang komt. Haar moeder hééft geen graf. Binnen een dag of twee is haar moeder alleen nog een hoopje korrelige as. Het enige wat overblijft van Adèle Bothma zijn de herinneringen die in andere mensen voortleven. Haar familie, haar vrienden, haar kennissen. Haar twee dochters. En terwijl de ene dochter vannacht aan haar moeder ligt te denken, heeft de andere haar moeders bed in beslag genomen om haar eigen egoïstische behoeften te bevredigen. Het bed waarin Adèle Bothma drie nachten geleden is gestorven!

Het vóélt als grafschennis.

Bedschennis. Kamerschennis. Perversie, concludeert San, de

zinloze perversie die haar zusters persoonlijkheid van jongs af aan heeft gekenmerkt.

San trekt het kussen over haar hoofd omdat ze het niet langer op kan brengen naar het steunen en stampen en het krakende bed te luisteren. Vannacht zou ze werkelijk een excuus hebben om naar de fles te grijpen. Maar vanaf zondag heeft ze de fles in de la slokje voor slokje leeggedronken, om haar door de eerste paar uren na haar moeders dood te helpen, om haar over de afgrond van de eerste nacht heen te tillen, om de volgende dag haar kalmte te kunnen bewaren. Om alles op een afstand te houden. Alsof ze haar hart in een dikke laag watten heeft gepakt. Nu zijn de watten afgevallen, en het kussen op haar hoofd helpt gewoon mooi niks, en ze smacht naar doofheid, blindheid, gevoelloosheid. De genadige vergetelheid die ze in de fles zou kunnen vinden.

Ze kan natuurlijk een fles uit het kabinet in de zitkamer gaan halen. Maar dat betekent dat ze een stap verder moet gaan dan ze tot nu toe bereid was te doen. Nee, genoeg is genoeg. Bovendien moet ze, om in de zitkamer te komen, langs haar moeders kamer lopen. Als de vloerplanken kraken, als ze haar zouden horen, als het tot hen door zou dringen hoe lang ze al naar hen ligt te luisteren...

Dat is al te vernederend.

Ze haalt het kussen van haar hoofd. Achter de muur aan de linkerkant blijft het bed maar kraken. Achter de rechtermuur, Bella's kamer, is alles stil. De hemel zij dank. Haar dochter zal wel slapen. En zelfs al zou Ada ook wakker liggen, dan nog is haar oma's kamer waarschijnlijk te ver van haar vandaan. Nee, ze zal er niets van horen.

San wil graag geloven dat ze niet overbodig preuts is als moeder. Ze heeft haar dochter op seksueel gebied niet onwetend opgevoed, ze vermoedt zelfs dat het kind geen maagd meer is, en ze wil er op vertrouwen dat Ada voldoende verantwoordelijkheidsgevoel heeft, of zal hebben, om een condoom te gebruiken. Maar er zijn natuurlijk grenzen aan de dingen waaraan je je zeventienjarige dochter wilt blootstellen. De gedachte dat Ada misschien zou horen wat haar tante van middelbare leeftijd aan het doen is in haar oma's bed, met een ex-schoolvriend, nauwelijks drie nachten nadat haar oma in datzelfde bed is overleden, doet San van hoofd tot voeten sidderen.

Het ergste van alles, denkt San, terwijl ze door de volgende golf woede wordt getroffen, is dat het Bella's idee was om Ada vannacht hier in dit huis te laten blijven. Wat denkt Bella dat ze aan het doen is? Nee, foute vraag. Bella heeft nog nooit gedacht. Ze heeft altijd alleen maar gedaan.

Zoals laat in de namiddag, na de rouwdienst, toen oom Frans en zijn snikkende schijnheilige echtgenote en hun gespierde zoon met die muis van een vrouwtje hier kwamen koffie drinken. Bella stond zonder een woord te zeggen op, midden in een van tante Vera's ellenlange verhalen, en liep de zitkamer uit. Ongeveer tien minuten later vluchtte San ook de kamer uit – hoewel niet zonder een mompelend excuus – en vond Bella in de keuken. Rustig aan het roken, diep in gesprek met Ada, hoofden vlak bij elkaar aan tafel. Hier werd iets bekonkeld, dacht San onmiddellijk.

'Bella, ik weet dat je tante Vera niet kunt uitstaan,' zei ze met haar armen over elkaar en een boze frons, 'maar je kunt toch niet doen alsof ze er niet is!'

'Waarom niet?' wilde Bella weten.

'Ik heb ook een hekel aan haar. Waarom moet ík haar gezelschap houden?'

'Goeie vraag,' zei Bella. 'Wat jij doet kan mij niet schelen, San, ik weet alleen dat als ik nog één seconde langer naar haar had moeten luisteren, ik was gaan schelden. Ik dacht dat jij in dat geval liever zag dat ik wegging.'

San deed haar mond open om verder te argumenteren, maar Ada was haar te vlug af. 'Mama, Bella wil weten waarom ik niet bij jullie kan blijven als papa en de jongens vanavond teruggaan naar huis. Om jullie te helpen oma's spullen uit te zoeken en zo.'

'Maar je kunt toch niet zomaar gewoon van school wegblijven!'

'Het is niet zomaar gewoon,' zei Ada. 'Mijn enige oma is gestorven. Het is iets wat nooit meer in mijn leven zal gebeuren.'

'Ik dacht dat er misschien spullen van mama zijn die ze graag zou willen hebben,' viel Bella haar bij. 'Kleren of sieraden of wat dan ook. Het is beter dat ze hier is, dan kan ze uitkiezen wat ze wil hebben voor we alles wegdoen.'

'En Bella vliegt in het weekend terug naar Parijs.' Ada keek haar moeder smekend aan. 'Wie weet wanneer ik haar weer zal zien.'

San ging met lamme benen op een stoel bij hen zitten. Ze vond het geen goed idee dat Ada nóg drie dagen school miste. En toch stond het voorstel haar in zeker opzicht wel aan. Het huis was zo ondraaglijk stil voordat Johannes en de kinderen er waren. Alsof haar zuster en zij niet genoeg adem hadden om het leven in te blazen. Een adem meer zou welkom zijn.

'Als ze ons helpt met alles uitzoeken, zouden we er sneller mee klaar zijn,' zei Bella.

'Bella zegt dat het de laatste kans is voor wat vrouwelijke saamhorigheid,' soebatte Ada. 'Alleen wij, de drie meisjes.'

'Ik denk dat een beetje meer tijd samen jullie goed zou doen.' Bella blies een trage streep rook uit en keek San met opgetrokken wenkbrauwen aan.

Sans irritatie vatte weer vlam. Het feit dat ze de waarheid van haar zusters woorden niet kon ontkennen – dat ze de laatste jaren steeds hulpelozer moest toezien hoe haar enige dochter van haar wegdreef – deed de vlam nog hoger oplaaien. Ze haalde diep adem en keek ernstig naar de twee paar afwachtende ogen bij de tafel.

'Oké,' zei ze. 'We kunnen het zo doen. Op voorwaarde dat jullie nu allebei met mij naar de zitkamer gaan om me te helpen tante Vera gezelschap te houden. Anders ben ík straks degene die begint te schelden.'

'Dat zou nogal opzienbarend zijn,' giechelde Ada.

Maar ze stonden gedwee op en volgden haar naar de zitkamer. En toen Johannes en de jongens die avond vertrokken, stond Ada tussen San en Bella hen uit te zwaaien.

Saamhorigheid. San voelt haar mond scheef trekken van sarcasme. Bella voelt zich saamhorig, maar zeker niet met haar zuster of haar zusters dochter. *Alleen wij, de drie meisjes.* Bella had niets gezegd over Karel Kat.

Hij was 's avonds laat komen opdagen, nadat San en Ada al naar bed waren. San had de stemmen gehoord in de keuken, dof achter de gesloten deur, helemaal niet hinderlijk. Pas toen de actie werd verplaatst naar de kamer naast de hare hoorde ze meer dan haar lief was. Geen stemmen. Op dat moment sprákken ze al niet meer met elkaar. Alleen het geluid. Dat verdorie nu al uren duurde.

Ze kunnen toch niet de hele nacht zo doorgaan! Er moet toch een moment komen dat ze uitgeput zijn!

Als ze eindelijk ophouden, is ze zo verontwaardigd dat ze absoluut niet meer kan slapen. Ze dut een paar keer in, maar schrikt elke keer bijna onmiddellijk weer wakker. Ze heeft al talloze slapeloze nachten in deze kamer doorgebracht, maar nooit eerder was ze zich bewust geweest van al die storende geluiden. Het onverklaarbare kraken van vloerplanken en plafond, het gescharrel van een klein beestje op zolder, een tak die tegen het raam tikt, een insect dat aan het hout van de hangkast knaagt. Wanneer ze achter het huis een haan hoort kraaien, realiseert ze zich dat het bijna dag is. De hemel zij dank, denkt ze, nu zal die man toch zeker moeten gaan. Hij is boer, hij moet aan het werk, hij kan 's ochtends niet in bed blijven liggen.

Opgelucht luistert ze naar de bewegingen in de kamer naast de hare. Gedempte voetstappen, het toilet in haar moeders badkamer dat doorgespoeld wordt, een kraan die opengedraaid wordt. En dan – je gelóóft het toch niet – begint het bed opnieuw te kraken. Zoals het bijna de hele nacht heeft gedaan. Wat zíjn zij eigenlijk? Konijnen?

Deze keer duurt het niet lang. Blijkbaar een ochtendwipje, zoals Johannes zo'n vroeg vluggertje noemt. Terwijl San zich probeert te herinneren wanneer Johannes en zij de laatste keer de dag op zo'n manier zijn begonnen, hoort ze de kamerdeur van haar moeder voorzichtig opengaan. Zachte voetstappen verwijderen zich in de richting van de voordeur. Ze houdt haar adem in – verwacht dat hij halverwege zal omkeren om het nóg eens te doen – maar dan hoort ze zijn pick-up buiten vertrekken.

Nu kan ze de slaap helemaal wel vergeten. Nu begint ze naar haar man te verlangen. Naar zijn warme lijf en zijn strelende handen op dat van haar.

Een tijdje later staat ze gelaten op om een kop thee voor zichzelf te gaan zetten. Terwijl ze de ketel vult, haar ogen branderig van vermoeidheid, ziet ze door het keukenraam de lucht achter de vijgenboom en de waslijn lichter worden. Donkergrijs, lichter grijs, bijna witgrijs. En dan, bij de eerste verlegen roze blos van de nieuwe dag, merkt ze op dat een van haar moeders nachthemden op de waslijn is blijven hangen.

Om een of andere reden ontroert dat eenzame roze nachthemd tegen de prille ochtendlucht haar meer dan al het andere dat ze de laatste drie dagen heeft ervaren. En tegelijk met deze onverwachte ontroering, duikt een plotselinge heldere herinnering aan haar moeder op die vroeg in de ochtend op de veranda zit te kijken hoe het dag wordt boven het dorp. Gewoon in een van die lelijke roze nachthemden, met een kop koffie in de hand en de kop van de hond op haar knieën.

Ze was altijd een vroege vogel, stond altijd vroeg op. Nu zal ze nooit meer opstaan. Het nooit meer dag zien worden.

Het is zo'n simpele, overweldigende gedachte dat de brok die al dagenlang als een puist in Sans keel zit, plotseling openbarst. Ze snakt naar adem alsof ze een heel eind onder water heeft gezwommen. Een snakken dat klinkt als snikken. Tegelijkertijd gebeurt er iets met haar ogen, een dijk breekt door, water begint erdoorheen te sijpelen. Ze buigt haar hoofd boven de gootsteen en wacht hulpeloos op de volgende snik. Haar tranen druppen op de vuile glazen die Bella en Karel gisteravond in de wasbak hebben achtergelaten.

Ze weet niet hoe lang ze zo staat te snikken. Als ze weer bij zinnen komt, staat haar zuster naast haar, met een troostende arm om haar schokkende schouders geslagen.

'Het spijt me,' snuft San. 'Het was niet de bedoeling je wakker te huilen.'

'Als je maar weet hoe opgelucht ik ben je te horen huilen,' zegt Bella en geeft haar een keukenrol aan zodat ze haar neus kan snuiten.

'Ik dacht dat je wel zou slapen,' zegt San terwijl een laatste onderdrukte snik haar lichaam nog een keer doet sidderen. 'Je hebt een tamelijk uitputtende nacht achter de rug, is het niet?'

Bella kijkt haar vragend aan. Een zweem van verlegenheid om haar mond. San draait zich om en zet de ketel op het fornuis. Vreemd, denkt ze, alle woede en verontwaardiging zijn verdwenen. Ze voelt zich helemaal leeg gehuild.

'Hebben we je gestoord?' wil Bella weten.

'De geluiden hebben me niet gestoord,' zucht San. 'Ik kon toch niet slapen. Wat me hinderde... ik weet niet... ik had niet het gevoel dat het goed was zoiets in mama's kamer te doen. In mama's bed.'

'Waar moesten we het anders doen?' vraagt Bella. 'Bij Ada in de kamer?'

'Jullie hadden naar zijn huis kunnen gaan.'

'Als ik geweten had dat dít zou gebeuren...' Bella leunt met haar billen tegen de rand van het aanrecht en schudt verdwaasd haar hoofd. 'Geloof me, San, als je me drie dagen geleden had gezegd dat ik met Karel Kat het bed in zou duiken om een hele nacht met hem te neuken alsof mijn leven ervan afhing, zou ik je waarschijnlijk vierkant hebben uitgelachen.'

'Ik heb het van het begin af aan verwacht,' zegt San. 'Ik had alleen niet gedacht dat het in mama's bed zou gebeuren.'

'Mama gebruikt dat bed niet meer, San. Ze zal het nooit meer nodig hebben. Ik denk niet dat ze het erg had gevonden.'

'Maar had je niet... voelde je je niet een beetje schúldig?'

'Dat was altijd jouw afdeling, San,' antwoordt Bella met een schrale glimlach. 'Schuld en berouw en andere nutteloze emoties. In ieder geval heb ik niet het gevoel dat ik iets heb gedaan wat zich nooit eerder in dat bed heeft afgespeeld. Oké, goed, misschien hebben onze ouders niet echt alles gedaan wat Karel en ik vannacht hebben gedaan. Maar je weet wat ik bedoel.' Ze fronst geïrriteerd als ze de afkeuring in haar zusters ogen ziet. 'Luister San, als het je kan helpen wil ik je wel zeggen dat mama nog tamelijk onlangs seks gehad heeft in dat bed.'

'Wat bedoel je?' fluistert San.

'Precies wat ik zeg. Mama heeft met monsieur huppeldepup geslapen. De Franse president.'

San staart haar zuster met open mond aan.

'Ik wist dat hij een oogje op haar had,' zegt ze als ze haar stem weer terug heeft, 'maar ik had niet gedacht... ik had niet gedacht dat mama...'

'Ik denk dat hij nog altijd een beetje verliefd op haar is. Hij sprak me gisteren bij de kerk aan. Hij zei dat ze de enige vrouw in het dorp was met wie hij kon communiceren. En volgens mama was dat meer dan verbale communicatie.'

'Waarom heeft ze me dat niet verteld?' vraagt San verslagen.

'Ze dacht waarschijnlijk dat je het niet wilde horen.'

San voelt de tranen weer achter haar oogleden branden. Als je eenmaal bent begonnen te huilen, is het natuurlijk niet zo gemakkelijk er weer mee op te houden. Met huilen, met vragen, met schuld en berouw. *Jóúw afdeling, San.*

'Ik wou dat ik het had geweten,' zegt ze terwijl ze weer naar het slaphangende roze nachthemd aan de waslijn kijkt.

Ik wou dat ik het had geweten (2)

'Goed nieuws,' zegt Bella terwijl we aan het ontbijt zitten. Ze heeft roereieren op toast voor ons gemaakt, wat me nogal verbaasde, in de eerste plaats omdat ik haar nog nooit met een pan in haar hand heb gezien, en in de tweede plaats omdat ik haar nog nooit heb zien ontbijten. Gewoonlijk houdt ze het bij koffie en sigaretten. Vanochtend eet ze met meer enthousiasme dan mijn moeder. 'De beesten zijn gered van executie. Karel zegt dat Bob en de katten hem op de boerderij gezelschap kunnen komen houden.'

'Is Karel dat stuk met die snor?' wil ik weten.

'Ja,' lacht Bella proestend. 'Dat stuk met die snor. Het klinkt niet alsof je erg onder de indruk van hem bent.'

'Nou ja, ik vind hem... een beetje boers. Je weet wel. Rugbyspelerig.'

'Hij is ook boer,' zegt Bella kauwend. 'En hij heeft jarenlang rugby gespeeld. Hij zei dat hij zelfs de eenden en de kippen mee wil nemen naar de boerderij. Dus er zal geen nodeloos bloed worden vergoten.'

'Dat is aardig van hem,' zegt mijn moeder.

'Het is ook een aardige man,' zegt Bella met zo'n onverschillig schouderophalen. 'Vreemd, ik ben eigenlijk nog nooit op een aardige man gevallen.'

'Ben je voor hem gevallen?' vraag ik onmiddellijk.

'Nee, ik houd me nog staande,' grinnikt Bella.

Ze is in een ongelooflijk goede bui. Ik bedoel nu in vergelijking met hoe ze gisteren de hele dag was. Mijn moeder mompelt iets als: 'Vannacht was je anders de hele nacht...' De rest kan ik niet verstaan, maar Bella en zij beginnen als twee schoolmeisjes te giechelen. Wat me ook nogal verbaast.

'Is hij hier gisteravond nog geweest?' vraag ik.

'Nee,' zegt mijn moeder.

'Ja,' zegt Bella.

Ze kijken elkaar snel aan.

'Echt waar?' vraagt mijn moeder met grote ogen.

'Ja,' zegt Bella en haalt haar wenkbrauwen op in mijn richting. 'Heb je hem niet gehoord?'

'Ik heb geslapen als een blok.' Ik had twee vette joints nodig om dat voor mekaar te krijgen, maar dat kan ik natuurlijk niet zeggen waar mijn moeder bij is. 'Ik heb je niet eens naar bed horen komen.'

'Gelukkig maar,' zegt Bella en propt haar mond vol roerei.

'En toen ik vanochtend wakker werd, was jij al voor het ontbijt aan het zorgen. Komt het door de plattelandse lucht dat je zo actief bent?'

'Het moet íéts met het platteland te maken hebben,' giechelt Bella.

'Bella, dit zijn de lekkerste roereieren die ik ooit in mijn leven heb gegeten!' roept mijn moeder uit. 'Denk maar niet dat ik je ooit nog geloof als je zegt dat je een klungel bent in de keuken.'

'Shit,' zegt Bella. 'Nu heb ik het voor mezelf verknald.'

'En wanneer zie je hem weer?' wil ik weten.

'Waarom ben je daar zo nieuwsgierig naar?'

'Nou ja, ik vraag me alleen af...'

Ik vraag me alleen af wat ze in hem ziet. Voorzover ik weet is haar huidige minnaar een Franse violist. Haar vorige minnaars waren bijna allemaal muzikanten en kunstenaars, bohémiens, typen met lang haar en versleten kleren. En nu zit ze hier te giechelen om een boer met een snor.

'Ik ook,' zegt Bella. 'Ik vraag me ook een en ander af. Morgenmiddag wil hij me zijn boerderij laten zien. Ik denk er eigenlijk over daar te blijven slapen,' voegt ze er terloops aan toe, zonder mijn moeder of mij aan te kijken. 'Als jullie het tenminste niet erg vinden om hier alleen te zijn.'

Ik vraag me af of ze me dáárom heeft gevraagd een paar dagen hier te blijven. Om op mijn moeder te passen, terwijl zij met haar ouwe schoolvriend in bed ligt.

'Nee, dat vinden we niet erg,' zegt mijn moeder. 'Dat is beter dan hier...'

En dan zegt ze weer iets, zo tussen neus en lippen, wat ik niet kan verstaan. Maar Bella vindt het wel leuk. Er speelt hier vanochtend een of ander privé-grapje tussen hen. Dat irriteert me behoorlijk. Meestal deelt Bella haar grappen liever met mij dan met mijn moeder.

Of dat heb ik in ieder geval tot nu toe gedacht.

Ik moet bekennen dat ik nogal bang was dat het uitzoeken van oma's spullen een ontzettend trieste aangelegenheid zou worden. Ik bedoel dat mijn moeder en Bella de hele dag in tranen zouden zijn, uitgefreakt door de herinneringen die elke jurk of ring van oma, elk paar oorbellen of schoenen, bij hen zou opwekken.

Maar het lijkt wel of Bella's goede humeur aanstekelijk werkt. Natuurlijk hebben we nog steeds verdriet. Het blijft raar om te denken dat oma deze lippenstift, deze kleren of lekkere geurtjes niet meer nodig heeft. En nu en dan zie ik hoe mijn moeder een paar tranen wegpinkt, of ik hoor Bella's stem heser dan normaal worden, en dan weet ik weer dat het voor hen veel moeilijker moet zijn dan voor mij. En zelfs voor mij is het niet echt gemakkelijk.

Maar we blijven lachen. Waarschijnlijk lachen we de meeste tijd omdat we bang zijn om te huilen. We houden belachelijke modeshows met oma's kleren, we passen haar hoeden voor de spiegel, we vechten zelfs om een paar van de meest extravagante outfits uit de sixties. Bella en ik vechten erom, bedoel ik, mijn moeder zal zich immers nóóit in een paarse lurex minijurk op straat begeven. Ik weet niet eens of ik de moed zal hebben dat te doen. Maar ik vind het een te gekke gedachte.

In de keuken halen we de potten met de zelfgemaakte jam en de ingemaakte vruchten en andere UDO's (*Unidentified Drifting Objects*, zegt Bella) van de hoogste kasten af en houden een blinde proefsessie. Degene die proeft, moet haar ogen dichtdoen en raden wat ze proeft. Als ze goed raadt, is het de beurt aan de volgende. Nogal gaaf. Sommige flessen zijn zo opvallend antiek dat we ze niet eens openmaken, maar gewoon recht in de afvalbak gooien. Sommige potten staan er vast al van voor ik geboren ben.

Ik wist dat oma het moeilijk vond dingen weg te gooien, maar ik heb nooit beseft dat bewaren een manie van haar was. *Absoluut krankjorum.* Dat zegt Bella terwijl we de kasten in het voorraadkamertje naast de keuken leeghalen. Letterlijk honderden lege plastic doosjes, type margarine, en eerlijk waar, elk glazen potje of flesje dat ze ooit in haar leven heeft leeggegeten. Daarbij elke plastic tas die ze ooit in een winkel heeft gekregen. Ik weet niet of ik moet lachen of huilen bij de aanblik van al deze absoluut waardeloze spullen die hier al jaren in een kast zijn verstopt.

'Wáárom?' wil ik weten. 'Waarom heeft ze dit gedaan?'

'Ze komt uit een andere tijd,' probeert mijn moeder me uit te leggen. 'Ze is niet opgegroeid met wegwerpartikelen. En ze is vlak voor de oorlog geboren. Toen waren de dingen schaars, alles was...'

'Welke oorlog?'

'De Tweede Wereldoorlog,' zegt mama met een geduldige glimlach. 'En haar familie had niet veel geld. Al deze dingen hebben zeker een rol gespeeld, hebben ertoe bijgedragen dat het een soort obsessie is geworden. Ik denk dat ze wel degelijk heeft beseft dat het belachelijk was, maar dat ze zichzelf niet kon veranderen.'

'Wisten jullie hiervan?'

'Ik heb heel wat preken tegen haar afgestoken,' zegt Bella terwijl ze moedeloos naar een kast vol lege plastic flessen kijkt. 'Maar ik heb niet beseft dat het zó erg was.'

Ze zeggen altijd dat je je geheimen meeneemt in het graf. Dat is niet helemaal waar, ontdek ik nu. Sommige van je vervelende kleine geheimen blijven hier op aarde achter, waar je nabestaanden ermee geconfronteerd worden.

Een reden te meer om nooit dood te gaan, concludeer ik.

Over geheimen gesproken: ik moet toegeven dat ik had gehoopt op iets opwindends te stuiten. Een bundel liefdesbrieven, een dagboek vol schokkende openbaringen, een bewijs dat mijn oma al jarenlang een stiekeme lover had, of zoiets. Zoals in die film waar de kinderen van Meryl Streep er na haar dood achter komen dat deze vreselijk fatsoenlijke huisvrouw en moeder jaren geleden een hartstochtelijke verhouding met Clint Eastwood had gehad. Weet je, als Clint Eastwood aan mijn oma's deur had geklopt, zou ze vast en zeker voor hem gevallen zijn. Ze was altijd gek op hem.

Maar dat soort dingen gebeurt niet in Vergenoeg.

Mijn oma is gestorven zonder dat Clint Eastwood ooit is verschenen. En het enige geheim dat zij heeft achtergelaten, is een stel lege potten, flessen en margarinedoosjes. Die door haar dochters zonder enige vorm van respect worden weg gekieperd.

Maar we vinden niet alleen troep. Als mijn moeder de laatste kast opendoet, slaakt ze zo'n hoog kreetje, iets tussen vreugde en afgrijzen. Bella en ik gaan nieuwsgierig kijken, en daar ligt voor onze ogen een verzameling badhanddoeken, voorzover ik kan zien spiksplinternieuw, keurig op grootte opgevouwen in verschillende stapeltjes, en vier elektrische waterkokers. En een heel assortiment andere elektrische huishoudapparaten – een broodrooster, een keukenmachine, een braadpan – sommige nog in de dozen waarin ze gekocht zijn.

'Elke badhanddoek en elke waterkoker die ik haar ooit cadeau heb gegeven,' zegt mijn moeder met haar hand voor haar mond.

Bella barst in lachen uit.

'Het is echt niet leuk!' zegt mijn moeder verontwaardigd.

'Dat is het wel,' proest Bella. 'Jammer, San, maar het is echt grappig. Ik heb je al gezegd dat ze misschien een hekel heeft aan nieuwe badhanddoeken.'

'En die waterkokers? Waarom heeft ze die verdomde kokers nooit gebruikt? Zo'n koker is toch veel handiger dan een ketel op het fornuis!'

Bella lacht nog steeds, maar haar ogen lachen niet meer mee. En als ze weer praat, heeft haar stem opnieuw die buitengewoon hese klank.

Het enige wat ze nog zegt, is: 'Ik wou dat ik het had geweten, San.'

Misschien komt het alleen doordat mijn hoofd zo vol muizenissen zit dat ik graag een teken van een romance in mijn oma's leven had willen vinden. Toch is het niet zo dat ik iedere minuut van de dag aan Thomas denk. Maar minstens één keer per uur vraag ik me af waar hij nu is. Wat hij nu doet. Ik heb hem maandag op school gezegd dat ik naar de uitvaart van mijn oma ging. Maar ik wist toen niet dat ik de rest van de week weg zou blijven.

Als mijn moeder dus vanavond zo terloops opmerkt – nadat ze met mijn vader heeft getelefoneerd – dat 'een of andere jongen' mij thuis heeft opgebeld, weet ik niet goed hoe ik mijn opwinding moet verbergen. Ik kom net uit de douche en ben bezig een badhanddoek om mijn natte haren te wikkelen. Mijn handen beginnen zo te beven dat de handdoek op de grond valt.

'Heeft papa niet naar zijn naam gevraagd?'

'Ja,' antwoordt ze gapend, 'maar ik ben hem eerlijk gezegd alweer vergeten.'

Ik vraag me af of ze me soms plaagt. Maar ze ziet er erg slaperig uit zoals ze daar aan de keukentafel zit, in haar kamerjas, met een laatste kop thee. Bella is al naar bed. Nogal verbazingwekkend, als je bedenkt hoe laat Bella gewoonlijk gaat slapen.

Ik vermoed dat ze zo moe is geworden van het sorteren van oma's spullen.

'Thomas?' vraag ik nadat ik zogenaamd een tijdje heb nagedacht.

'Ja, die is het. Ken ik hem?'

'Nee.' Maar ik kan niet voorkomen dat ik debiel sta te grinniken. 'Ik denk dat je hem wel zult leren kennen.'

Opeens is ze een en al belangstelling.

'Is dat die jongen waarmee je zaterdagavond uitging?'

'Hmm.'

Ik buig me snel voorover zodat de hele bos natte haren over mijn gezicht valt en wrijf ijverig met de badhanddoek over mijn hoofd.

'Wacht, laat me je helpen,' zegt ze en pakt de handdoek uit mijn handen. Ik blijf met mijn hoofd naar beneden staan. Als ze me nu in mijn ogen kon kijken, zou ze meer zien dan ik wil dat ze ziet. Ze masseert mijn hoofdhuid in traag tempo met de baddoek. Zoals toen ik klein was, herinner ik me met een rilling van genot. Als ik mijn haren weer achterover gooi, ziet ze er een beetje triest uit. 'Verder niets te vertellen?'

'Heeft papa zelf met hem gesproken?'

'Ja, hij heeft gezegd dat je pas in het weekend terugkomt. Thomas zei dat hij weer zal bellen.'

'Mag ik je föhn lenen, mam? Dan gaat het sneller.'

'Die ligt op de commode,' roept ze me na, want ik zweef de keuken al uit.

Ik zwéér dat mijn voeten de grond niet raken. Geen enkele plank kraakt. Vanavond zal ik geen joint nodig hebben om high te worden.

In mijn moeders kamer kijk ik verbaasd in de spiegel terwijl ik mijn haren droogblaas. De mensen zeggen altijd dat ik mooi ben, maar eigenlijk vóél ik me de meeste tijd niet mooi. En nu staat hier opeens een meisje voor me dat me de adem beneemt. Matte huid, glanzende ogen en dik donker haar. Absoluut beeldschoon.

'Ik ben verliefd,' zeg ik zachtjes, alleen om te horen hoe het klinkt.

'Ik ben verliefd,' zegt het beeldschone meisje in de spiegel.

Het is voor het eerst dat ik het hardop zeg.

Opeens heb ik het gevoel dat ik zal knappen als ik het niet tegen iemand vertel. Niet tegen mijn moeder. Die is maar één keer in haar leven echt verliefd geweest, op mijn vader, en dat is al eeuwen geleden zodat ze vast niet meer weet hoe het voelt. Bella, besluit ik. Bella was al heel wat keren verliefd.

In Bella's kamer brandt het lampje naast mijn bed nog, maar aan haar kant is het donker. Ze ligt tot een klein hoopje opgekruld, haar rug naar me toe gekeerd, roerloos.

'Bella?' fluister ik.

Geen reactie.

Wat een pech. Ze valt altijd heel lang na mij in slaap. En die ene avond dat ik graag wil dat ze wakker is, slaapt ze als een blok.

'Ik ben verliefd,' zeg ik dan maar tegen haar roerloze rug.

'Geen paniek,' mompelt ze. 'Het gaat wel over.'

'Ik wil niet dat het over gaat!'

Ze geeft geen antwoord. Zucht zo half en half en ademt verder als iemand in diepe slaap. Misschien heeft ze niet eens gehoord wat ik zei. Misschien lag ze in haar slaap te praten. Maar *after all* was het toch niet zo'n briljant idee om het Bella te vertellen, begrijp ik. Bella was te vaak verliefd. Ze is allang vergeten hoe het de eerste keer voelde.

Mijn oma is de enige die het misschien had begrepen. Al die romantische boeken die ze altijd las. Dat moet toch iets met haar ziel hebben gedaan.

Hoor je mij, oma? Ik ben verliefd geworden op de dag, in de nacht, dat jij bent doodgegaan. Slechte timing. Ik weet het. Maar ik kan het niet helpen. Ik weet zeker dat je het begrijpt.

Alsof het niet erg genoeg is dat ik afscheid moest nemen van mijn oma, moet ik ook nog afscheid nemen van mijn oma's beesten. Tijdens het middageten kondigt Bella aan dat ze Bob en de twee katten meeneemt naar de boerderij als Karel haar tegen vijf uur komt ophalen.

'Moeten ze nu al weg?' vraag ik verslagen.

'Wanneer anders?' vraagt Bella. 'Morgen is het onze laatste dag hier.'

'Bob is samen met mij opgegroeid...'

Ik kan me niet voorstellen hoe het zal zijn om hier te komen logeren zonder oma of haar hond te zien.

'Als je hem erg mist,' probeert Bella te troosten, 'kun je hem altijd gaan opzoeken op de boerderij.'

'Als Karel niet bereid was voor hem te zorgen, hadden we hem moeten laten inslapen,' brengt mijn moeder mij in herinnering.

Ik weet het. Ik wéét dat het beter is voor Bob om op de boerderij te wonen dan dood te zijn. Maar toch. Mijn tranen zitten hoog.

'Waarom ga je niet een eind met hem wandelen?' stelt Bella voor. 'In die tijd zoek ik de mandjes van de katten.'

'Waar is Madame Bovary?' vraagt mijn moeder. 'Wanneer hebben jullie haar voor het laatst gezien?'

We kijken elkaar een beetje bezorgd aan.

'Gisteravond,' herinner ik me. 'Gisteravond na het eten lag ze op Bella's schoot.'

'Vandaag heb ik haar nog niet gezien,' zegt Bella. 'Ik vraag me af...'

'Ze zeggen toch dat dieren het wéten,' zegt mijn moeder.

'Tja, ze weet in ieder geval iets.' Bella fronst haar voorhoofd terwijl ze een sigaret opsteekt. 'Ze komt niet vaak meer voor de dag sinds mama dood is.'

'Misschien wil ze niet naar de boerderij,' zegt mijn moeder.

'Denk je dat ze liever dóód wil gaan?'

'Mogelijk,' meent mijn moeder.

'We zullen haar moeten zoeken,' zegt Bella. 'We kunnen haar hier niet gewoon achterlaten als we overmorgen vertrekken.'

'Waar wil je gaan zoeken?' vraagt mijn moeder terwijl ze de tafel afruimt. 'Ze kan overal in het dorp zijn. Of buiten in het veld, voorzover we weten.'

Ik sta op om mijn moeder te helpen afruimen. Bella blijft zoals gewoonlijk zitten, een door lichte paniek bevangen trek op haar gezicht.

'Ik zal met Ada en Bob gaan wandelen,' besluit ze. 'Misschien zien we haar ergens. Balzak ligt in mijn kamer op bed. Als hij intussen niet óók is ontsnapt. Ik zal de ramen dicht gaan doen.'

'Nee,' zegt mijn moeder. 'Balzak is absoluut te gemakzuchtig op te proberen in het veld te overleven. Madame Bovary was altijd een stuk heldhaftiger.'

'Kom, Ada,' zegt Bella als ze opstaat. 'Je oma zou het ons nooit vergeven als we die poes zomaar aan haar lot overlaten.'

Hopelijk zal oma begrijpen dat we geprobeerd hebben de kat op te sporen. We doorkruisen het hele dorp, Bella en ik met Bob die zelfs nog opgewondener aan de bekende omheiningen snuffelt en tegen andere honden blaft dan anders, bijna alsof hij weet dat dit zijn laatste kans is.

'Kietsie, Kietsie, Kietsie!' roept Bella voortdurend, haar stem al wanhopiger.

'Waarom noem je haar Kietsie?' wil ik weten.

'Omdat ik mezelf een idioot zou voelen als ik "Madame Bovary, Madame Bovary, Madame Bovary!" roep,' antwoordt ze ongeduldig.

'En Boffie dan?'

'Probeer jij het met Boffie,' zegt Bella. 'Ik houd het bij Kietsie.'

'Boffie, Boffie, Boffie!' roep ik overal waar we lopen.

'Kietsie, Kietsie, Kietsie!' roept Bella naast me.

'Madame Bovary!' probeer ik af en toe. Alleen voor het geval de poes er op zou staan fatsoenlijk aangesproken te worden. Maar het helpt allemaal mooi niks.

Madame Bovary is spoorloos verdwenen.

Als Karel laat in de namiddag wegrijdt, zit Bella voorin naast hem in zijn rode pick-up met Balzak in een mandje op haar schoot. Bob zit achter in de auto, veilig onder het dak van de gesloten pick-up, maar hij blaft voortdurend omdat hij niet begrijpt wat er gaande is. De kippen en de eenden zal Karel in het weekend komen ophalen.

Van de zwarte poes nog steeds geen spoor.

'Wie had ooit kunnen denken dat Bella zich zo op haar gemak lijkt te voelen in een pick-up,' zegt mijn moeder op de veranda waar we hen staan uit te zwaaien.

'Ze meent het toch niet echt met die man, of wel?'

'Welnee,' zegt mijn moeder en veegt tersluiks over haar ogen. 'Ze is gewoon haar verloren jeugd aan het inhalen.'

Ik vraag me af of ze het zo bits bedoelt als het klinkt. Als ze ziet hoe ongelukkig ik ben, slaat ze haar arm om me heen en trekt me stevig tegen zich aan.

'De beesten zullen gelukkig zijn op de boerderij,' zegt ze.

'Ik weet het,' zeg ik. 'Maar hoe zit het met die arme Boffie?'

'Boffie is als je oma,' zegt mijn moeder met een triest glimlachje. 'Ze bepaalt zelf waar ze wil leven. En waar ze wil sterven.'

Dat troost me niet echt.

'Wat doen we met oma's as?' vraag ik terwijl we over het dorp uitkijken, naar Karels pick-up die intussen niet meer dan een rode stip en een stofstreep in de verte is.

'Ze heeft gezegd dat we die moeten uitstrooien op de helling van de heuvel achter het huis.'

Dat vind ik een eigenaardig verzoek. Ik bedoel, ik kan begrijpen dat mensen hun as over de zee uitgestrooid willen hebben. Dat is een manier om jezelf over de hele wereld te verspreiden. Wat overblijft van jezelf. Er zit iets romantisch in zo'n gebaar. Maar om te vragen je as tegen een kale heuvel in een dorp als Vergenoeg uit te strooien? Misschien was mijn oma *after all* toch niet zo'n romantische ziel als ik altijd heb gedacht.

'Wanneer doen we dat?'

'We kunnen maar beter wachten tot Bella weer komt logeren.'

'Wanneer zal dát zijn?'

'Ik wou dat ik het wist,' zucht mijn moeder.

Het is bitter koud, maar we blijven nog een tijdje dicht tegen elkaar aan op de veranda staan. Bijna alsof we het grote huis zonder Bella niet aandurven.

Ik wou dat ik het had geweten (3)

Als Bella haar ogen opendoet, ligt Karel met zijn hand onder zijn wang naar haar te kijken, een schuldige lach op zijn gezicht.

'Hi, Karel Kat,' zegt ze terwijl ze haar hele lichaam lui uitstrekt.

'Hi, Bella Bok. Lekker geslapen?'

'Lekker ge-alles.'

Ze kijkt tevreden om zich heen. Geen slechte slaapkamer voor een man alleen. Spartaans, maar smaakvol. Ze lijkt haar zuster wel. Ze vraagt zich af of hij zelf die twee abstracte etsen tegen de muur tegenover hen heeft gekozen. Lijkt haar niet Marileens smaak. Eigenlijk is hier in huis niets wat haar aan de bloemetjes-Marileen doet denken. Goddank. Misschien heeft de tweede vrouw hier haar stempel op gedrukt. Gloria. Maar die etsen lijken haar ook niet de keus van een jong meisje. Misschien heeft Karel een betere smaak dan ze verwacht had.

'Als je zo grinnikt,' zegt ze tegen hem, 'zie je er nog precies zo uit als twintig jaar geleden op school. Behalve de snor dan.'

'Ik heb trouwens aan die dagen liggen denken. Heb me afgevraagd waarom we tóén niet al samen het bed in zijn gedoken.'

'Vast omdat we geen van beiden een bed tot onze beschikking hadden,' brengt ze hem in herinnering. 'We hadden het in jouw vaders pick-up moeten doen.'

De grootste verrassing is hoe netjes de kamer is. Wat beslist niet wil zeggen dat Karel zo netjes is. Ze heeft immers gezien hoe de keuken eruitzag nadat hij gisteravond had gekookt.

Waarschijnlijk betekent het dat hij meer dan een hulp in huis heeft. Zo gaan de dingen nu eenmaal op Afrikaanse boerderijen, denkt ze met iets van afkeuring en een beetje jaloezie.

'Ook weer waar,' zegt hij. 'Maar de dingen zouden anders zijn gelopen als we het in die tijd al hadden gedaan.'

'Zou je me gevraagd hebben voor het eindexamenfeest?'

'Je toonde geen interesse voor het eindexamenfeest, Bella,' lacht hij.

'Als je mij had gevraagd, had ik dat misschien wel gedaan.'

'Als ik had geweten dat je geïnteresseerd was, zou ik je gevraagd hebben.'

Ze vraagt zich even af of dat waar is. Gapend schuift ze omhoog, haar rug tegen de hoofdkussens, en strekt haar armen weer hoog boven haar hoofd. Zich helemaal bewust van het feit dat haar volle borsten op hun aantrekkelijkst zijn als ze zo worden opgelicht. Het is niet koud in de kamer, maar toch kouder dan haar naakte lijf onder de deken was, zodat haar tepels onmiddellijk hard worden. Mooi op Karels ooghoogte die nog steeds op zijn elleboog geleund naast haar ligt.

'Nee, Karel,' zucht ze. 'Jij hebt altijd alleen maar belangstelling gehad voor mijn lichaam.'

'Tja.' Hij staart als gehypnotiseerd naar haar borsten, de gladde bruine huid glanzend in het flauwe ochtendlicht, de twee olijfpittentepels zo vlak bij zijn neus. 'Het was altijd een heel bijzonder lichaam.'

'Wás?'

'Nog steeds. Ik denk dat het nu zelfs beter is dan voorheen,' zegt hij en laat zijn mond over de dichtstbijzijnde borst zakken.

Ze vraagt zich weer af waar deze besnorde boerenzoon alles heeft geleerd wat hij kennelijk weet. En waar hij het uithoudingsvermogen vandaan haalt. Ze kan zich niet herinneren ooit zoveel uren achtereen seks te hebben gehad dan tijdens de twee nachten die ze met hem heeft doorgebracht. Misschien in haar gedrogeerde jonge jaren. Maar ze heeft beslist nog nooit, zonder drugs, zulke overweldigende orgasmen gehad.

'Ik denk dat alles beter is dan hoe het toen geweest zou zijn,' kreunt ze terwijl zijn brede buitenlevenhanden haar gewillige lijf beginnen te betasten.

'En als ik je toen gevraagd had met mij te trouwen?' vraagt hij als ze uiteindelijk weer tot bedaren zijn gekomen.

Ze vraagt zich af of dit een retrospectief huwelijksaanzoek betekent. Als er tenminste zoiets bestaat als een retrospectief huwelijksaanzoek.

'Dan zou ik een erg gefrustreerde boerin op een boerderij bij Vergenoeg zijn geweest,' zegt ze met een wrange glimlach. 'In plaats van een erg gefrustreerde zangeres in Parijs.'

'Het zou beslist niet goed zijn gegaan,' zucht hij.

'Het zou beslist niet goed zijn gegaan,' verzekert ze hem. En zichzelf.

'Ik zal eens ontbijt voor ons gaan maken,' zegt hij terwijl hij traag overeind komt.

'Moet je niet met je trekker het land op? Of wat boeren 's ochtends ook doen?'

'Ik heb deze ochtend vrij genomen. Er komt niet iedere dag een beroemde zangeres uit Parijs bij mij op bezoek.'

'Karel. Ik ben niet beroemd. Het kost me de grootste moeite de eindjes aan elkaar te knopen in Parijs.'

Aan zijn gegrinnik ziet ze dat hij haar niet gelooft. Dat gebeurt elke keer. Elke keer dat ze dapper genoeg is om iemand in Zuid-Afrika de waarheid over haar leven in Parijs te vertellen, volgt deze ongelovige reactie. Alsof ze denken dat het valse bescheidenheid is. Behalve op die avond met San. San wéét dat haar zuster nooit bescheiden is geweest.

'Nee, echt. Ik woon in een bediendekamer. Ik zing in een bedenkelijke nachtclub. Het is een hondenleven.'

'Als het te erg wordt,' plaagt Karel, 'kun je nog altijd bij mij op de boerderij komen wonen. Samen met de andere honden.'

Hij staat op en gaat naar de badkamer. Zijn gespierde billen zien er zonder kleren zelfs nog beter uit. Zoals ze van het begin af aan had vermoed.

'Ben je ooit in Parijs geweest?' roept ze als hij de douche aanzet.

'Eén keer, jaren geleden,' roept hij vanonder de douche. 'Op een rugbytournee.'

Rugbytournee. Ze stond op het punt hem te vragen bij haar te komen logeren. Fronsend staart ze naar de etsen tegenover haar. Als je er op een bepaalde manier naar kijkt, lijken het twee figuren die elkaar omhelzen. Als je er even anders tegenaan kijkt, zou je zweren dat ze elkaar proberen te wurgen. *Het zou beslist niet goed zijn gegaan.*

De eerste gedachte die Bella treft, is hoe intiem San en Ada daar samen op de keukenvloer zitten. Druk bezig braadpannen, steelpannen en ander kookgereedschap in verschillende dozen te pakken, ontspannen, pratend, probleemloos. Moeder en dochter, denkt Bella met een niet tegen te houden gevoel van afgunst. Zelf heeft Bella geen moeder meer. En een dochter zal ze nooit hebben.

Het is zo'n pijnlijke ervaring dat ze een ogenblik doodstil in het deurgat blijft staan.

Ada heeft een van haar moeders truien aan, ziet ze, een van die sportieve kabeltruien die San beslist alleen hier in Vergenoeg draagt. Het kind had natuurlijk niet genoeg kleren voor vier dagen ingepakt. Waarom heeft ze daar niet eerder aan gedacht, vraagt Bella zich af. Waarom heeft ze Ada niet een paar kledingstukken van zichzelf aangeboden?

'We hebben Boffie opgespoord!' roept Ada uit als ze haar in de deur ziet staan.

'Waar?' vraagt Bella opgelucht. 'Waar is ze?'

'Nee, ze is niet hier,' zegt San. 'Dollie kwam vanochtend zeggen dat ze bij haar is komen opdagen. Ze deed alsof ze bij Dollie thuis was en of ze haar hele leven al daar had gewoond.'

'Goeiemorgen, Bella.' Dollie verschijnt achter haar in de gang met een omgekeerde bezem in de ene hand en een schepje in de andere. 'Ik weet niet wat er met die kat aan de hand is, maar ze wil niet terugkomen. Vanochtend heb ik geprobeerd haar met een stukje vis hierheen te lokken, maar ze is halverwege omgekeerd en onder mijn bed weggekropen.'

'Waarschijnlijk heeft ze besloten dat ze bij jou wil blijven,' zegt Bella.

'Het ziet er wel naar uit,' zegt Dollie met een van haar zeldzame lachjes.

'Maar kun je je het wel veroorloven voor haar te zorgen?'

Dat is een klap in het gezicht van Dollie, denkt Bella als ze de oudere vrouw ziet fronsen. Maar ze moest het toch vragen! Volgens haar moeder houdt Dollie al jarenlang een uitgebreide familie in leven met het geld dat zij als hulp in de huishouding verdient, drie dagen per week hier en drie dagen bij andere mensen in het dorp, dat kan toch niet genoeg zijn om bovendien nog voor een verwende kat met een Franse naam te zorgen.

'Ik bedoel... nu mijn moeder... je weet...' stamelt Bella.'Heb je tegelijk daarmee niet het grootste gedeelte van je inkomen verloren?'

'Mevrouw heeft voor mij gezorgd,' zegt Dollie kortaf.

'Mama heeft voor haar gezorgd,' herhaalt San op de keukenvloer. 'Ze krijgt voor de rest van haar leven elke maand het geld dat ze hier heeft verdiend. Plus een bonus.'

'O,' zegt Bella met een flauwe glimlach. 'Hoe weet je dat?'

'Mama heeft me verteld dat ze dat per testament heeft geregeld.'

'O,' zegt Bella weer.

Zo moet San zich gevoeld hebben toen ze eergisteren hoorde dat haar moeder met de Fransman uit het dorp heeft geslapen. Dat haar moeder dat aan Bella had verteld en niet aan háár. En Bella voelt zich alsof ze weer in het benauwende doosje wordt geduwd waarin iedereen haar van jongs af aan probeert te duwen. San kreeg altijd het betere doosje, dat waarop stond: *Verantwoordelijke oudste dochter*. De dochter met wie je over je testament, je geldzaken en andere belangrijke onderwerpen kon praten. Bella kwam altijd in het andere doosje terecht, dat van de opstandige jongere dochters met wie je over niets ernstigers praatte dan seks en zonde. Ze had gedacht dat de doosjes zouden verdwijnen op de dag dat haar moeder stierf.

Het begint nu tot haar door te dringen dat ze deze rollen levenslang zullen spelen. Ze hebben geen moeder meer, ze zijn niet meer iemands dochters, maar ze zijn nog steeds zusters. En San zal altijd de verantwoordelijke oudere zuster blijven.

'Ik zal goed voor de poes zorgen,' zegt Dollie. 'Dat is het laatste wat ik voor jullie moeder kan doen. Ze was altijd goed voor mij.'

'Jij was ook goed voor haar,' zegt Bella. 'Jij was als een vriendin voor haar.'

Dollie Plaatjies kijkt haar sceptisch aan. Zo met de omgekeerde bezem in de hand in die zedige zwarte jurk die ze deze week draagt – rouwt ze om haar werkgeefster? Of draagt ze meestal zwart? – doet ze Bella denken aan die zuurpruim op het beroemde schilderij van Grant Wood. *American Gothic.* Het magere lichaam, het strenge gezicht, de hele afkeurende houding. *Je kunt niet de hele dag lopen lachen.*

'Een vriendin,' zegt Dollie alsof het woord iets is wat ze voor het eerst proeft.

'Dat is zo,' knikt San op de keukenvloer. 'Ik denk dat ze jou als vriendin beschouwde.'

'Daar heeft ze nooit niks van tegen me gezegd,' zegt Dollie met een schouderophalen en gaat terug naar de zitkamer.

Bella zit op haar bed en staart door het raam naar de citroenboom. Zoals op de dag dat ze hier aankwam, herinnert ze zich. Toen hadden de vruchten die als gele lampjes tussen het groene lover schijnen haar ook op een bepaalde manier tot rust gebracht. Getroost met de gedachte dat de natuur zo onverstoorbaar haar gang kan gaan, zo totaal onaangeraakt door het kleine menselijke drama van leven en dood dat zich hier in huis afspeelt. Kan het korter dan drie weken geleden zijn?

Op die dag was ze nog een jonge vrouw. Uitgeput na de lange vlucht, geschokt door haar moeders toestand, maar toch jeugdig genoeg, sterk genoeg, om de toekomst met vertrouwen tegemoet te zien. Nu vraagt ze zich af waarom niemand haar gewaarschuwd heeft dat een vrouw in één nacht oud wordt als haar moeder sterft.

Alsof er een schans is verdwenen, een beschermende muur omgevallen, alsof haar lichaam open en bloot is achtergebleven. Weerloos tegen de koude van de ouderdom, de kennis van de naderende nacht, het weten van alles wat wacht.

Misschien kan ze een paar van die citroenen in haar koffer doen, zo hier en daar tussen haar kleren stoppen, kleine zonnetjes die haar in Parijs kunnen verwarmen. Een geur, een smaak, een vorm die Vergenoeg oproept. Anders gaan de vruchten toch maar op de grond liggen rotten.

Ze kan de gedachte aan het geleidelijke verval van de tuin niet verdragen. Aan het lege kippenhok, de lege waslijn, het verlaten erf zonder beesten. Aan de stilte die van nu af aan de tuin zal beheersen. San en haar gezin zullen hier af en toe een weekend doorbrengen, maar dat is niet voldoende om de plek in leven te houden. De voordeur zal meestal op slot zijn, de keuken stil, donker en leeg, als een opgedroogde waterput.

Ze schrikt op uit haar sombere gedachten als haar zus op de deur klopt en voorzichtig binnenkomt.

'Ik wilde het niet zeggen waar Ada bij is, want... nou ja, ik weet niet of het goed of slecht nieuws is. Claude heeft gisteravond opgebeld.'

'*Claude?*' Het woord klinkt haar onbekend in de oren.

'Hij wilde weten hoe het hier gaat.'

'Wat heb je gezegd?' vraagt Bella verslagen.

'Ik heb gezegd dat jij er niet was. Hij wilde weten of hij later terug kon bellen, toen zei ik, nee, ik verwacht je pas heel laat. Ik wilde niet zeggen dat... je ergens anders sliep.'

'Misschien was dat juist wat hij wilde horen.' Bella probeert te glimlachen, maar haar lippen willen niet meewerken.

'Hij vroeg hoe het met mama ging. Toen ik zei dat ze was overleden, wilde hij weten wanneer je teruggaat.'

'Heb je gezegd dat ik morgen terug vlieg?'

San knikt en komt naast haar op bed zitten.

'Hij wilde weten hoe laat je aankomt.'

'Shit. Hij wil toch zeker niet...'

'Ik heb gezegd dat ik het niet weet.'

'Gelukkig. Stel dat hij het idiote plan opvat om me op te wachten op het vliegveld...'

'Ik vermoed dat hij dat inderdaad van plan is.'

'Ik wil hem nu niet zien!' Bella grijpt haar zusters hand, kijkt smekend in Sans kalme blauwe ogen. 'Ik voel me absoluut weerloos. Ik zal zwichten, ik kan hem niet weerstaan, en dan begint het hele gedonder weer opnieuw!'

'Misschien wil hij alleen... aardig voor je zijn,' probeert San te troosten. 'Omdat hij weet dat je een moeilijke tijd doormaakt. Misschien wil hij alleen dat jullie vrienden blijven.'

'Hij behoort niet tot het type dat na die tijd bevriend wil blijven, San. Hij is van het alles-of-niets type. Zoals ik, waarschijnlijk.'

'Hij heeft een sexy stem,' zegt San nadat ze een tijdje zwijgend naast elkaar hebben gezeten. 'Misschien komt het door het Franse accent...'

'Ik wil nooit in mijn leven nog eens verliefd worden,' zucht Bella. 'Ik ben er te oud voor.'

'En Karel dan?'

'Wat Karel?'

'Ben je, nou ja, niet een kléin beetje verliefd op hem?'

'Nee. Ik heb de ongelooflijkste seks met hem gehad, maar verder... Hij is vast te aardig voor me. Meer jouw type, San. Hij had eigenlijk veel beter bij jou gepast.'

'Ben je eropuit je ouwe schoolliefde aan je zuster te slijten?' vraagt San geamuseerd. 'Omdat je zelf niet meer weet wat je met hem moet?'

'Nee, ik zeg het maar. Als je ooit op een dag een stiekeme lover zoekt, moet je Karel in gedachten houden.'

'Een stiekeme lover. Daar heb ik eigenlijk nooit aan gedacht.'

'Misschien is dat net wat je nodig hebt. Om je bezig te houden als je kinderen later de deur uit zijn.'

'En onze koffiekroeg dan?'

'Jóúw koffiekroeg.'

'Tja, nu ik weet dat je op zijn minst roereieren kunt bakken, ben je voor mij geen onmogelijke medewerkster meer. Ik bedoel nu als eventuele vennoot...'

Bella kijkt haar zuster verbaasd aan.

'Ga je het echt doen?'

'Ik wou dat ik wist wát ik moet doen,' zucht San.

Het begint zo zachtjesaan een refrein te worden, denkt Bella. Het motto van de gezusters Bothma na de dood van hun moeder. *Ik wou dat ik het wist. Ik wou dat ik het had geweten.*

'Misschien is een stiekeme lover gemakkelijker dan een koffiekroeg,' overweegt Bella.

'Misschien,' knikt San instemmend. Dan begint ze nerveus te lachen en staat haastig op. Haar ogen hebben weer die geschokte blik. Als bij een baby van middelbare leeftijd, denkt Bella met onverwacht medelijden. 'Er moeten nog heel wat dozen ingepakt worden. Kom je helpen?'

'Heb ik een andere keus?' vraagt Bella en volgt haar zuster gedwee naar de keuken.

Ada zit nog steeds op de vloer, haar lange haren in een losse knoop vastgemaakt op haar hoofd, zo verdiept in haar taak van sorteren, inpakken, orde scheppen, dat ze hen niet eens hoort binnenkomen.

After all is ze echt haar moeders kind, denkt Bella. Deze keer zonder enig gevoel van afgunst.

Alsof ze nog altijd hier is

Ja, mam. Ik weet zeker dat je erom zou moeten lachen. Ik wilde nooit in dit stomme dorp komen wonen. Ik kon nooit begrijpen waarom jij zo gehecht raakte aan deze godvergeten plek. *Ver genoeg van alles.* Weet je nog? *Dicht bij niks.* En nu sta ik hier met mijn tas op de veranda en ik kijk uit over de brede onverharde straten, het groepje gebouwen dat als een gehoorzaam kind om de kerktoren heen hurkt, de omliggende velden die in één nacht bezaaid worden met gele en oranje vlekken door de eerste wilde bloemen van de lente, en waarachtig, ik voel echt, nou ja, een soort hartzeer om hier weg te gaan.

Ik sta hier met een klotebrok in mijn klotekeel, mam.

Dat heb ik de vorige keren niet gevoeld! Wat is er veranderd? Niets, behalve dat je dood bent. Behalve dat je je welwillende ogen niet meer over dit hele, meelijwekkende plaatje kan laten glijden. Dat betekent toch niet dat ík nu met jóúw ogen naar dit toneel hoef te kijken!

Het is een gehucht, mam. Zonder enige kwaliteit. Als het dorp morgen tezamen met al zijn inwoners van de aardbol zou verdwijnen, weggevaagd door een komeet, opgeslurpt door een cycloon, ingeslikt door een aardbeving, zou het waarschijnlijk heel wat dagen duren voor de rest van de wereld het ontdekte. En dan nog zou het nauwelijks als nieuws beschouwd worden. Wat zou de mensheid hier missen? Wat zal ik missen? Geen moer. Behalve misschien jouw huis. En Dollie Plaatjies. Nou ja, dominee Crous en zuster Pat zou ik ook gespaard willen zien. Misschien ook Marietje die jou in de bibliotheek heeft geholpen. En oompje Piet. Natuurlijk. Hij heeft geholpen jouw kist te dragen. Oké, misschien de hele familie van Dollie Plaatjies. Dat is ongeveer de helft van alle inwoners, bruin én wit, is het niet?

Maar het blijft een gehucht.

Het huis bezorgt me hartzeer. Maar dat kan misschien nog verklaard worden. Een huis biedt bescherming tegen weer en wind, een dak waaronder je kunt dromen, een vloer om je vaste grond onder je voeten te geven, muren die je als moederlijke armen kunnen omhelzen. Je moeders huis is je moeders huis. Anders dan elk ander huis op aarde. En nu is mijn moeder verdwenen en blijft haar huis als een uitgespuugde notendop hier liggen. San en Ada lopen voor het laatst door alle vertrekken, kijken of alle ramen dicht zijn, alle buitendeuren gesloten. Voor hen is het niet zo moeilijk. Zij weten dat ze deze plek binnenkort weer terugzien. Ik moet voor láng afscheid nemen. Tot wie weet wanneer ik hier weer aanbeland. Tot ziens, huis.

Maar ik weiger om hartzeer te voelen over het dorp!

Ik groet het huis, de tuin, de citroenboom. Zes citroenen vliegen met me mee naar Parijs. En drie potten van mama's groene vijgenconfiture, gekookt van de vijgen uit de boom naast de waslijn. En een papieren zak vol biltong die de dominee gisteravond kwam brengen. *Voor de Vergenoeg-ster in Parijs.* Ster mijn reet. Ach, stil maar, mam, dat heb ik echt niet tegen de dominee gezegd. Ik heb me charmant gedragen. Ik weet immers hoe het moet. Ik gedraag me al jaren zo bij journalisten en fans die een handtekening willen.

Ik héb nog fans. Niet in Parijs natuurlijk, dat heb ik jou ik weet niet hoeveel keer proberen duidelijk te maken, maar je wilde me nooit geloven. Of misschien deed je maar alsof je me niet geloofde. Kijk, als je moeder niet meer denkt dat je een ster bent, wie verdomme zal het dan nog wél denken. Maar jij bent in mij blijven geloven, of blijven doen alsof je in me geloofde, en hier in mijn vaderland ben ik een wat grotere vis in een klein vijvertje gebleven. Misschien niet eens zo erg groot, misschien meer exotisch, een gefakete Franse vis. *Poisson. Poisson d'avril.* Zo noemen de Fransen één april. Een belachelijke vis.

En de dag waarop ook hier iedereen mijn naam is vergeten, niemand nog mijn handtekening vraagt, zal ik bij San in haar koffiekroeg gaan werken. De klanten vermaken met verzonnen verhalen over mijn roemrijke dagen in Parijs. Als San tenminste niet de voorkeur geeft aan een stiekeme lover boven een koffiekroeg.

Stil maar, mam, je hoeft je niet bezorgd te maken over San. Maak je bezorgd over mij. Dat ben je tenslotte gewend.

Hoor je me, mama?

San en Ada komen samen naar buiten, allebei een beetje ontroerd.

'Dat was dat,' zegt San terwijl ze de voordeur op slot doet en probeert ongemerkt over haar ogen te vegen. 'Ben je klaar voor vertrek, Bella?'

Ik knik en pak het handvat van mijn wieltjestas. Wil liever nu niet praten. San is van gedaante verwisseld. De San van Vergenoeg is verdwenen. De wandelschoenen, de ribfluwelen broek, de kabeltrui, het bleke gezicht en de wat verwarde haren – laten we eerlijk zijn, Sans haren zullen nooit helemáál door de war zijn – dat alles is verdwenen. San van de City Bowl staat hier nu voor me, echtgenote van mr. Steyn, bekend advocaat, stadsvrouw met een perfect blond kapsel en perfect rode lippen die bij haar dure rode jas passen. Ze zet haar chique zonnebril op en kijkt op haar zilveren polshorloge. Nu ziet ze er precies zo uit als toen ze me bijna drie weken geleden op het vliegveld stond op te wachten. Tot ziens, San. Dag, mevrouw Steyn.

Ada heeft vandaag haar eigen kleren weer aan, de veel te grote trui met de mouwen die haar handen tot bij haar vingers verbergen, de veel te grote broek met de pijpen die over de grond slepen. Lange haren die als donkere gordijnen aan weerskanten van haar gezicht hangen. De verveelde uitdrukking van de stadstiener. De sloffende, luie manier van lopen. Zij is ook de

Ada niet meer die de laatste paar dagen in Vergenoeg logeerde.

Ik vraag me af of ik ook zo veranderd ben in de tijd dat ik hier was. Of ik minder cool was dan in Parijs. Ik voel me in elk geval te oud om ooit nog te proberen cool te zijn. Ik hoef me waarschijnlijk niet ongerust te maken over wat ik moet doen als Claude me op het vliegveld staat op te wachten. Ik ben zo stokoud geworden dat hij me misschien niet eens meer zal herkennen. Ik zal gewoon langs hem heen kunnen lopen. Onzichtbaar door de ouderdom. Tot ziens, Claude.

We brengen onze bagage naar de Volvo die San al buiten op straat heeft geparkeerd. Uit gewoonte, omdat we het hek naar de oprit nooit konden openlaten, want dan zou Bob uit de tuin ontsnappen. Hij was een echte zwerver. Hopelijk geniet hij van de ruimte op de boerderij. Het is raar om door de tuin te lopen zonder zijn snoet tegen je been te voelen.

Karel belde gisteravond om te zeggen dat het goed gaat met Bob en Balzak. En Madam Boffie heeft zelf haar huis uitgekozen. *Hoor je mij, mam?* Karel zei ook weer dat ik welkom ben om bij hem op de boerderij te komen als ik het in Parijs niet meer uit kan houden. Het is geen echt huwelijksaanzoek, hoor. Maar het is toch iets.

Ik schuif voorin naast San. Ada zit achterin. Waar jij laatst zat. Ik herinner me hoe je met grote ogen rondkeek toen we het dorp in reden. Je wist dat je voor het laatst je ogen kon laten gaan over de plek waar je meer dan een kwarteeuw had geleefd. Ik kan niet anders dan vandaag door jouw ogen te kijken.

Maar dat betekent niet dat het dorp genade zal vinden in mijn hart.

De verdomde kerktoren troont boven alles uit. Het schoolgebouw waar de kinderen in lelijke uniformen gillen, lachen en rondrennen. Het zal pauze zijn. De zilveren Mercedes van Anna Eigendom staat voor haar kantoor geparkeerd. Ik vraag me af hoe het met de rijke weduwnaar uit de Kaap gaat. Anna Winkel staat met haar dikke armen gevouwen voor de dorpsbazaar zo hard op een paar slampampers te schelden dat je haar drie straten verderop kunt horen. De dronken engelen bewaken de ingang van de slijterij ernaast. Verder naar achteren het hoge glinsterende dak van de Vliegende Hollander, het eucalyptusbos, de tentoonstellingshal. Het zendingszaaltje waar jij het Evangelie van het Lezen verkondigde.

Ik kan niet meer met jouw ogen kijken, mam. Ik kan niet eens meer met mijn eigen ogen kijken. Alles is verdomme wazig geworden.

Ik kan zelf niet geloven dat ik huil om Vergenoeg.

Ja, mama. Ik word beslist oud en snotterig.

Een eind buiten het dorp, langs een stuk veld vol gele goudsbloemen, rijden we een oude man op een fiets voorbij. Die rechte rug doet me omkijken.

'Mama's Franse vrijer,' zeg ik en zwaai enthousiast.

Hij ziet me niet, staart recht voor zich uit terwijl hij rustig doortrapt, op weg naar wie weet waar. Dan verdwijnt hij in de stofwolk die de Volvo als een staart volgt.

'Heb jij ook zo'n gevoel alsof ze bij ons in de auto zit?' vraagt San in gedachten.

'Ja,' zeg ik. 'Het komt vast doordat ze onlangs nog met ons deze weg heeft gereden.'

'Misschien,' zegt San. Ze zegt pas weer iets als we de verharde weg bereiken. Het enige wat nu nog van Vergenoeg is te zien, is de kerktoren. 'Of misschien zullen we altijd het gevoel hebben dat ze bij ons is. Elke keer dat we elkaar weer zien.'

Dat wil ik zo graag geloven, mama. Elke keer dat Bella uit Parijs komt, zal ze jou meebrengen. Al onze gedeelde herinneringen zullen jou weer tot leven wekken.

Maar hoe moet het met de rest van de tijd? Al die duizenden dagen die ik niet samen met mijn zuster kan doorbrengen. Hoe moet ik omgaan met dit verschríkkelijke verlangen?

'Hoe ver is het nog naar het vliegveld?' vraagt Ada.

Ik gluur naar haar in de achteruitkijkspiegel. De manier waarop ze haar lichaam op de achterbank heeft gedrapeerd –

rug in de hoek tegen het portier, benen lang voor zich uitgestrekt – en de eindeloze verveling om haar mond, doen me onmiddellijk aan Bella denken toen zij op die leeftijd was. Waarschijnlijk zag ik er soms ook zo lui en levensmoe uit. Maar ik kon mezelf niet zien. En Bella zat altijd achter in de auto. Dan gluurde mama naar haar in de achteruitkijkspiegel, met dezelfde bezorgde, liefdevolle frons die ik nu op mijn voorhoofd voel.

'Nog ongeveer anderhalf uur,' antwoord ik. 'Als er niet te veel verkeer is op de weg.'

Moeders en dochters. Dochters die moeder worden. Moeders die altijd dochter blijven, al gaat hun moeder dood. Het is een eindeloos verhaal, het gaat maar door en door, alleen de namen veranderen. Over twintig jaar zal Ada vast en zeker achter het stuur zitten, met een verveelde tienerdochter op de achterbank, en naar haar moeder verlangen.

Naar mij verlangen.

'En hoe lang blijven we op het vliegveld?' wil ze weten.

'Jullie hoeven me alleen maar af te zetten,' zegt Bella. 'Ik haat een jankerig afscheid op een vliegveld. En ik heb meer keren dan me lief is jankerig afscheid genomen de laatste paar dagen.'

Ze zit tot een bundeltje opgekruld, haar laarzen uitgetrokken en haar voeten op de bank, haar armen om haar knieën gevouwen. Ze ziet er moe uit, niet zogenaamd levensmoe als het kind achter in de auto, maar echt totaal uitgeput. Alsof haar bruine huid vandaag slap om haar gezicht hangt. En dat grijze schijnsel in haar haren? Ik kijk vluchtig haar kant uit, dacht dat het alleen verbeelding was, maar zowaar, de bruine stoppels beginnen uit te groeien, het haar is niet meer zo shockerend kort als drie weken geleden, en in het heldere zonlicht dat door het raam op haar hoofd schijnt, kan ik zien dat het haar bij de wortels meer grijs is dan bruin.

Ik weet niet waarom het mij zo schokt! Ze heeft ons toch gezegd dat ze haar haren verft? Maar ze blijft mijn jongste zuster, mijn kleine zusje, en het is nu eenmaal moeilijk om je je kleine zusje met een grijs hoofd voor te stellen.

Ik zal haar missen, mama. Ze drijft me tot razernij met haar slordigheid, haar luiheid, haar egoïsme en haar puberale onverantwoordelijkheid op de leeftijd van bijna veertig jaar, maar ze is en blijft de enige zuster die ik ooit zal hebben.

Die Ada nooit zal hebben. Als de Ada van middelbare leeftijd later achter het stuur van haar auto zit, met haar tienerdochter over de achterbank gedrapeerd, zal er geen zuster naast haar zitten. Als ik dat bedenk, krijg ik zelfs medelijden met mijn enige dochter.

'Vind je het erg als ik rook?' vraagt Bella.

'Het zijn jóúw longen,' zeg ik voor ik er erg in heb.

'Het is jouw auto,' zegt Bella kregelig. 'Laat mijn longen buiten beschouwing. Ik wil alleen weten of jij mij zal tóéstaan in jouw auto te roken.'

'Rook als je er behoefte aan hebt, Bella.'

'Laatst wilde je niet dat ik...'

'Laatst zat mama bij ons in de auto. En ik probeerde haar longen te beschermen, dat is alles.'

Bella lacht snurkend alsof ze me niet gelooft. Wat me zo woedend maakt dat ik me onmiddellijk voorneem haar absoluut niet te missen. Sorry, mama, ik weet dat dit niet is wat je wilt horen.

'Laatst was je zogenaamd bezorgd om mama's longen. Nu ben je zogenaamd bezorgd om mijn longen. Maar waar je eigenlijk bezorgd om bent, is je dure auto. Wat zal je man wel zeggen als de leren bekleding naar rook ruikt.'

'Rook die kutsigaret, Bella,' sis ik tussen mijn tanden.

Kun je hen horen, oma? Alweer ruzie, zoals ze al bijna veertig jaar ruzie hebben. Als ik zo naar ze zit te luisteren, ben ik echt blij dat ik geen zus heb.

Jij had ook geen zus. Gelukkig maar.

'Ik weet eigenlijk niet of ik wel graag wil roken,' zegt Bella met een verveelde zucht.

'Wil je dat ik je erom sméék?' vraagt mijn moeder.

Haar wangen zijn roze van verontwaardiging, haar knokkels wit om het stuur. Ze verliest eigenlijk bijna nooit haar zelfbeheersing, maar als er iemand is die haar kan opfokken, dan is het haar zuster wel. Alleen omdat die niet kan snappen waarom mijn moeder zichzelf altijd onder controle heeft.

Wilde jij soms ook niet, oma, dat je oudste dochter af en toe een beetje kon zieken?

Net zoals je af en toe vast wilde dat je jongste dochter wat minder ziekte.

'Dat zou een fraaie ommekeer betekenen,' zegt Bella terwijl ze tersluiks naar mijn moeder loert.

'Gmf,' zegt mijn moeder. 'Blijf hopen, baby.'

Blijf hopen, baby?

Ik barst in lachen uit.

'Wat valt er te lachen?' wil mijn moeder weten.

'Jullie,' zeg ik. 'Jullie lijken wel twee pubers! Waar bekvechten jullie nu eigenlijk over?'

De twee hoofden zwaaien tegelijk naar elkaar toe, Bella's donkere borstelkop en mijn moeders perfecte blonde kapsel, en er gebeurt iets tussen hen. Een of ander sein wordt gewisseld. Een onzichtbaar teken wordt gegeven.

'Omdat jouw moeder mij wil dwingen in haar auto te roken,' grinnikt Bella.

'Omdat jouw tante doet alsof ze te fatsoenlijk is om in mijn auto te roken,' kat mijn moeder onmiddellijk terug.

Weet je, oma, soms kan ik gewoon niet gelóven dat het zussen zijn. Jij zeker ook niet. Maar op dit moment is het duidelijk, onweerlegbaar duidelijk, dat ze uit een en hetzelfde lichaam zijn voortgekomen.

Woordenlijst

biltong:	repen gedroogd vlees, meestal van rund of wild
jukskei:	traditioneel werpspel met onderdelen van het juk van een trekos
NG-*kerk:*	Nederduits Gereformeerde kerk
plakkers:	illegaal in krotten wonende zwarte mensen